她對他的喜歡，
在不知不覺間，
變成一場無人知曉的捉迷藏。

敘娜 著

ADMIRER

第一章 她有在意的人

「下一站，槐城高中。」

N市上空烏雲密布，秋雨零零落落地從天而降。

周芎跳下公車，用書包遮擋頭部，小跑步至便利商店。她擠過店裡的人群，想買一把傘，卻很不巧地發現，最後一把傘落入了某位同學手中。

她無奈地拍掉衣袖上的雨水，略顯狼狽地走至一旁的冷藏區，伸手要拿一顆烤雞飯糰時，碰巧撞上另一隻手。

「抱歉，給妳吧。」身旁穿著和周芎相同校服的女孩，先一步出聲。

周芎將手收了回去，「沒關係，我選別的就行。」

十六歲的周芎，什麼都少了一點，話少了點，自信也少了點，骨子裡最討厭麻煩別人，喜歡的東西也總是讓給別人。

同學們總說，她活得過於拘束。

周芎轉頭挑了鮪魚飯糰，耳邊傳來女孩的聲音，「謝謝妳啊。」

灰濛濛的雲層遮蔽了天空，周芎走到外頭的屋簷下，盯著眼前的雨幕，把手裡的飯糰放進書包，再將書包從肩上拿起，準備一鼓作氣衝進校園。

「妳要是沒帶傘，可以跟我一起撐。」

周芎手上的動作一滯，映入眼的人是剛才拿走烤雞飯糰的女孩。

「到學校還有一段路，妳會淋溼的。」秦小希說。

突如其來的善意讓周芍有些不知所措，但對方已經將她納入傘下，她也想不到理由拒絕。

周芍盯著透明傘面上大小不一的雨珠，慢吞吞地說道：「把傘借給我撐，妳也會淋溼。」

秦小希順著她的視線抬頭看向傘面，「會嗎？兩個人擠一下，應該沒問題。」

周芍低下頭，「謝謝。」

「妳是今年的新生嗎？」

周芍把書包掛回肩上，點了點頭。

「我是三年一班的秦小希。」注意到接近早自習時間了，秦小希示意她邊走邊說，「妳叫什麼名字？下次見面我還妳一顆飯糰。」

「不用了，那沒有什麼。」

「當然有，不瞞妳說，我好討厭上學，一想到要來學校就很痛苦，如果還沒吃到想吃的飯糰，我一整天都會非常沮喪。」

周芍偷偷觀察秦小希的側臉，她說話的模樣很真誠，讓人感覺親切。

「學姊，我的名字叫周芍。」她不由得一笑，主動介紹自己。

「哪個芍？」

「芍藥的芍。」周芍的手指在空中比劃，「如果一顆烤雞飯糰能讓妳的心情好一些，我每天都可以讓給妳。」

再一次遇見秦小希，是在幾天後的下課時間。

周芍陪著一名要好的女同學到福利社買點心。女同學正在肉包和菜包之間猶豫不決，她打開玻璃門，蒸氣從蒸包機裡散了出來。

此時，秦小希和一名女同學正好走進福利社，她一眼認出周芍，主動走過來向她打招呼，「上次忘記跟妳說，要是妳下次又忘了帶傘，學務處借得到愛心傘。」

周芍禮貌地點頭，「好，謝謝學姊。」

秦小希傳達完訊息後，便又勾著朋友的手到一旁的冷凍櫃挑冰淇淋。

夾完菜包的女同學看見了周芍和秦小希的互動，待對方走遠，才小聲地附在周芍耳邊問：「妳怎麼會認識那個學姊？」

「上次忘記帶傘，是她借我撐傘的。」

「妳別和她走太近比較好。」女同學看上去面有難色。

「爲什麼？」

「同學們都在傳，說那個學姊玩弄男生於股掌之上，喜歡看男生爲她打架。」

周芍看著遠方和朋友有說有笑的秦小希，只道：「我覺得秦小希不像那樣的人。」

「那是因爲妳太單純了。」

周芍不以爲意，低頭拿起一包魷魚絲。

看周芍沒什麼反應，女同學又說：「我聽說她暑輔期間還頂撞老師，在全校面前被罰跑操場，反正就是人品不太行。」

周芍靜靜聽著，她和秦小希只有過一面之緣，確實也不曉得她是個什麼樣的人。

她想起秦小希那天和她說過的話，說討厭學校，一點也不喜歡上學。思緒至此，周芍陷入了一陣思考。

下午，是本學期第一次的社團時間。

周芍走進門牌上寫著「學生會」的教室。教室裡只有寥寥無幾的學生，她踩著緩慢的步伐進去，視線未與任何人交會，最後走到最末排的其中一個位子坐下。她拿出手邊的英文單字本，低頭背單字。

教室裡流淌著不大不小的談話聲，幾分鐘後，一道熟悉的女聲自周芍背後響起，「妳是周芍吧？妳也加入學生會了？」

周芍將視線從英文單字本上抬起，映入眼的是她國中時期的同班同學——方緹。

方緹熱情地向身旁的好友介紹起她：「她是周芍，從國中時成績就很好，而且很會整理考試重點。」她往周芍前方的座位坐了下來，「期中考前妳能幫我們整理各科筆記嗎？沒問題吧？」

方緹身旁的女同學也隨她坐下來，「不好吧？人家哪有這麼多時間。」

「沒事啦！周芍人很好，她整理的筆記很詳細，考試前讀眞的很有幫助。」

方緹滔滔不絕地說著，教室裡其他人的視線逐漸朝她們聚集過來。周芍不喜引人注意，只得點頭答應：「好，我幫妳們整理。」

「看吧，我就說周芍人很好，謝謝妳嘍！」

得到滿意的答覆後，方緹才轉過身去。周芍盯著她的背影發怔，與此同時，餘光也撞進了另一抹身影。

斜前方的少年，右耳鑲著黑色耳釘，手裡拿著一台Switch，正神情淡淡地看著她們，似是將她們的對話全都聽了進去。

周芍在和他四目相接後，不到一秒便移走目光。

那人渾身散發的氣息，正是她最不想招惹的類型。

上課鐘聲響起，幾名學生慢吞吞地進到教室，最後一位進來的人，周芍恰巧認識。

秦小希沒發現周芍的視線，徑直走到楊嘉愷身後的位子坐下。

少年轉頭看她，懶懶地抬起眼皮，「妳怎麼那麼慢？」

「我被理化老師叫去辦公室，說我小考考得太差。」

他對於她的遭遇看上去沒什麼興趣，不懷好意地笑著，「但妳這次數學小考的成績很好吧？」

「你想說什麼？」

「妳答應要請的那一頓飯到底什麼時候要請？」

秦小希一臉不可置信，「我才剛跟你說我被老師念，你卻只顧著敲詐我？」

周芍悄悄地觀察兩人的互動，儘管只有一瞬間，她仍捕捉到那名少年彎起眼眸笑的樣子。

少年看著女孩的時候，眼裡似乎藏著不可言說的溫柔。

✦

幾日後的午休時間，周芍做爲班上共同選出來的學藝股長，被班導師叫到了辦公室。班導師交給周芍一箱裝滿美術用品的紙箱，「這裡面的東西妳都可以拿去用，班上的布告欄布置，等妳對主題有想法了，再和老師討論。」

周芍輕輕翻動紙箱裡的美術紙和幾綑膠帶，點頭答好。

「如果之後還有缺少什麼，再用班費去買。」

下一秒，一名少年出現在導師辦公室門口，他喊了一聲報告，接著手插口袋，氣勢如虹地走了進來。

周芍轉頭瞧了一眼，認出他是那個在學生會裡，總是Switch不離身的學長。

楊嘉愷走到一名男老師的辦公桌旁。老師挪動椅子，將身子轉向他，「知道老師叫你來做什麼嗎？」

「不知道。」少年口氣散漫。

「高三最後這一年很關鍵，你別把目光放在不重要的事情上。」眼看少年沒什麼反應，老師又說：「不要和二班轉來的秦小希走那麼近，我看她沒什麼心思念書。」

冷不防地聽見秦小希的名字，人在遠處的周芍，拉長耳朵偷聽他們的對話。

「老師，我的成績變差了嗎？」

「那倒沒有。」

「教同學課業算不重要的事嗎？」

「念書是自己的事，你不會在這種緊要時刻還一心想著要談戀愛吧？」

「老師，」少年的眼眸漆黑而亮，臉上的笑容很淺，「你真八卦。」

老師說不過他，苦口婆心地把能勸的都勸了一遍，最後才放他離開。

楊嘉愷經過周芍身邊時，被周芍的班導師喊住，「你正好要回教室吧？幫學妹搬點東西回去。」

他順從地抱起桌子上的紙箱，目光掃向周芍，「帶路。」

兩人走出導師辦公室，周芍將幾綑海報紙抱在胸前，一語不發地走在他身側。

身旁的少年似是突然想起什麼，問道：「妳是不是學生會的新人？」

周芍在學生會裡話不多，存在感很低，對於他能認出自己，感到有些意外。見她沒否認，他又問：「妳成績很好？」

「還可以。」

「那麼妳很閒？」

「什麼？」

「別人讓妳做筆記妳就做？」

他的問題一道接著一道來，周芍想不透這些究竟關他什麼事，只覺得這人的口氣眞差，「整理筆記不花多少時間。」

少年輕輕挑了下眉，沒有繼續追問。

想起他剛才和男老師的對話，周芍不甘示弱地說：「學長不也花時間幫助同學了嗎？」

「什麼？」

「學長好像教小希學姊功課了。」

「啊——」他的語氣有點狂妄，「教她功課也很浪費時間。」

話題帶到秦小希身上，周芍回想起這陣子時常聽見的閒言閒語，同學們口中的秦小希，和她眼中所見的那個女孩，有著很大的出入。

儘管對這個學長的印象不是很好，但周芍直覺地認爲，他或許知道那些傳聞背後的眞相。

「我能問你一件事嗎？」

楊嘉愷瞥了她一眼，「問。」

「那些和小希學姊有關的傳言，其中是不是有什麼誤會？」

「妳聽見什麼了？」楊嘉愷的臉上沒什麼表情，語氣稀鬆平常。

「有人說她頂撞老師，是問題學生。」周芍想了想，「也有人說，她玩弄男同學的感情，喜歡看男生為她打架。」

少年笑了起來，像是聽見了什麼荒謬的言論，「玩弄男同學的感情？妳是在說秦小希嗎？」

周芍抿了抿唇，從他誇張的反應就能得知，那些傳聞一點可信度也沒有，「果然是同學們亂傳的吧？」

楊嘉愷沒有正面回答她的疑問，只說：「下次再聽見誰這麼說，就告訴我。」

周芍並不了解他們私底下的相處模式，但看他護著她的模樣，那一刻，她似乎懂了什麼。

「你喜歡小希學姊嗎？」

「很明顯嗎？」少年眉眼間盡是坦然。

✦

槐城高中附近有一間古早味茶行，秦小希對他們家的冬瓜鮮奶情有獨鍾。

早晨，秦小希提著一袋剛買好的早餐，上前和老闆娘點飲料，直到要付錢時，才發現身上的錢沒帶夠。她轉頭向身旁的楊嘉愷求救，「欸，借我三十塊，改天還你。」

「改天是什麼時候？」在一旁等她的楊嘉愷，語調懶洋洋地問道。

「等我有帶錢的時候。」秦小希催促他：「你快點找。」

「之前教妳功課，妳說要請的飯也還沒請。」

楊嘉愷想起從周芍那裡聽到的傳言，饒有興致地調侃她：「秦小希，妳是不是在玩弄我的感情？」

秦小希微張著嘴，覺得這人應該是還沒睡醒。

他的玩笑話恰巧被附近的新生聽見，幾個女孩朝他們投來目光，秦小希見狀，瞪了他一眼，「你是不是嫌我的名聲還不夠差？」

眼看老闆娘已經快做完她的飲料，秦小希懶得和他廢話，直接翻開他的書包找錢。

少年一副任人宰割的樣子，好心提醒她：「秦小希，大家都在看。」

秦小希頭也沒抬，「看什麼？」

「妳光天化日之下搶劫。」

「還不都是因爲你拖拖拉拉的，等等分你喝一口，可以了吧？」

秦小希結完帳，從老闆娘手中接過飲料，將吸管戳進飲料杯，「我們可以走了。」

他瞥了眼她手裡的冬瓜鮮奶，「妳不是說要分我一口？」

秦小希一臉無奈，把手中的飲料遞向他，「要喝就快點。」

他俯身含住吸管，沒等她反應過來，瞬間吸走一大口鮮奶。

秦小希雙眸瞠大，氣得用力打他，「我又沒說你可以喝那麼大一口！」

剛從公車下來的周芍正好撞見這幕，少年臉上神采飛揚，女孩百般心疼地護著手中的飲料。

秦小希餘光瞥見周芍的身影，立刻收起臉上的不悅，朝她擠出一個笑容，「早安，又遇到了。」

「學姊早安。」周芍走上前去，和他們一起等紅燈。

期間，一旁的兩人還在吵吵鬧鬧，周芍靜靜地聽著他們的對話。

「你真的很奇怪，一大早就搶我東西喝。」
「不是妳自己叫我喝的嗎？」
「我討厭你。」
「秦小希。」
「幹麼？」
「記得還錢。」
三人一起走進校園，途經導師辦公室，楊嘉愷說自己被老師約談了，便和兩人分道揚鑣。
今天是學生會每週一次的晨會，秦小希和周芎一同往社團教室前進。一路上，秦小希邊走邊納悶，「楊嘉愷最近不知道爲什麼老是被找去辦公室。」
周芎想起上次在導師辦公室聽見的那番對話，在心底猶豫著該不該說。
關於秦小希的傳聞，周芎聽過各種說法，唯獨沒聽過本人的，思及此，她鼓起勇氣問道：「小希學姊，我能問妳一件事嗎？」
「什麼事？」
「聽說妳因爲頂撞老師被罰跑操場，那是眞的嗎？」
秦小希先是愣了一下，才道：「關於我的傳聞應該不只這一件吧？妳對其他事不好奇嗎？」
「其他事都無憑無據，但學姊跑操場的事，確實有同學看見了。」
秦小希莞爾，「其實，我那是因爲楊嘉愷才被罰的。」
「爲什麼？」
往常，多數人都選擇直接聽信謠言，這是頭一次有人跑到她面前關心傳聞的眞實性，秦小希一時也不曉得該從何說起，想了一會才道：「暑期輔導那段期間，班上來了個叫常昭玉的代課老師。」

秦小希在腦中想著怎麼把當時的情形說得好懂一些，語速慢了下來，「那個老師曾經教過楊嘉愷，考試的時候，她只要求他清空抽屜裡的東西。」

周芍微微皺眉，察覺到當中的不合理之處。

「當時的我不知道他們之間有什麼過節，猜想，可能是他平時都一副吊兒郎當的樣子吧？老師懷疑他的成績是靠作弊來的，我就起身幫他說了幾句話。」

周芍點點頭，「然後呢？」

「然後，老師就罰我跑操場了，她說只要我能在那節課結束前跑完三千公尺，往後就會對楊嘉愷一視同仁。妳說我是不是交友不慎？」

秦小希想起剛才發生的插曲，對著手中的飲料喃喃自語：「那人還喝掉我三分之一的鮮奶。」

周芍沉默了一會，才說道：「這件事情不是你們的錯。」

「我知道。」秦小希彎唇，「直到今天，我依然覺得那三千公尺跑得挺值得的。」

✦

晨會時，學生會會長林禹報告了幾點事項，其中一項是，槐高邀請了一位知名的新聞主播，於下週到校進行演講。

「新聞主播孫品嫻最近出了一本自傳，書中除了提及她在業界的所見所聞之外，也談到自己是如何從一段失敗的婚姻中重新站起來，擁有現在的嶄新人生。」

台上的人在報告時，坐在台下的周芍精神有些恍惚。她盯著白板上那張新書宣傳海報發怔，思緒停留在那句「失敗的婚姻」上，而後，其他的字句都聽不進去了。

✦

在周芍小的時候，她的父親曾有一個作家夢。

當時的周盛成天窩在房間裡寫作，足不出戶、日夜顛倒是常態，常常埋頭一寫就是好幾天。

印象中，家裡的經濟一直都是靠母親一人的收入支撐著。日子久了，陪著周盛熬了好一段時間的孫品嫺，也漸漸無法再樂觀。她苦勸他放棄當作家的夢想，去找一份穩定的工作，而這也成了兩人最常起爭執的原因。

周芍時常在半夜被父母的吵罵聲驚醒，孫品嫺最常掛在嘴上的，無非是那句：「房子是我買的，小孩的學費是我出的，你身為孩子的父親，到底還要幼稚到什麼時候？」

周芍小學六年級的那一年，父母離婚了。得知消息的時候，她不哭不鬧，平靜地接受了這樣的結果。

離婚以後，周盛一夜蒼老許多。父女倆靠著祖父母的金援度過了一段時日，再後來，周芍升上國一，孫品嫺則在同年改嫁。

母親改嫁這件事，周芍甚至是看了新聞以後才知道。

資深節目製作人傅岳再婚！對象是知名女主播孫品嫺。

由於傅岳和當時身為女演員的前妻離婚才不到半年，因此再婚的消息傳出後，外界開始有諸多揣測，主播孫品嫺妨害家庭的傳聞不脛而走。

周芎從未和父親面對面談過母親再婚的消息，只記得那段日子，周盛總躲在房間裡，從早到晚，被滿房的菸味環繞。

周芎自幼嘴就不甜，不懂得怎麼安慰父親，於是她天天傳訊息給孫品嫻，向母親交代家中的近況，包含周盛的身體越來越差，菸抽得越來越凶，眼睛也越來越不好了。她希望母親能抽空回來看看他們。

孫品嫻很少回訊息，只是在百忙中給周芎打了幾通電話。

「媽媽現在有新的家庭了，妳要懂事一點，知道嗎？」

這句話，周芎記在心頭很久，媽媽現在有新的家庭了。

青春期，正巧是心思最敏感，和父母之間也最尷尬的階段，周芎過得並不容易。

同學們總說，周芎性格淡漠，看不出情緒，很難相處。

周芎不懂得處理人際關係，僅憑自身成績好的這項特點，摸索出一套和人打交道的方法。她爲班上的同學們整理筆記，一方面也督促自己學習，她覺得自己並沒有損失。

周芎冷不防地回憶起當時同學們給她取的綽號——周暗暗。

「周芎看起來，像是個活在暗處的人。」

隨著孫品嫻的自傳出版，當年的事情也再度被翻了出來。起初只是在匿名網站上延燒，幾日後，傅岳的前妻也出面證實，直指孫品嫻當年確實介入了自己的婚姻。

消息一出，前妻得到大片粉絲和網友的同情，網路上謾罵聲四起，孫品嫻妨害家庭的報導如雪花般紛飛。

有網友從孫品嫻的私人社群帳號中，翻出孫品嫻參加周芎國中畢業典禮時拍下的一張合照，自此，周芎便被捲進大眾的口舌之中。

她的社群帳號開始湧入許多陌生訊息，例如：「妳知道妳媽媽是第三者嗎？」、「小三的女兒也一樣噁心。」、「妳媽媽怎麼還有臉出書？」

那些帳號最後都被周芍封鎖了，然而，最讓她心寒的是，事件發生至今，孫品嫻從未給她打過一通電話。

社團時間。

周芍剛要走進學生會教室，碰巧聽見裡頭傳出不大不小的討論聲響。

「想不到周芍的媽媽是這樣的人。」方緹和幾名女同學圍成一圈，看著手機裡的報導，議論紛紛。

「我記得傅岳和他前妻不是有一個兒子嗎？發生這種事，小孩都是最無辜的。」

「那照理來說，周芍也很無辜啊！」

「小三的女兒有什麼好同情的？」

「我只在乎幾天後的演講會不會取消？我不想留在教室上課……」

「想也知道會取消吧？」

人在教室外的周芍，胸口登時一緊，有些喘不過氣。那是她第一次有這樣的念頭，想蹺掉這一堂課，想一聲不響地消失在眾人眼前。

實在太丟臉了。

如同同學們對她的評論，她是個活在暗處的人，她無法坦率地站在陽光之下。

原先坐在角落玩Switch的少年，被幾人的談話聲吵得心煩，不耐煩地看了她們一眼，「有時間說人閒話，怎麼不花點時間自己做筆記？」

被少年一凶，幾名女同學很有默契地同時閉上嘴，各自從位子上散開。

周芍等到上課鐘響才緩緩走進教室。這次，她沒有像往常一樣坐在教室的最末排，而是走到楊嘉愷身後的位子坐下。

他平淡地看她一眼，發現她的臉色很差，「欸，妳還好吧？」

「不好。」

周芍緊緊抿著唇，感受眾人的眼光從四面八方向她侵襲。

她朝他伸出手，「可以借我遊戲機嗎？」

楊嘉愷一怔，單手把遊戲機遞給她，「現在是玩遊戲的時候嗎？」

周芍悶聲不響，接過遊戲機，隨意點進某個小島養成遊戲，假裝她絲毫沒將同學們的議論放在心上，模糊的視線卻率先背叛自己。

在淚水落下之前，周芍裝作若無其事地抹掉。她試圖轉移注意力，點開他的玩家資訊欄，記下他的好友邀請碼。

人言可畏這件事，周芍理解得很早，日子不會在一夕之間變好，卻總能在轉眼之間變壞。

眾人捍衛著心中的正義，絲毫不在意過程中是否誤傷了從未有過選擇權的人。

受千夫所指的這個瞬間，周芍不由得去想，秦小希隻身一人面對校園裡的惡意評論時，她是如何撐過來的？她仍願意待人熱忱，沒有因爲那些聲浪迷失方向。

忽而間，周芍想起自己向楊嘉愷求證那些和秦小希有關的謠言時，他那副對流言嗤之以鼻的態度，想起連師長都要求他「莫管他人瓦上霜」時，他仍沒有背棄她。在眾人興風作浪的時候，他是陪伴在她身邊的槳。

許是周芍將自己代入了秦小希的角色當中，她突然深刻領悟到，有楊嘉愷陪伴在身邊的秦小希，是極其幸運的。

「今天的晚自習我就不留了，我好累，我要回家吃飯。」

收到秦小希的訊息時，楊嘉愷剛從導師辦公室走出來。他皺著眉，低頭回覆訊息。

「妳以爲我是因爲誰才留晚自習的？妳成績那麼爛，還整天只想著吃飯？」

也不想想因爲她的緣故，他這週都被找去導師辦公室念了幾次。

聊天室安靜下來。秦小希高機率是搭上公車後才傳訊息給他的，事已至此，楊嘉愷把手機塞回口袋，也往校門口的方向離開。

經過學校公告欄前，他的餘光注意到一張被人用簽字筆塗得亂七八糟的海報，他腳步一停，轉過頭打量。

公告欄上張貼著孫品嫻的演講海報，女人的臉被畫上或大或小的塗鴉，海報上還被凌亂地寫著「拒看小三」、「爛人破壞家庭」、「噁心至極」、「天生犯賤」等不堪入目的字眼。

他在海報前站了一會，想起那天在學生會教室聽見的傳聞，新生們當時說，這人是周芍的母親。

剛從附近書局買完東西的周芍，抱著美術用品，走回學校。她決定在週末前完成教室布置，她不想繼續犧牲念書時間，放學後留在學校做勞作了。

進入校園後，周芍走得飛快，途經學校公告欄時，眼前撞入了一抹身影。

她目睹少年面無表情地撕下公告欄上的海報。

此時已過放學時間，周圍很安靜，撕紙的聲響顯得震耳欲聾。周芍的腳步慢了下來，面露驚恐。

留意到她的注視，少年把手中的海報揉成一團，臉上毫無愧色，問道：「妳怎麼還在這裡？」

「我？我要回班上做教室布置……」周芍盯著他手裡皺巴巴的海報，「你爲什麼破壞學校的公物？」

「它被貼歪了，看了心情很差。」他煩躁地想甩開黏在手上的海報殘膠。

「但你直接把它撕爛，也不好吧……」

周芍抬頭看向公告欄上的殘骸，認出那是孫品嫻的宣傳海報，邊角還有幾撇簽字筆的痕跡。她的表情瞬間僵住，用下巴指了指他手中的廢紙，「我能看一下嗎？」

「不能。」楊嘉愷的神情很平淡。

從他的反應，周芍大致也猜到了原因。

「喔。」她把手中的那一袋美術用品抱緊了些，腦袋有些空白，「那……謝謝？」

「謝什麼？」

周芍抿了抿唇，想起那天在學生會教室外聽見的談話，「上次你幫我說話了。」

楊嘉愷將手裡的紙張扔至附近的回收桶，回頭看她，「什麼時候？」

周芍不願一一回想同學們當時所說的細節，只說：「反正就是有，我不喜歡欠人家人情，我和你道謝，不欠你了。」

「嗯？那別人欠妳人情就可以？」

「什麼？」

「妳現在還幫她們寫筆記嗎？」

周芍愣了愣，沒想到他還記著這件事。

她輕咬著唇，細想之後，覺得確實有點委屈，感覺自己像是一旦沒了利用價值，就被踢至一旁的垃圾。

在周芍的求學階段裡，或許是因爲自卑，或許是因爲不善交際，她總是無可避免的，重複著某些討好他人的行爲。

少年眉梢微揚，等待她的答案。周芍和他對視了幾秒，最後搖搖頭，斬釘截鐵地說：「不寫了。」

聽見了她的回覆後，他原先冷漠的雙眸，此刻終於柔和了些，「嗯，做人總不能沒有脾氣。」

✦

娛樂圈的消息似乎總是這樣，事件之初，眾人憤慨不已，唾棄、謾罵著加害者，直到風頭過去，事件的熱度消退，媒體不再報導此事，風雨才得以止息。

期中考前一週，周芍空閒的時候都在念書，剩餘的零碎時間則用來研究某個手機遊戲，名叫《挑戰ＩＱ兩百的世界》。起初她只是當作休息時間的消遣，放鬆之餘還能動動腦，直到她發現自己連序章都打不過，意外燃起了不服輸的精神。

午休時間，提前結束風紀委員工作的周芍沒有立刻回教室，而是坐在某個隱密的樓梯間轉角，專心破關。

直到一道陰影忽地從背後吞沒她，嚇得她肩膀一震，感覺到背後那人停下腳步，她屏住呼吸，深怕一轉頭就和某個老師對上眼。

身爲風紀委員，卻躲在校園裡偷玩手機，簡直是帶頭破壞秩序。她在心底做好挨罵的準備。

「妳在玩什麼？」

熟悉的聲音從背後傳來，周芍迅即回頭，刺眼的陽光在少年的黑色耳釘上折射出光暈，他手放口袋，偏著頭，居高臨下盯著她的手機螢幕。

「嚇死我了……我還以爲被老師發現了。」認出眼前人後，周芍鬆了口氣，「我在破關，這遊戲叫做《挑戰ＩＱ兩百的世界》。」

隨著她一番操作，畫面中的角色朝BOSS使出了一記華麗的飛踢。

系統提示：「短腿蘿蔔糕」以一記旋轉飛踢，對「浪跡天涯的師尊」造成了一點傷害。

楊嘉愷定睛看著她的角色名，聲嗓浸染著笑意，「妳取這是什麼奇怪的名字？」

「這名字是系統分配的，遊戲規定要打過序章才可以更換名字。」

說時遲，那時快，畫面另一側，留著白鬍子漂浮在空中的老人，對著她的角色打了一個呵欠，下一秒，她的角色立即死亡。

系統提示：「浪跡天涯的師尊」以一個呵欠，對「短腿蘿蔔糕」造成了八十七萬點傷害。

周芍懊惱地垂下肩膀，嘆了口氣，「這個BOSS眞的很強。」

「等一下，」楊嘉愷見狀，毫不留情地捧腹大笑，「這怎麼看都不可能贏啊！妳不會眞的以爲妳能贏吧？」

周芍一陣惱羞，抬頭反駁：「新手一開始打不贏不是很正常嗎？」

「哪裡正常？妳卡在這裡多久了？」

他誇張的反應搞得周芍忍不住心虛，她小聲嘟囔道：「……三天。」

「幾天？」他聽不清楚，俯低身子靠近她。

「三天啦！」

少年又一次開懷大笑。

他的笑容很好看，身影沐浴在陽光下，和平時冷漠寡言的模樣判若兩人，周芍倏然間有些失神。

那一瞬間，他的快樂好像是她給予的。

直到笑累了，他才停下來，指著遊戲畫面左上角，「這裡不是有個『跳過序章』的選項嗎？沒看到？」

「跳過序章的話，我就不能更改成自己想要的名稱了。」

「『短腿蘿蔔糕』不好嗎？」

「聽起來很丟臉好嗎？」周芍覺得他就是在拿她尋樂。

「那妳繼續努力吧，早日過關啊！」他的手插在口袋裡，從她身邊經過，語氣輕飄飄的，彷彿在暗示她永遠都別想過關了。

周芍眼睜睜看著他往階梯下方走，伸長脖子問道：「欸，你是不是知道過關的方法？」

少年不答，留給她一身瀟灑的背影，而後，消失在樓梯轉角。

周芍思來想去，起身追上他的腳步，「你要去哪？」

「福利社。」

周芍自顧自在心裡動著歪腦筋，「我看你每天放學都跟小希學姊一起走，你們都去哪啊？吃飯？念書？」

「妳問這個幹麼？」他挑了挑眉。

「我之後可以跟你們一起嗎？」

「不可以。」

得到預期中的答案，周芍不慌不忙地點頭，「也是，你一定很不希望其他人去當電燈泡，可是小希學姊人那麼好，她一定不會拒絕我。」

楊嘉愷停下腳步，轉頭看她，「妳到底想說什麼？」

「幫我過關。」周芍把手機遞給他。

大抵是急於破關的心情遠勝於一切，她居然有膽子威脅他。她故作鎮靜，把緊張的情緒藏得更深了點。

楊嘉愷目不斜視地打量周芍，過了幾秒鐘後，他像是妥協般，一把將她的手機奪了過去。

周芍嘿嘿一笑，「其實你人滿好的嘛！」

她湊上去瞧，只見他面無表情地點進遊戲，將手機轉至橫向，點選「跳過序章」的按鈕。

系統提示：一旦跳過序章，您將永久綁定「短腿蘿蔔糕」稱號，是否同意？

楊嘉愷果斷按下同意鍵。

周芍來不及阻止，驚叫一聲，「喂！你怎麼可以按同意！那我這幾天付出的努力算什麼？」

「算妳笨。」

周芍氣噎，正想找他算帳，遊戲畫面很快又浮現新的訊息。

幸運女神降臨！只需回答以下這道題，您便可以獲得一次免費更改稱號的機會。請問七減二等於多少？

楊嘉愷將手機還給周芍，「這樣可以了吧？還是連這個都要我幫妳算？」

周芍一臉愕然，感覺自己的智商被這個遊戲狠狠污辱了，覺得過去三天拚命修練的自己像個笨蛋，「系統怎麼可以說話不算話？它明明就說會永久綁定我的稱號！」

「不想改也可以，放棄機會就行了。」他作勢伸手按她的螢幕。

「我又沒說不改！」周芍嚇得連忙往後退兩步。

她激動的反應惹得他的笑容越發猖狂。

奇怪的是，他一笑，她的胸口也隨之傳來陣陣悸動。

周芍的思緒有些恍惚，她收回視線，假裝若無其事地更改暱稱，「……你早就知道這個遊戲會另外給玩家改暱稱的機會了？」

「用膝蓋想都知道吧。」

「爲什麼？」

「剛剛那個BOSS打出了八十七萬點的傷害，妳的血都沒那麼厚，怎麼可能贏？」

周芍支支吾吾，「我以爲是我訓練的方式不對才會一直輸。」

他微微挑眉，「妳過去三天都做了什麼？」

「在瀑布下修練。」

「有變強嗎？」

「……沒有。」

「那不就代表這個方法沒用嗎？」

「可是其他關卡都還沒解鎖，也做不了別的事情啊。」

「所以序章不可能打得贏，光看傷害之間的差距也知道，這不是讓妳練等級的遊戲，通關的方法是跳過。」

周芍慢半拍地頓悟過來，「意思是說，這個遊戲誤導玩家提升等級，實際上是個另類的益智遊戲嗎？」她對於自己的後知後覺感到懊惱，喃喃自語道：「我一開始怎麼沒發現？」

「那妳現在發現了嗎？」

周芍瞇起眼睛打量楊嘉愷，不願相信只有自己這麼蠢，「你是不是其實有玩過這個遊戲？」

「是沒有其他遊戲可以玩了？」

言下之意，一堆遊戲可以玩，他何必選這個。

周芍被懟得節節敗退，奇怪的是，她並不覺得他的態度令人討厭。從小到大，周芍因為個性慢熟，和周圍的人總有一條隱形的界線難以跨越，同學們形容她給人的感覺太過正經，不敢隨意和她開玩笑，長久下來，周芍自然也就難以和人熱絡。

即便曾有一兩個和她關係親近的朋友，也因為周芍時常無法察覺對方的情緒波動，無法第一時間給予關心而漸行漸遠，此後，她對他人以禮相待，和大家維持著不冷不熱的關係，那樣的距離對周芍而言是安全的，不交心就不會受傷，她向來都是如此。

唯有面對楊嘉愷的時候，她覺得自己可以隨意一點，因為他總是心口如一，對她說話很不客氣，她不需要琢磨他是不是嘴上說一套，心裡想一套的那一種人。

她不用防著他。

直到這一刻她才意識到，自己和他相處的時候，是心安的。

✦

期中考最後一天，學校只上半天課。

午餐時間，槐城高中附近的速食店擠滿從考試地獄解脫的學生們，同學們各個面露喜悅，討論著要去唱歌、看電影。

秦小希在一旁操作自助點餐機，確認餐點都點齊了後，便將明細與取餐號碼印出來。當她轉身要去結帳時，才發現排在身後的人是周芍。

秦小希有些驚喜，「妳也打算內用嗎？」

周芍環視周遭等候的人群，心想樓上應該沒剩什麼空位，「人太多了，我外帶回家就好。」

「我們那裡還有位子，妳可以過來一起坐，在二樓窗邊。」

周芍平時喜歡獨來獨往，會杜絕一切和別人併桌的可能性，但是會出現在秦小希身邊的人，有很大的機率是她心裡所想的那個人。

她不排斥見到他，甚至，還滿想見到他的。

周芍取完餐點後，走上二樓，找到窗邊的四人座位，原先低頭玩Switch的楊嘉愷忽地和她對上眼。周芍來回張望，不見秦小希的身影，她走到座位前，放下餐盤，「小希學姊呢？」

「去廁所了。」他將手肘撐在桌上，沉默了一會，看著她的眼神像是在問她怎麼會出現在這裡。

周芍在秦小希的位子旁坐下，正拿起一根薯條想往嘴裡塞時，便聽見他說：「欸。」

周芍抬頭看他。

「妳這人怎麼說話不算話？」他臉上有笑，意有所指。

經他一提，周芍才想起自己曾經承諾過，只要他幫她過關，她就不當他和秦小希之間的電燈泡。

「今天是小希學姊主動邀我的，所以不算。」

楊嘉愷往身後的椅背靠了回去，「妳還有繼續玩那個遊戲嗎？」

「沒有。」

「爲什麼？在ＩＱ兩百的世界裡混不下去？」

「才不是，是因爲在準備期中考，所以沒時間玩。」

此時，秦小希正好從廁所回來，兩人的對話於是斷在這裡。

身爲苦命的高三生，考完了期中考，接下來又要面對模擬考，秦小希認命寫著數學題目，幾分鐘後，似是被遊戲音效搞得有些煩，抬頭看楊嘉愷，「你安靜一點啦！我會分心。」

楊嘉愷的視線從Switch上移開，悠哉地說：「不會寫就說不會寫。」

「誰說我不會？」

「那答案是什麼？」

「答案……就快出來了。」

少年將原先交疊的雙腿擺正，傾身向前看她的算式。秦小希眼明手快地擋住那道題，「還沒算完，催什麼？」

周芍在一旁咬著吸管喝可樂，靜靜看著他們的互動。

楊嘉愷將遊戲機向秦小希推去，「任務解完了，獎勵給妳選。」

遊戲畫面中，有三個正在閃爍光芒的寶箱。秦小希隨意瞥了一眼，直覺選了中間的箱子，「二號。」

「再選一個。」

「兩個都給我選？」

「嗯。」

「那就三號吧！」

「好。」

話音剛落，楊嘉愷毫不猶豫地點開一號寶箱。

秦小希見狀，瞪他一眼，「你是故意的吧！」

伴隨著秦小希的抗議聲，遊戲畫面彈出級別最高的獎勵——金幣種子。

他領取完獎勵，扯著嘴角笑，「反指標。」

秦小希悶哼一聲，把注意力挪回數學題目上，「我懶得理你。」

「把這個種子放進土裡，會長出金幣樹。」楊嘉愷耐心地向她解釋。

「是喔，眞棒。」秦小希連頭都沒抬。

「秦小希，不要敷衍我。」

那天，周芍在離他們最近的地方，清楚看見少年的眼裡裝滿另一個女孩的身影。

他對她的喜歡，從不張揚，卻也從來不怕別人知道。

一股異樣的滋味在她心底油然而生，那種空落落的感受，足以稱之爲羨慕。

下午，周芍回家換上一身便服，接著才到洪惠雪店裡找人。

洪惠雪和周盛是舊識，正經營著一間鹹粥小店。她的丈夫走得早，兒子又在外縣市念書，周芍常常下了課就往她店裡跑，相處久了，兩人的關係也變得親近。

「惠雪阿姨，我考完試提早放學了，妳要不要跟我去看電影？」

洪惠雪在店門前掃地，看到周芍，先是笑了一下，才道：「我跟妳去看電影？我沒有聽錯吧？」

「最近有很多還不錯的電影，妳看妳對哪一部有興趣，我陪妳看。」周芍邊說，邊拿出手機查電影時刻表。

「周芍。」洪惠雪的語調突然變得有些嚴肅。

「嗯？」

「難得提早放學，都沒有男孩子約妳出去玩喔？」

周芍的笑容凝在臉上，「阿姨，妳怎麼這樣說……」

「阿姨在妳這個年紀，可是有很多男生追的耶！」洪惠雪笑得很爽朗。看周芍扁著嘴不說話，洪惠雪親暱地捏了捏她的臉頰，「阿姨逗妳的，阿姨知道我們周芍眼光很高，一般的小男生，妳都看不上眼。」

「也沒有看不上眼。」周芍摸了摸臉頰，小聲嘀咕。

「嗯？那就是有欣賞的男生嘍？」

周芍一副被人說中心事的樣子，搖了搖頭，「沒有。」

洪惠雪察覺她的反常，將手中的掃把靠在胸前，「想在阿姨面前說謊，妳還早了一百年呢！」

順著洪惠雪的話，周芍不由自主地想起了楊嘉愷。

洪惠雪瞇起眼睛打量她，「阿姨看妳心中好像已經有人選了喔？」

「才沒有。」周芍想反駁，卻又無奈地發現，自從上次在樓梯間巧遇他後，她想起他的次數確實變多了。

原來他也有不那麼冷漠的一面，也有笑得像個大男孩的時候，也有爲了和喜歡的人獨處，甘願被人牽著鼻子走的時候。

「還不到喜歡的地步。」周芍越說越小聲，「就只是有一點在意。」

「好，我們周芍最近，有一個在意的男孩子。」

周芍搶過洪惠雪手中的掃把，低頭掃起地上的落葉，「周芍在意的那個男孩子，已經有一個在意的女孩子了。」

「那又怎麼樣？」洪惠雪走到一旁的石椅坐下，拍了拍大腿，將周芍的注意力喚了過來，「只要不要做傷害他人的行爲，每個人都有權利爲自己的心意付出一些努力，妳說對不對？」

周芍被洪惠雪溫柔的話語說服，點點頭，「妳說的好像是對的。」

「嗯，阿姨還有什麼可以幫妳的嗎？」

周芍往洪惠雪身旁的石椅坐下，苦惱地皺緊眉頭，「阿姨，喜歡一個人，應該怎麼做才不會過度討好，又能夠讓他開心？」

洪惠雪嘴角微微翹起，像是抓到她的小辮子那般得意，「現在又變喜歡了嗎？」

「阿姨，妳好煩……」

洪惠雪莞爾，輕拍她的腿，「投其所好啊！他喜歡吃什麼，妳就陪他去吃，他喜歡看什麼電影，妳就陪他去看。」

周芍想起楊嘉愷獲得金幣種子時開心的樣子，茅塞頓開，雜亂的思緒終於有了方向。她轉身抱緊洪惠雪，「阿姨，謝謝妳，我想通了，我在意的人好像喜歡樹。」

✦

期中考，周芍考了全年級第一名。

周盛相當開心，承諾要給女兒豐厚的獎勵，讓她想要什麼儘管開口。平常很少向父親要求貴重禮物的周芍，罕見地要了一台Switch，還指名要《達佩拉島》的遊戲片。

「妳什麼時候對遊戲感興趣了？」周盛感到很疑惑。

周芍隨便編了個理由，只說這款遊戲在朋友之間很盛行，沒敢說自己其實是對某個學長感興趣了。

她登入遊戲的第一件事，就是將先前記下的好友邀請碼輸進搜尋框裡。

畫面彈出楊嘉愷的遊戲帳號，她按下申請好友的按鈕。

當天晚上，對方便接受了申請。

周芍在遊戲世界摸索了幾天，對於島上的經營沒什麼想法，比起自己的小島，她更常往楊嘉愷的島上跑，替他澆水灌溉，怕他的金幣樹沒有得到妥善的照顧。

那時的周芍不懂得怎麼向人示好，不曉得對一個人的在意要到了什麼地步，才能將這份情感歸類為喜歡，只是，在那個虛擬的世界裡，她希望他的快樂能有那麼一部分，可以和她有關。

日子漸漸轉冷，冬日的氣息覆蓋著整座城市。

今天是開晨會的日子，周芍率先抵達學生會教室。她坐在角落的位子，拿出Switch消磨時間。

島上最近有個叫做「百鬼祭典」的限時活動，天天登入就能領獎勵，累積一定的積分，還能抽永久時裝，一共三套，分別是吸血鬼德古拉、科學怪人以及木乃伊。

周芍在位子上安靜地解任務，幾分鐘後，教室拉門被人拉開，她將目光轉了過去，和穿著一身冬季運動服的楊嘉愷對上眼。

她下意識將Switch收進抽屜，少年見狀，挑了挑眉，「不用收，都看到了。」

他走到她座位前坐下，側過身子，示意她將遊戲機拿到桌上，「妳在玩什麼？」

同一時間，遊戲傳出任務過關的音效，間接代替她回應了他的疑問。

「啊——」少年也拿出Switch開機，「加個好友。」

周芍瞪大眼睛，深怕被他發現那個天天去他島上澆水的網友就是自己。她把Switch倒蓋在桌上，隨口胡謅：「我的好友滿了。」

「滿了？」

「嗯。」

「隨便刪一個。」

周芍假裝沒聽見，強制換了個話題：「你拿到這次活動的永久時裝了嗎？」

「嗯，拿了一套。」他低頭看著螢幕，登入遊戲領取獎勵。

「哪一套？」

「德古拉的。」

周芍目前的積分可以抽一次永久時裝，要是抽到吸血鬼德古拉，那麼她就不送他了，打算自留。

周芍拿起Switch，見遊戲畫面在此時跳出最大獎「金賞」的動畫，她迅速將音量轉小，緊張地等待開獎結果。

幾秒鐘後，畫面飛出一則訊息——恭喜您獲得永久時裝，科學怪人X1。

周芍偷偷瞧了眼前的少年一眼，在心中暗自猜想，不曉得他收到禮物的時候，一般都是什麼反應？

楊嘉愷領完登入獎勵，跳回活動主選單時，收件匣恰巧亮起一顆紅色的提示燈，寄件人又是那位叫做「周暗暗」的玩家。

他點開郵件，赫然發現信箱裡躺著一件科學怪人的永久時裝。

少年發出一聲驚嘆，轉身拍周芍的桌子，語氣亢奮地道：「跟妳說一件事。」

周芍控制不住上揚的嘴角，「什麼？」

「我有兩套時裝了。」他把Switch轉向她，得意地動了動眉毛。

周芍配合地盯著他的遊戲畫面，「怎麼做到的？」

「好了，只給妳看一下。」他皮笑肉不笑，將遊戲機收了回去，「畢竟我們也不是好友。」

「……你好幼稚。」

他仍沉浸在收到禮物的喜悅裡，整個人神采奕奕，和平時冷漠的樣子截然不同。

周芍完全無法對他生氣，不由得又笑了起來。

她在暗地裡偷偷對他好，偷偷捕捉他開心的瞬間，藉此滿足自己，卻又卑鄙地不讓他知道。

她對他的喜歡，在不知不覺間，變成一場無人知曉的捉迷藏。

第二章　和你有關的願望

日子進入寒涼的冬季，窗外北風瑟瑟，教室裡頭的學生們各個一副沒睡飽的樣子。

晨間會議時，林禹站在台上宣布本週的幾件注意事項：「高三生們的畢業紀念冊已經設計完成了，各班代表記得回班上提醒有意願購買畢冊的同學們，繳費期限是即日起後的十四天內。」

林禹的話音剛落，教室後方出現了一陣聲響，周芍回過頭看，只見秦小希和楊嘉愷姍姍來遲，兩人遲到了快二十分鐘。

周芍正覺得納悶，視線移至秦小希身上時，發現她面色疲倦，眼周腫脹，明顯是哭過的模樣。

秦小希選了個靠窗邊的位子，無精打采地趴在桌上補眠，周芍對她的反常摸不著頭緒，只好將目光轉到另一個人身上。

楊嘉愷坐在周芍的右後方，正低頭滑手機，雙眸半掩，又是一副生人勿近的臉。

周芍思忖著那兩人莫非是在來學校的路上吵架了？

她拿出筆記本，快速寫了幾個字，撕下紙張，揉成紙球，趁林禹不注意時，往楊嘉愷的桌上扔了過去。

楊嘉愷目光一頓，攤開那張紙條，上頭寫著一行字——你們兩個怎麼這麼晚來？

少年看了看，把紙條放回桌上，不動聲色地繼續滑手機。

周芍見狀，又撕下一張紙，寫下：你把小希學姊弄哭了？

這次她沒拿捏好力道，紙團扔出去時，沒有成功降落在他桌上，而是往他身上飛了過去。

周芍嚇得縮起脖子，把頭轉了回去。

有了第一次被無視的經驗，周芍對於要他回紙條這件事已經抱著隨緣的心態，未料，幾分鐘後，有個紙團先是精準地砸到她的後腦勺，最後才掉到地上。

周芍彎身撿起，小心翼翼地攤開，皺巴巴的紙上，有他龍飛鳳舞的字跡：能讓她哭的人不是我。

周芍盯著那行字失神，默默將那段話理解為，有另一個人在秦小希的心裡占有一席之地，那個人輕易地左右著她的情緒，而楊嘉愷對此無能為力。

周芍又一次將目光轉了回去，少年一手托腮，看向窗外，側臉染著憂悒的顏色。

一份情感從「在意」昇華至「喜歡」，有時只需要一點點的催化，是他替她抱不平的一個小舉動，是一次不經意的巧遇，一抹光芒萬丈的笑容，又或者是，自己的心思已經不再受控地，被他的喜怒哀樂所牽引的，那每一個瞬間。

隔週的社團時間，林禹放了一部戰爭片給同學們看，節奏很慢，只有少數人認真投入劇情，其他人不是在底下做自己的事，就是在聊天、睡覺。

教室的窗簾全都被拉上了，室內黑漆漆的，秦小希像沒骨頭似地趴在桌上玩楊嘉愷的Switch，坐在她前面的周芍，轉過身和她共用一張桌子，低頭背英文單字。

秦小希身後的楊嘉愷趴在桌子上睡覺，只露出半張臉。電影時不時傳出巨大的爆炸聲響，那人眉頭都沒皺一下，睡得挺安穩。

「啊，完了。」

秦小希忽然出聲，周芍隨之將注意力轉了過去，「怎麼了？」

「我不小心把楊嘉愷的樹砍了，他等一下又要罵我。」

周芍心一驚，探頭看了眼遊戲畫面，那是一棵等級不高的木瓜樹，幸好不是她每天細心灌溉的金幣樹。

「喔，這個沒關係。」周芍下意識呢喃。

「眞的嗎？」秦小希鬆一口氣，走到其他結實纍纍的樹下，採收新鮮的果實。

秦小希將臉貼在手臂上，擠出一團臉頰肉，整個人挺放鬆的。周芍盯著看了一會，莫名想起前一週，秦小希腫著雙眼進學生會的那一個早晨。

「小希學姊。」

「嗯？」秦小希的視線黏在遊戲畫面上，忙著採收荔枝。

周芍在心中糾結了幾秒，以只有兩人能聽見的音量問道：「上星期的晨會，妳和楊嘉愷都遲到了，那天是不是發生了什麼事？我看你們兩個的臉色都不太好。」

秦小希停下手上的動作，頓了幾秒，眨了眨眼，「這麼明顯啊？」

周芍點頭。

秦小希放下遊戲機，反問她：「妳有喜歡的人嗎？」

「什麼？」這道問題來得猝不及防，周芍睜圓眼，有些驚慌失措。

「有時候我覺得，心裡放著一個人，是一件好累的事。」秦小希眼裡流露著淡淡的憂鬱，「那時我跟江敏皓吵了一架，整整哭了一個晚上。」

聽見那個在校內隨處可見的名字，周芍偏著頭問：「妳是說那個贏得跆拳道校際盃冠軍，要保送體育大學的高三學長？」

「嗯，他是我的青梅竹馬，」秦小希壓低音量，又補一句：「也是我喜歡的人。」

在確定秦小希和楊嘉愷兩人並非心意相通的這個瞬間，周芍的心情很矛盾，胸口的鬱悶感摻雜了很多事。

秦小希尷尬一笑，像是覺得回憶起這段往事有點丟臉，「那天起床我自己都嚇到了，用毛巾冰敷了很久才出門，最後就遲到了。楊嘉愷因爲騎車來我家載我，所以他也遲到了。」

周芍見秦小希把注意力轉回Switch上，捨不得這個話題就此結束，向下追問：「他有說什麼話安慰妳嗎？」

「他不要損我就很好了，我前一晚哭著回家的時候，他還嫌棄我。」秦小希扮著鬼臉模仿楊嘉愷當時的語氣：「都幾歲了還在路上邊走邊哭，妳不丟臉，我很丟臉。」

本該是一件有點沉重的事，周芍卻被秦小希搞笑的模樣逗得笑了出來。

「楊嘉愷問我，幹麼偏要選一條會讓自己受傷的路。」秦小希把音量放得更輕了些，「我就反嗆他，明知道我有喜歡的人，還跟我告白，他也選了一條會受傷的路，他跟我是半斤八兩。」

周芍頓時有些恍惚，眼神暗了下來，「原來他跟妳告白了。」

「嗯，他比我勇敢，可以坦然面對自己的心意，我沒有這種勇氣。」

周芍在心底重複著秦小希的那一句話——他坦然面對自己的心意。

在察覺自己的心意萌芽之後，不退縮也不強求，是他展現出來的誠意。

周芍覺得那樣的他很帥氣。

她想要向他看齊。

✦

聖誕節前一週，周芍班上的女孩子，各個頗有閒情逸致，有人在下課時間手織圍巾，有人連上課都在忙著摺紙星星，只爲了給喜歡的男孩子聊表心意。

下課時間，周芍專心爲期末考做準備，十分安靜地寫著歷史講義。座位附近的幾名女同學看了，笑笑地說：「周芍跟我們好像是不同世界的人。」

「嗯，難怪我只配當倒數幾名。」另一個女同學邊織圍巾邊自嘲。

「我喜歡的學長明年就要畢業了，我這一年先用心地追，明年再認眞讀書。」一個正在低頭寫情書的女同學，用甜甜的聲音說。

明年就要畢業了。

那幾個字冷不防地擊中周芍的腦袋，她寫題目的手頓了頓，慢半拍地發現，她喜歡的學長，明年也要畢業了。

周芍慢慢把視線轉向她們，「在聖誕節的時候送上禮物，是爲了要告白嗎？」

「不一定啊！」織圍巾的女同學停下手上的動作，「像我的話，就只是想看到他開心的樣子。」

周芍回想起她送楊嘉愷遊戲時裝時，對方那副心花怒放的樣子，雖然收到禮物的人不是自己，她卻也得到了同等分的快樂。

隔日的社團晨間會議，周芍刻意提前到教室。她坐在位子上，捧著一罐溫熱的草莓牛奶發呆，思索著該如何「自然地」將它送到楊嘉愷手上。

忽而間，開門聲響打斷她的思緒，進來的人是楊嘉愷。周芍連忙站起身，打算趁著四下無人，將草莓牛奶送給他，「這個請——」

話還沒說完，秦小希忽然從楊嘉愷身後探出頭。看見周芍，秦小希朝她笑，「妳又是最早到的啊？」

周芍的笑容凝結在臉上，氣氛很尷尬，情急之下，她將伸出去的手轉了個方向，把草莓牛奶塞到秦小希眼前，「請妳喝。」

「請我？」秦小希很是驚喜，「爲什麼？」

「就覺得……今天還滿冷的。」

楊嘉愷沒察覺異狀，繞過周芍，往座位走了過去。

秦小希欣喜地接下草莓牛奶，「妳人也太好了吧？上次還把烤雞飯糰讓給我。」

「那沒有什麼……」

周芍神情落寞地看著秦小希捧著那罐草莓牛奶，走到楊嘉愷身旁坐下。

正當秦小希要扳開鐵罐拉環時，少年皺起眉，將草莓牛奶搶了過去，用制服衣角替她擦拭鐵罐表面。

秦小希愣了一下，才欠揍地說：「你的制服有比較乾淨嗎？」

楊嘉愷後來說了什麼，周芍記不太清了，她只記得自己很後悔買了那罐草莓牛奶。後面的社團時間，她都懶洋洋地趴在桌上，和自己生悶氣。

✦

十二月二十五日，聖誕節。

午休時間，多數的學生都在午睡。周芍坐在教室窗邊，依靠走廊外的光線，訂正上午發下來的數學考卷。

忽然間，兩道影子從頭頂淹沒了她，周芍好奇地抬頭，和走廊上熟悉的兩人對上了視線。

「你們班的班長在嗎？學生會有事要和她交接。」學生會會長林禹壓低音量說。站在林禹身旁的人是楊嘉愷，少年的目光不輕不重地落在她的數學考卷上。

周芍替林禹把班長找了出來，隨後，慢吞吞地走回座位。她看見楊嘉愷壓低身子，倚靠在窗邊，打量著她考卷上唯一一題被打上紅叉的題目。

「這一題不是這麼解。」他用下巴指了指她桌上的筆，「筆給我。」

周芍把筆連同考卷和課本一起給他，楊嘉愷把課本墊在考卷下，將算式寫上去。

周芍盯著他額前散落的頭髮，午後的陽光在他身後鍍了一層光，那一瞬間，周芍有些口乾舌燥，她第一次發覺，自己面對他居然會緊張。

林禹處理完事情後，走過來拍了拍楊嘉愷的背，「走了，還要去教官室一趟。」

楊嘉愷沒吭聲，林禹順手塞了一顆手掌大小的泡芙到他嘴裡，「學妹送的，說要請你吃。」

楊嘉愷咬著泡芙，低頭寫完算式。將考卷遞給周芍時，他含糊不清地說：「看不懂再來問我。」

周芍接過考卷，那幾行算式，無法用潦草來形容，根本是任性的藝術。

剎那間，她回想起那張在晨間會議時被楊嘉愷扔回來的紙條，想起他字裡行間的無奈，還有，他當時憂傷的神情。

她轉頭看著遠方的兩道身影，想起上次沒有成功送出去的草莓牛奶，心一橫，走出教室，往福利社的方向跑了過去。

大抵是聖誕節的緣故，福利社裡各種巧克力和熱飲都賣光了，周芍只好繞到冷凍櫃前，挑了一支香草甜筒。

周芍迅速結完帳，往教官室的方向跑了過去，抵達時，卻沒有看見林禹和楊嘉愷的身影，她轉頭直奔三年級的教室樓層。

午休時間即將結束，她抓著甜筒，跑得氣喘吁吁，在樓梯轉角看見熟悉的身影，她想都沒想便抬頭喊他：「楊嘉愷！」

楊嘉愷回過身子，低頭看著階梯下方的人。

周芍喘著氣，一步一步爬上他所在的樓層，「這個請你吃，謝謝你幫我訂正那一道題目。」

楊嘉愷看著甜筒，想不透怎麼會有人在冬天買冰給他吃，「妳是嫌今天還不夠冷？」

「當你的身體比氣溫冷的時候，你就不會覺得冷了。」周芍正經八百地說著歪理。

「嗯，因爲神經已經死透了。」他嘴上毒舌，還是接下了她遞上來的甜筒，低頭撕包裝，「那題最後弄懂了沒？」

「嗯，但你的字也太醜了吧。」周芍耿直地評論。

「人好看就行了。」

周芍對他耍嘴皮子的行徑感到哭笑不得，「你在小希學姊面前也是這個樣子嗎？」

「怎樣？」

在喜歡的人面前，你是什麼樣子？

遲遲沒等到她的下一句話，楊嘉愷的目光從甜筒轉移至她臉上，「說啊。」

周芍把醞釀已久的疑問呑回肚子裡，注意到他手中的冰慢慢向下流淌，推高他的手，示意他別光站著不動。

豈料冰淇淋撞上他的鼻尖，他立即被冰涼的觸感凍得皺起眉。楊嘉愷忍著想罵人的衝動，用手背抹掉鼻子上的冰淇淋，抬眼的瞬間，撞見周芍牽起嘴角笑的模樣。

「笑什麼？」

「我沒笑。」周芍很快收起笑容。

眼看他鼻梁上還沾著一點冰淇淋，她沒多想，踮起腳尖，用指腹替他抹開，「這裡也沾到了。」

✦

學期末最後一次的班會，周芍的班導師發給每個同學一張春聯，說道：「古代寫春聯的用意是爲了驅邪避凶，到了現代，春聯承載著人們對未來生活的熱忱以及期許，有心想事成的寓意。如果實在想不到該寫什麼，可以把心願濃縮成一個字寫下來。」

鄰近期末考，周芍本想隨便寫個「福」字就完事，剩下的時間都拿來複習功課，然而，在聽到班導師的建議後，她將心思沉澱下來，雙臂環抱在胸前，對著桌子上的紅色小紙張左思右想。

周芍活得很實際，每年的新年希望都大同小異——學業進步、身體健康，所愛之人平安。

即將迎來新的一年，若要說和往年有什麼不同，那大概是，她有了一個只敢放在心裡的名字。

想起楊嘉愷，周芍偷偷拿出手機，查詢他名字的涵義，發現「嘉」象徵「美好」，至於「愷」則有「和善」的意思。

她將手機放回抽屜，謹慎地握著筆桿，輕輕沾取硯台上的黑墨。筆尖在朱紅色的小紙張上來回晃悠，紙上細碎的金箔映入眼底，她輕吐一口氣，落下一個工整秀麗的「嘉」字。

下課時間，周芍在座位上複習期末考的考試內容，忽地，有個人影迅速貼向窗邊，熱情地喊她：「周芍！」

周芍聞聲抬頭，出現在眼前的人是秦小希。

秦小希掃了眼周芍手邊厚重的講義，打從心底佩服，「妳眞的很用功耶！連下課時間都在念書。」

女孩身後站著一抹頎長的身影，少年一如往常，臉上沒什麼情緒，看上去只是順道陪她過來。

「我買了餅乾請妳吃，之前妳把烤雞飯糰讓給我，還請我喝草莓牛奶，我卻一直沒回送妳什麼。」秦小希將一袋夾心餅乾交到周芍手裡，注意到她擺在桌子角落的那張春聯，眼睛一亮，「你們班上在寫春聯啊！妳寫了什麼字？」

周芍一驚，剛想伸手去擋，便被秦小希先一步念了出來，「嘉？爲什麼寫這個字？」

循著秦小希的聲音，楊嘉愷也往窗邊湊近了些，目光落在濃黑的毛筆字上。

恍惚間，周芍有種剛寫好的日記被人偷看的錯覺，她下意識擋住春聯，「聽說這個字，代表『美好』的意思。」

「美好？」秦小希仰頭看楊嘉愷，「你的名字有『美好』的意思？」

少年翹了翹嘴角，「幹麼？懷疑？」

「那『愷』又是什麼意思？」

「自己去查。」

「是和善的意思。」周芍接著解釋。

「和善？」秦小希將楊嘉愷從頭到腳打量了一遍，「那你怎麼長成了這副德性？」

「我長成了什麼德性？」他不著痕跡地睨她一眼。

「你完全往反方向生長了。」

「秦小希，不要一開口就找我吵架。」

兩人像往常一樣拌嘴，周芍在心裡鬆了口氣，低頭拆餅乾袋的緞帶。她抽了張衛生紙，拿了幾塊餅乾分給秦小希，「這麼多我一個人吃不完，你們也吃一些吧。」

仰頭的瞬間，她才發現離她幾步之遙的少年，正若有所思地盯著自己看。

高三生升學考試的日子步步逼近，周芍班上吹起了一陣手作風潮，起因是，幾個女同學想為心儀的學長盡一份心力，親手縫製考試御守，希望愛慕的對象能夠金榜題名。

自班上的教室布置獲得全年級優勝後，周芍自然成了同學們眼中手最靈巧、最有藝術眼光的人，她也便開始利用下課時間替幾名女同學代工，賺取零用錢。

社課開始前的空檔，周芍的桌子上放滿了五顏六色的和風布料以及御守繩。她捏著尚未成形的御守，一針一線，全神貫注地縫製。

坐在她前面的楊嘉愷，側坐在椅子上，背靠著牆，將一盒巧克力脆笛酥晃到她眼前，「要不要吃？」

周芍抬頭，「怎麼有這個？」

「一個學妹送的。」

周芍瞥了一眼和餅乾包裝袋放在一起的白色小卡片，對於眼前的情形了然於心。

「人家的心意你怎麼可以隨便分別人吃啊？」回想起上次被秦小希喝掉的草莓牛奶，周芍突然很同情那個女生。

「不吃就不吃，妳突然在生什麼氣？」他一臉莫名其妙。

此時，周芍班上的幾名女同學集體從福利社走過來，在窗邊圍成一圈，關心御守的製作進度，「周芍，我的是紫色和風布配上黃色的繩線喔，千萬不要搭錯了。」

另一名女同學也說：「我的是櫻花圖案的布料和白色的繩線，我明天就要，妳可以幫我趕一趕嗎？」

「妳的我已經縫好了，放在教室，晚點回去再拿給妳。」

「太棒了！妳最好了！」女同學靠在窗邊，對著周芍比了個大大的愛心，隨後又說：「對了，周芍，我上週看到妳在聖誕節那天買了一支冰淇淋，妳最後拿去送誰了？」

周芍陡然一驚，被她的提問搞得渾身僵硬，隨口答：「我吃掉了。」

「騙人，妳那時候跑超快的，我追都追不上，妳到底送誰了？平常也沒見妳對哪個男生這麼上心。」

所幸鐘聲及時響起，眾人才匆匆忙忙地返回各自的社團教室，留下周芍和眼前的少年沉默對峙。

在一陣詭異的沉默後，周芍先是清了清嗓，接著才開口說：「她剛剛說的話你不要往心裡去。」

「嗯？妳指哪一句？」楊嘉愷很給面子，忍著沒笑。

「那支冰淇淋是為了感謝你幫我訂正那道數學題，沒有別的意思。」周芍一緊張，手中的針刺進指腹，她痛得咬唇，「如果你誤會了，我會很困擾。」

她的指腹冒出小血珠，手指也微微地顫抖著，楊嘉愷瞧了一眼，很快便收回視線，「知道了。」

見他這麼輕易放過自己，周芍心中反而覺得不太眞實，抬頭看他，「你是不是不相信？」

「沒有不信。」他單手支頰，目光停在手機螢幕上。

周芍壓抑著浮躁的心緒，隨口扯了個謊：「我已經有喜歡的人了，你能理解就好。」

楊嘉愷轉過頭來，揚眉看她。

「那個人是小希學姊。」

兩人四目相對，僅剩無聲的沉默包圍彼此。須臾，學生會的社員們三三兩兩進了教室，幾人的談話聲瞬間活絡了氣氛。

大抵是覺得很荒唐，他笑出聲，「妳覺得我看起來很好騙？」

「沒有騙你，我忘記帶傘的時候，是她借我撐傘，我在速食店等不到位子的時候，也是她主動把位子留給我。天冷的時候，我不是還買了草莓牛奶給她嗎？你記得這件事情吧？」

俗話說狗急會跳牆，周芍張口就是一個彌天大謊，她不曉得自己哪來的膽子，只知道喜歡他這件事，好像是一個必須努力瞞住的祕密。

他的心裡放著一個喜歡的人，在這樣的前提之下，倘若被他發現了自己的心意，她就一點勝算也沒有了。

高三生們的升學考試結束了。

寒假過去，新的學期開始，準大學生們自動切換成漫無章法的模式，缺課、遲到成了常態，考前有多麼緊繃，考完試後就有多麼頹廢。

某日午休，教官巡視校園時，在學校頂樓逮到了幾名聚在一起抽菸的高三生，將幾人一一帶回教官室訓話。

此時，斜背著書包，剛從校門走進來的楊嘉愷，碰巧撞進了教官的視線，理所當然地也被叫了過去。

「你們這幾個高三生沒個學生的樣子，才幾歲就學人家抽菸？還有你，現在是翅膀硬了，連學校都愛來不來的？我不管你考上了多好的大學，該幾點到校，就給我幾點坐在教室裡！」

教官口沫橫飛地訓斥著幾人，足足罵了五分鐘才放人。

這週是周芍輪值風紀委員，她抱著紀錄簿到教官室找教官簽名時，老教官嘴邊還在碎念：「現在的學生就是過得太散漫了。」

周芍斜覷了一眼幾名走遠的高三學長，從中認出楊嘉愷的背影，好奇地問：「那幾個學長怎麼了嗎？」

「哎，幾個小毛頭自以為是大人嘍，在學校頂樓抽菸，簡直不把校規放在眼裡。」

教官將紀錄本闔上，交回周芍手裡。

周芍目光怔忡，緩慢點頭，接過紀錄本，「謝謝教官。」

楊嘉愷走上階梯的轉角處時，身後忽然多了另一個人的腳步聲，他停下腳步，轉過頭，和周芍四目相對。

周芍小跑步上前，走在他右側，目光低垂，眉心鎖得很緊。

「妳那是什麼表情？」楊嘉愷的聲音聽起來懶洋洋的。

周芍夾緊手邊的紀錄簿，在心裡斟酌用詞，想了很久，最後卻只說：「抽菸對身體不好。」

少年面上平靜無波，不懂她爲何突然跟他說這個。

周芍見他沉默，抬頭看向前方和兩人拉開了一段距離的幾名高三生，「你們不是在頂樓抽菸被發現嗎？」

明白她誤把他跟其他幾名學生當成同夥，楊嘉愷正想開口解釋，她又打斷他：「不要狡辯，我都聽教官說了。」

楊嘉愷索性把話嚥了回去，微微側身，將中指與食指併攏，靠向她的鼻尖，「有聞到菸味嗎？」

午後的陽光斜映在樓梯間，點亮他深邃的雙眸，周圍的動靜在那一刻全慢了下來，空氣中飄蕩著肉眼可見的懸浮微粒，周芍看得入神，須臾，她才收回思緒，目光呆滯地搖頭。

得到預期的答案後，他將手收了回去，轉身向前走。

周芍定了定心神，忙不迭地又跟上去，「就算你沒有抽，還是會吸進二手煙，你別再和那幾個學長待在一起了。」

楊嘉愷似是覺得好笑，瞥了一眼她手裡的紀錄簿，問道：「風紀委員現在連同學的身體健康都要管了？」

「我不是用風紀委員的身分在和你說話。」

「那不然呢？」

「我是……」深怕自己的行爲會引起他的猜疑，周芍急中生智，拿出秦小希當擋箭牌，「擔心小希學姊的身體，要是你一身菸味在她周圍晃來晃去，會影響她的健康。」

丟下這一句話，周芍撒腿就跑，完全不留給他解釋的機會。

✦

日復一日，天氣漸漸悶熱，季節的交替變得模糊，周芍幾乎沒留意到春天是何時離開的，回過神時，已是暑氣瀰漫的夏季。

本學期最後一次社團時間結束後，林禹帶著幾名學生會的同學到學校附近吃雪花冰。周芍往常不太參與這種聚會，但念在高三生們即將畢業的分上，未來能見面的機會也少了，她才破例前往。

等待餐點製作的過程中，秦小希一直低頭看手機，研究未來的大學有哪些社團可以參加，「桐林大學的女排好像滿有名的，我去學一下怎麼打排球好了。」

「妳長得不高，想得倒是挺美。」坐在秦小希對面的楊嘉愷笑笑地揶揄她。

身高不足一百六十公分的秦小希很不服氣，「我也只是說說的，你用不著這麼急著打擊我。」

小店裡空間不大，穿著制服的學生們占走了一半的座位。老闆娘將雪花冰送上桌時，熱情地和眾人聊了會天，得知幾人是今年的畢業生後，便邀請他們到店裡的簽名牆留下名字作紀念。

林禹和秦小希都起身往簽名牆靠了過去，小小的四人桌，只剩周芍和楊嘉愷留在座位上。

「你不過去簽名嗎？」

「不了。」楊嘉愷心不在焉地滑著手機。

店裡生意太好，前一桌客人走的時候，老闆沒來得及馬上清理桌面，周芍的手腕靠向不鏽鋼桌面時，感覺到一股黏膩的觸感，她皺了下眉，從書包裡拿出溼紙巾。

她仔細擦拭湯碗周圍的桌面，擦著擦著，忽然覺得這種自掃門前雪的行徑不太好，於是手一伸，連同桌子的另一側一起擦。

周芍手伸過去的同時，楊嘉愷將雙手抬了起來，等她擦完，才默默把手放了回去，「謝了。」

周芍把溼紙巾扔進垃圾桶裡，用湯匙挖一小口芒果雪花冰，再塞進嘴裡，問道：「你期待上大學嗎？」

「我看起來像是會期待上學的人嗎？」他的視線沒有轉向她，只有唇角微微牽起。

「那你上大學後會繼續玩那個遊戲嗎？」

「哪個遊戲？」

「《達佩拉島》。」

等楊嘉愷上了大學，搬到另一個城市後，那個遊戲似乎就成了他們兩人之間僅剩的連結。

「現在已經很少玩了。」

周芍有點氣餒，用湯匙戳著碗裡的芒果，她原先以爲他是因爲準備考試才沒有上線，但眼下聽起來，卻像是他往後也不會特別花時間在那個遊戲上了。

「妳有想過之後要考哪間學校嗎？」這次換他主動丟了一個問題。

「世治大學。」周芍聽聞楊嘉愷考上了這間學校，但她並沒有抱持著想和他同校的心態，只是單純覺得自己的成績正好落在那，加上那間學校的資源好，科系選擇也多。

「喔，那還會再見面啊。」楊嘉愷依舊低頭滑著手機。

他無心的一句話，在一瞬間成爲了她面對未來兩年的動力。

楊嘉愷忽地放下手機，將身子往椅背一靠，「對了，秦小希是很遲鈍的人。」

周芍愣了一下，抬眼看他。

「有些事妳不說，她永遠都不會知道。」

周芍後知後覺地想起自己編造的，關於喜歡秦小希的彌天大謊。

他像是在暗示她，他們就快要畢業了，有的話現在不說，未來也許就沒有機會說了。

她沉思了一會，目光定定地看著他，「他不知道也沒關係。」

「什麼都不做不會覺得遺憾？」他挑眉看她。

周芍笑了笑，「你有沒有在夜市玩過撈金魚的遊戲？」

店裡的工業用電風扇此刻正發出轟隆轟隆的噪音，他蹙起眉頭，微微傾身向前，「什麼？」

「小時候，我在魚池裡看見一尾很漂亮的金魚，會不計一切代價去撈，因爲這樣，紙網總是破掉。後來我爸跟我說，可以把目光放在其他的小魚身上，反正只要撈到一定的數量，就能獲得獎勵，不用這麼執著一定要抓到最喜歡的金魚。」

周芍偏了偏頭，「但我其實不想要獎勵，也不想要其他的小魚，我只想要那尾我第一眼就看上的金魚，即使那尾金魚永遠不會知道。我覺得喜歡就是這麼一回事，喜歡可以遠遠地欣賞，可以不用讓他知道。」

楊嘉愷靜靜聽她說完撈金魚的故事，似笑非笑地問：「那如果其他競爭對手也看上妳的金魚怎麼辦？」

周芍眼眸清亮，舔了舔唇角的芒果渣，最後淡然一笑，「我無法如願接住的人，應該要是自由的。」

第三章　青春往事

萬物漸盛，暑氣蒸騰。

今天是和案主簽合約的日子。

周芍依約來到一間名叫「島嶼失眠」的複合式書店。書店座落在世冶大學旁的小巷弄裡，老闆大概是個性格低調的人，外頭連個招牌都沒有。

書店的入口處是個不起眼的公寓電梯，周芍搭乘電梯來到三樓。據她了解，「島嶼失眠」一共有兩層樓，二樓是藏書區，三樓則是一間不限時的咖啡廳。

三樓除了有吧檯座位之外，還有不少靠窗的座位，以及讓顧客稍作休息的沙發區、免費零食區。

二、三樓是打通的，由一座螺旋形的旋轉樓梯相連。

咖啡廳的營業時間爲中午十二點至深夜十二點，因爲鄰近兩所大學，不少大學生喜歡窩在這裡讀書。

濃濃的咖啡香縈繞在鼻尖，落地窗外布滿綠蔭，午後的光線穿透枝枒，曬進室內。

周芍不曉得第幾次盯著天花板上的吊燈發呆。

她比約定的時間早到，選了一個兩人座位，點了兩杯冰拿鐵，等待案主出現。

五分鐘後，一名長相斯文，穿著藍色襯衫的男人緩步走到她的座位前方，「請問妳是周芍嗎？」

周芍起身禮貌頷首，「是的，您好。」

「我是案主的經紀人，我叫徐謙，今天由我來負責和妳簽訂合約。」男人拉開椅子坐下，將一式兩份的合約放在桌上，「關於合約內容，妳有任何疑問都可以直接提出來。」

這個案子的薪酬高不說，在時間上也很自由，對於影片製作的要求和風格也很隨意，還提供攝影器材，在接案網站上是人人搶破頭的案子，周芍不明白案主爲何最後選擇了她，她還只是一個即將升上大學二年級的大傳系學生。

徐謙用指節輕指靠近自己的那杯冰拿鐵，柔聲問道：「這杯是要請我喝的嗎？」

「對，不知道您喜歡喝什麼，我就照著自己的喜好點了。」

徐謙拿起冰拿鐵，淺淺抿了一口，看出她臉上的疑惑，「妳是不是在想，我們爲什麼會和妳合作？」

周芍先是一愣，才誠實地答：「我還只是個學生，沒什麼亮眼的作品，按照這個待遇，你們應該還有更好的選擇才對。」

「如果我說，我們是因爲地緣關係和妳的身分而選擇妳，妳會覺得很荒唐嗎？我們希望影片能盡可能呈現出對方眞實的樣子，而這個案子預計拍攝的主角住妳家樓上，對方和妳一樣是世冶大學的學生。背景相似，年齡相近，溝通上也會容易一些。」

男人放下手邊的拿鐵，一字一句說得緩慢：「工作內容之前有透過信件和妳提過了，案主是一位推理小說家，正在籌備新書，爲此，會需要妳負責採訪、拍攝一名遊戲實況主，將這些素材剪輯成紀錄片的形式。因爲是紀錄片，沒有腳本，內容會挺仰賴實況主本人的私人行程，這部分還要麻煩妳多配合對方，妳能勝任嗎？」

「可以。」

話音剛落，女店員端著剛烤好的可麗露走過來，說道：「這是老闆招待，祝兩位用餐愉快。」

周芍往女店員身後的方向看去，一個戴著漁夫帽配太陽眼鏡，穿著花襯衫的男人正單手支頰，坐在吧檯前的高腳椅上，爽朗地朝她揮手。

徐謙瞥了那個男人一眼，笑著解釋：「他是這間書店的老闆，有個老毛病，看到可愛的小女生就喜歡請客。」

簽訂合約大約花了一個鐘頭的時間，周芍前腳才剛離開，坐在吧檯的某人便已經坐不住了。

孫玦攔住剛想從他身後經過的徐謙，挪下臉上的太陽眼鏡看他，「只是和一個大學生簽約，你幹麼表現得那麼嚴肅？看起來好嚇人。」

「你大白天的戴著墨鏡在這裡喝咖啡，還朝人家笑得這麼詭異，看起來比我更嚇人好嗎？」

「你沒有和她透露我的名字吧？你就說，我雖然寫了幾本暢銷書，得過百萬文學獎，但行事低調，不喜歡別人過問我的隱私。」孫玦的語調從容不迫。

徐謙拍了拍他的肩，「放心，人家一點也不好奇你是誰。」

✦

周芍上個月才剛從學校宿舍搬出來，和新公寓的住戶不熟，她沒想到會因爲搬家而現賺了一個案子，想來還是覺得很不可思議。

正如徐謙所說，那位遊戲實況主的住址，就在她的租屋處樓上。

幾日後的中午，周芍抱著手裡的兩份合約，按響了樓上的門鈴。

沒多久，一名穿著黑色背心，染了一頭金髮的男人上前應門，「請問找誰？」

「打擾了，我是負責拍攝紀錄片的大學生，今天是約定好要簽約的日子。」

男人愣神了幾秒後，才恍然大悟，「這麼早啊？原來是約中午嗎？」

「如果你還需要一些時間準備，我可以等等再過來，我就住樓下而已。」

「沒關係，妳進來等吧。」他側過身子讓她進屋。

樓上的格局和樓下不同，周芍所在的二樓，房東將房子隔成四間獨立套房出租，三樓則只有一戶，是一間三房兩廳的家庭式住宅。

室內昏暗，一片寂靜，屋子裡唯一的光源是從陽台透進來的自然光。

他帶著她從陽台走進玄關，彎身拿了一雙室內拖鞋給她後，指向客廳的灰色L型沙發，「妳先在那坐著等，我去幫妳叫他。」

見她眼底閃過一絲疑惑，男人才解釋道：「我是那位實況主的室友，也是『島嶼失眠』的店長，妳去過店裡了吧？見過徐謙了？」

周芍低頭穿上拖鞋，「你也認識徐謙？」

「當然，他和我們老闆是認識很多年的朋友。」

梁佑實走向一扇緊閉的房門，粗魯地踢了踢門板，對著裡頭的人喊：「喂，你醒了吧？拍攝紀錄片的人已經來了。」

沒等房裡的人回應，梁佑實走回客廳，從電視櫃的抽屜裡拿了一把鑰匙給周芍，「妳之後拍攝可能會需要經常進出這個空間，這把備用鑰匙妳先收著，下次如果遇到沒人應門的情形，妳就直接進屋吧。」

周芍接過鑰匙，點頭道謝。

「我等等換個衣服就要去店裡了，妳在這等他一會，他應該醒了。」

交代完一切後，梁佑實便出門了，留下周芍一個人在空蕩蕩的客廳裡坐著發呆。

她盯著牆上的時鐘，時間一分一秒地過，她等得有些無聊，最後拿出手機，在網路上搜尋這位遊戲實況主的資訊。

周芍在影音平台上搜到了他的帳號，發現他的實況影片全都是不露臉的遊戲直播，遊戲類型大多都是單人密室逃脫、多人恐怖解謎，以及懸疑推理相關的。

正當她看得入神時，耳邊傳來了動靜，她循著聲源望去。

男人穿著純白T恤和灰色居家褲，一臉睏倦地從房間裡走了出來，視線和她在空中相會。

兩人皆是一愣。

一陣短暫的沉默過後，他掃了眼她手邊在黑暗中亮著白光的螢幕，問道：「幹麼不開燈？」

三年多不見，他的聲音和記憶中一樣熟悉。

在人與人的相處之間，周芍向來不是主動聯繫的那方。高中畢業之後，隨著生活圈改變，時間一長，幾名和她比較要好的同學，相互之間的聯絡也少了，更遑論是只在社團時間短暫相處過一年的學長。

剛進入世大的時候，周芍想過兩人要是巧遇，禮貌打個招呼便足矣，畢竟他們的情誼也沒有緊密到一通電話就能約出來吃飯。

當年深埋在心裡的那股悸動，隨著年月的推移逐漸淡化，這次見面對於周芍而言，與其說是驚喜，不如說是感慨。

原來那個久而未見的身影，其實離她這麼近。

楊嘉愷看她還處在驚訝當中，順手替她開了牆上的燈，想起梁佑實曾說，這次負責拍攝紀錄片的攝影師是和他同校的學妹，思緒至此，他又問：「妳眞的考上世大了？」

周芍這才回過神來，「嗯，大傳系，暑假過後就升上二年級了。」

楊嘉愷沒再說什麼，他走進廚房，從冰箱裡拿出了一些青菜和肉，氣定神閒地準備午餐。

廚房傳來洗菜的聲響，周芍坐在沙發上不知所措，眼下的情形看上去，他好像打算先把她晾在一旁。

周芍抱著手裡的合約，起身走向廚房，很客氣地問：「你是打算先吃中餐嗎？」

楊嘉愷沒將視線轉過來，專心洗菜，輕輕地「嗯」了一聲。

「既然你還要忙一陣子，那還是我等你吃完飯之後再過來？」

他轉過頭，用眼神示意她檢查手機，「妳好像來早了。」

周芍遲疑地拿起手機，點開電子信箱，在收件匣裡找到兩人約定簽約的那封信件，接著，很錯愕地發現，當初約定好的簽約時間是——下午兩點。

她居然提早了兩個小時來按他家的門鈴。

「抱歉，是我記錯時間了。」她抓緊手上的合約，匆匆地點了個頭，「那我兩點再過來。」

「妳吃過了嗎？」

「啊？還沒。」

「一起吃吧。」他用下巴努了努一旁的碗架，「拿兩個碗過來。」

網路電視播映著某部血腥的殭屍片，楊嘉愷老神在在地邊吃飯邊看，沙發另一側的周芍對劇情不怎麼感興趣，有一大半的時間都在偷偷打量他家的擺設。

電視櫃上擺放著兩副遊戲手把，周芍盯著看了一會，想像兩個大男生平時在家裡一起打遊戲的畫面，覺得挺溫馨的。

「你那個室友人挺好的，他年紀和你差不多大嗎？」

「妳說梁佑實？」楊嘉愷側眸看她，「他二十六歲了，在附近的咖啡廳上班。」

周芍點點頭，「他和我說了，說他是『島嶼失眠』的店長。」

「是他提議找我拍紀錄片的。」楊嘉愷看她對自己的室友挺感興趣，又補充道。

周芍想起梁佑實說自己也認識那位叫做徐謙的男人，將這當中的關係鏈稍微梳理一下之後，似乎明白了什麼，「梁佑實知道徐謙正在爲那位作家找尋新書的人物原型，剛好自己的室友就是遊戲實況主，所以才提議拍你嗎？」

他像是覺得有趣，嘴角浮現淺淺的笑意，「妳好像很好奇他的事？我以爲妳對男的沒興趣。」

見她一臉茫然，他又說：「高中那時，妳不是說妳喜歡秦小希？」

經他一提，過往的回憶登時浮現腦海，她當時隨口扯的謊言，自己轉身就忘了，這人爲什麼記得這麼清楚？

「我有那樣說過嗎？我不記得了。」周芍尷尬地笑了笑。

往事無預警地被提了起來，她莫名的不自在，將臉頰旁的碎髮隨意往耳後一塞，切入正題：「我先簡單跟你提一下合約重點。」

楊嘉愷拿起遙控器按暫停鍵，「說吧。」

「拍攝紀錄片的時間爲一個月，這段期間內，你有什麼行程安排，請提前讓我知道，我會排除萬難過來，如果你有其他需要我配合的地方，可以直接補充在合約上。」

周芍一氣呵成說完後，一抬頭，才發現他正意味深長地看著她笑。

「怎麼了？」她被看得有幾分心虛。

「好官腔。」

「你有問題可以直接問我。」周芍無視他的調侃。

「妳還喜歡秦小希嗎？」

「你可以問跟合約有關的嗎？」

楊嘉愷偏過頭思考半晌，隨後輕扯著唇，問道：「我跟秦小希約吃飯要提前讓妳知道嗎？」

「涉及私領域的事，不在此限。」周芍一板一眼地說。

「妳能不能講直白一點？」

「你們兩個約會就不用叫我去了。」周芍努力保持風度，又說：「學長，你知道念大傳很花錢嗎？」

他耷拉著眼皮，沒吭聲，等她繼續說下去。

「這個合作給的報酬很好，我想盡我所能做好它，不是因爲我很負責任，是因爲我很窮。」周芍拍了拍桌上的合約，「之後的一個月，還請你多多指教了。」

晚上，周芍洗完澡後，坐在書桌前一邊擦頭髮一邊上網，社群平台上的某篇貼文攫住了她的目光。

第十一屆諾克國際文學獎，首獎獎金高達一百萬！

她的眼神微微頓住，好奇地點進網站。文學獎的徵件類型有長篇小說、短篇小說、散文……每個類別的首獎獎金都不同，長篇小說又屬當中獎金最高的。她往下滑動頁面，仔細瀏覽徵文辦法，然後很遺憾地發現，收件期限早已截止。

尚未明白心底浮動著的那股沮喪從何而來，周芍隨即關掉頁面，正想吹頭髮的時候，放在書桌上的手機忽地震動。

楊嘉愷丟了一個活動網站過來，活動標題寫著「鬼月遊戲特輯——沉浸式互動體驗展。」

楊嘉愷：「我會去這個展。」

在這一則訊息之後，又過了半晌，才冒出第二句話：「妳要拍嗎？」

周芍記下活動地點跟主辦方的聯絡方式，拿起桌上的行事曆確認自己下一週的安排，過了幾分鐘後才回訊息：「你把你有空的日期列給我，我和主辦方申請到拍攝許可後，再回覆你。」

周芍等了一會，都沒等到對方讀取訊息，正當她想放下手機去吹頭髮的時候，手機又震動了。

他傳了個貼圖過來，那是一隻表情厭世的狐狸，比了個ＯＫ的手勢。

約定好前往鬼月特展的日子來臨，周芍在出門前最後檢查了一遍相機的電量和備用電池，確認所有器材都備妥才背上帆布包，戴著一頂米色的棒球帽出門。

室外溫度將近四十度，她到附近的便利商店買了兩瓶水和一些小零食，趕緊時間回到公寓樓下，正好遇見剛下樓的楊嘉愷。

「嗨，我正想打給你。」

周芍仰頭看他，棒球帽的帽簷微微遮擋住視線，她調整角度，說道：「今天太熱了，你要是遲到一分鐘我都無法等。」

他瞧了眼她抱著的兩瓶水和肩上沉甸甸的背包，「妳是要去戶外教學的小學生嗎？」

周芍突然不想把水給他了。

「小學生今天沒有記錯集合時間嗎？」他笑著繞過她，往地鐵站的方向走。知道他是在調侃她先前記錯簽約時間的事，周芍緩慢地閉了閉眼，沉住氣跟上。

鬼月特展舉辦在河畔文創園區裡，一共有三個展區，分別爲沉浸式互動區、陰間知識館、主題拍照區。

周芍手持相機底部的穩定器，大略拍了園區的空景，確認完畫面後，提議先從沉浸式互動區開始逛起。

館區外面有兩位工作人員負責引導排隊人潮，所幸隊伍不長，十分鐘後就輪到兩人進場。

「稍後兩位會走上一段地府之路，需達成指定條件才能通關。」工作人員替兩人分別戴上智慧型手錶，「兩位的心律全程不能超過一百二十，一旦任何一方超出這個標準，則判定挑戰失敗。」

進到館內後，入口處擺放著一顆巨石，石頭上刻著「鬼門關」三個大字。巨石後方是一條黑漆漆的長廊，室內和室外的溫度有著懸殊的差距，冷得讓人背脊發涼。

背景音是呼嘯的風聲以及時不時從遠方傳來的鬼哭神嚎，周芍集中精神拿穩相機，她必須錄到好的素材，分不出心思害怕。

兩人在黑暗中走了一小段路，拐過第一個轉角後，牆面上是一整排會發光的地圖，地圖上顯示當前所在地是——黃泉路。

牆面上寫著：據說通往陰間的黃泉路上，處處盛開著彼岸花，因其花瓣如火光一般豔紅，又名為「火照之路」，亡魂會隨著彼岸花的指引抵達地府，其花香能夠喚醒死者生前的記憶。

穿過被彼岸花簇擁的黃泉路，地圖顯示兩人面前是一條名叫忘川的河，河水呈現混濁的血色，裡頭擠滿了無法如願投胎的孤魂野鬼，淒厲的哭喊聲此起彼落。

周芍感到一陣毛骨悚然，低頭掃了眼手腕上的智慧型手錶，當前的心律為每分鐘九十下。

忘川河上有一條奈何橋，奈何橋一共分為三層，最上層為紅色，只有在世時積累了足夠陰德的亡魂才能走，中層為玄黃色，被安排在這一層的亡魂，稱不上絕對的好人，也稱不上壞人，最底層則是黑色，十惡不赦的亡魂全部都聚集在這裡。

楊嘉愷仔細地看完牆上的簡介，而後兩人跟隨地圖的指引，來到了奈何橋的尾端，再往前走，便看見了「望鄉台」。望鄉台是亡魂最終遙望家鄉和前世親人的地方。

整個展場被設計得相當逼真，詭譎的氣氛直升最高點，有種再往下走就要回不了人間的錯覺。

「我們好像已經快到展區的盡頭了，一切怎麼會這麼順利？」

周芍又看了一眼手腕上的手錶，心律仍然維持在安全範圍內。

「妳再回想一遍，工作人員剛剛說了什麼？」

「他說心律不能高於一百二十。」

「那是淘汰的依據，不一定是通關條件。」

周芍一頓，慢慢停下腳步，「如果心律並不是重點，那他剛才為什麼要特別提醒我們？」

「爲了讓妳分心。」楊嘉愷揚了揚下巴，「妳剛剛確認了幾次心律？」

周芍的呼吸停了一下，回想自己整路以來，確實時不時低頭檢查手錶上的數字。

展場的盡頭，有個披頭散髮、佝僂的老婆婆站在寫著「孟婆亭」的小亭子裡，朝兩人揮手，「快過來啊……我等你們好久了……」

周芍循著聲源定睛一看，畫面陰森駭人。她心底有些畏懼，下意識地往楊嘉愷身後躲。

孟婆的桌子上放著一張答題紙，上面的字體看起來很詭異，寫著「將完整的地府之路寫出來後，方能返回人間」。

周芍看到題目的時候都傻了，她微張著嘴，抬頭看向身旁的人，想確認他是不是也和自己一樣驚訝。

豈料楊嘉愷神色從容地接過她的視線，說道：「現在知道這個遊戲怎麼玩了嗎？」

◆

「今天一樣是一杯冰拿鐵嗎？」

「對，謝謝。」

見周芍的手探進錢包裡找錢，梁佑實笑著回絕：「徐謙有交代，紀錄片拍攝期間，只要妳來店裡剪片，就免費供應一杯飲品。」

「原來是這樣，那我就不客氣了。」

點完餐後，周芍選了個面窗的吧檯座位，專心剪輯鬼月特展的影片。

幾分鐘過去，咖啡廳的玻璃門被人推開，隨之傳來一陣不小的動靜。

儘管戴著耳機，幾人喧鬧的聲音仍傳進了周芍耳裡，她摘下耳機，好奇地看了過去，一名舉止從容、戴著金框眼鏡的男人在店門口被幾名年約十七、八歲的少女包圍。

「孫玦，我們連續來好幾天了，今天終於見到你了！」

女孩們將手中的書遞給男人，爭先恐後地請對方幫自己簽名。

那人看上去來頭不小，周芍隨即在鍵盤上敲入他的名字，不一會兒，和那個男人有關的資訊全都跳了出來。

她的目光在一篇兩年前的報導上停住。

歷屆最年輕得獎者！孫玦以長篇小說《島嶼失眠》成爲第九屆諾克國際文學獎首獎得主。

根據報導內容顯示，孫玦得獎的那一年，僅二十七歲，而他的得獎作品正好和這間咖啡廳的店名相同。

無數個疑問像雨後春筍般在腦中冒出，周芍再次將視線投向那名被少女們圍繞的男人身上。

原來所謂「成名的作家」看上去是這樣的，舉手投足流露著光芒，站在人群當中，有股非凡的氣息。

孫玦慷慨地幫每個人簽名、合影，最後還送上甜點。

關照完粉絲後，他走到櫃檯前的高腳椅坐下。梁佑實瞥他一眼，低聲提醒：「這個月的招待額度到達上限了，你再這麼請客下去，店裡要虧錢了。」

孫玦只是笑，「你沒聽她們說，爲了見我都撲空多少次了，我那是賠禮。」

梁佑實將手沖冰拿鐵遞給孫玦，用眼神示意他看向後方靠窗的座位，「負責拍紀錄片的大學生今天有來。」

孫玦將視線轉了過去，目光在空中和周芀對撞，女孩率先別開了臉。

「妳好，這是妳的冰拿鐵。」

聞言，周芀的目光從螢幕上移開，她抬起頭想道謝，卻先被眼前的人嚇了一跳。

孫玦將手工編織的杯墊放在桌上，再將冰拿鐵放了上去，親切地向她自我介紹：「我是孫玦，是這間店的老闆，如果對於餐點有任何想法，歡迎妳告訴我。」

聽見他的介紹後，周芀才恍然大悟，他就是上次那個招待她可麗露的花襯衫男。

周芀愣著遲遲沒回話。孫玦用餘光瞥了一眼她的螢幕，發現她正在搜尋自己歷年的小說作品。

周芀注意到他的目光所在，尷尬地關掉網頁。

男人溫和一笑，往她身旁的空位坐了下來，「在偷偷調查我嗎？」

梁佑實剛送完隔壁桌的餐點，見孫玦在周芀身邊賴著不走，不放心地繞了過來，「我說了，這個月不會再有任何招待了。」

「知道了，小氣店長。」

梁佑實敷衍地牽起嘴角，「我是怕這間店一倒，我就要失業了。」

「我們店快倒了，你也不用到處跟人說。」孫玦拍了拍梁佑實的肩膀，示意他回去做事。

暑假期間，大學生們多半都回鄉放假，店裡的顧客寥寥可數。

周芀大致梭巡了一圈，好奇地問：「店裡深夜時段的生意好嗎？」

「不太好呢。」孫玦仍笑笑的，語氣聽上去一點也不介意。

「或許可以調整暑假的營業時間，等開學之後，學生們回來了，再重新開放到午夜。」周芍說。

「縮短營業時間就違背我開店的初衷了，我希望這裡能成為失眠者的聚集地，讓那些捨棄睡眠的人，不再只有酒吧可去，也可以來書店找一點故事。」

男人身上有著一種得天獨厚的自信，說起話卻不讓人覺得自大。

「一間書店的影響力或許很小，但文字卻是極具穿透力的，在靜謐的深夜隨手翻起一本書，所有可能讓你分心的噪音都消失了，書頁上的文字毫無阻攔地直抵內心深處，靈魂和靈魂近得不可思議，聽起來不是很浪漫嗎？讓人有種命中注定，應該要在這個時間，這個地點，遇見這本書的感覺。」

孫玦說這話的時候，那種骨子裡對文字的熱忱，周芍彷彿似曾相識。

年輕時候的周盛，也曾是這個樣子的。

完成今天的工作進度後，周芍在回家的路上，順道去了一趟藥妝店。

她拿了一條防曬乳放進購物籃，步伐緩慢地移動至另一條走道，此時，手機連續進來了幾則訊息，她好奇地看了一眼。

楊嘉愷：「這個週末我會去電玩展。」

楊嘉愷：「妳想去嗎？」

距離兩人上次去完鬼月特展，已經過了兩個星期，期間，周芍曾到他家進行幾次遊戲實況側錄，截至目前，他已經解完兩個才剛上市的解謎遊戲。周芍確認完檔案，表示實況影片的素材很充足，希望他有外出安排的時候再知會她過去拍攝。

看到訊息的這一刻，周芍剛想回覆，對方很快又補了一句：「秦小希也會去。」

她盯著那行字愣了愣，最後簡單地回覆：「那你再把時間跟地點發給我。」回完訊息後，周芍關掉螢幕，打算去結帳時，腦中忽地浮現兩人去看展覽那天他說過的話。

當時，楊嘉愷說她像個要去戶外教學的小學生。

言下之意是，她打扮得太幼稚了嗎？

思緒至此，周芍的目光往一旁的架子上掃了過去，上面擺著琳瑯滿目的眼影盤。

她在架子前蹲下身來，研究不同眼影盤的品名，有乾燥玫瑰色系、楓葉焦糖色系、夏日橙汁色系……

周芍平時不怎麼化妝，一時之間看得眼花撩亂，拿不定主意，正想放棄的時候，耳邊傳來一道清甜的女聲，「選楓葉焦糖這款吧，這上面的大地色都很實用，接下來是秋冬了，挺合適的。」

周芍側過頭，映入眼簾的是一個皮膚白裡透紅，五官小巧可愛的女孩子。

對方看上去應是高中的年紀。

見周芍愣著，王覓抿出一個淺淺的酒窩，「我看妳好像很苦惱的樣子，下意識就……妳可以不用參考我的意見。」

兩人靠得很近，一股淡淡的花果香撲鼻而來，周芍覺得眼前的人像是從漫畫裡走出來的少女。

「謝謝妳，我是真的不知道哪個適合我。」

周芍按照她的提議，拿起那個叫做楓葉焦糖的眼影盤。

王覓蹲在她的身旁，指了指眼影盤上最大塊的楓糖色，「先用這個顏色塗滿眼窩。」她修長的指尖接著轉而指向另一格磚紅色的區塊，「再用這個疊加在眼摺的部位。」最後指著珠光白色，「這個可以抹一點在眼頭，當作打亮。」

王覓拿起架子上的一款燙睫毛器給周芍，「還有這個燙睫毛器，挺好上手的，現在正好在打折。」

「好。」有高人指點，周芍便照單全收。

「啊，我記得有個日系的牌子最近出了一個熱銷的新色。」

王覓在手腕上試了十幾個不同顏色的唇彩，兩人在彩妝架前耗了將近半個鐘頭，當她再次注意到時間時，才慌慌張張地說要趕著去補習班，匆匆和周芍道別。

周芍盯著購物籃裡對方替自己挑選的彩妝品，心裡瞬間有些空落落的。

那名少女像天使下凡，她卻連她的名字都忘了問。

從來沒有燙過睫毛的周芍，第一次嘗試，就燙傷了自己的眼皮。

她花了半個鐘頭才畫好的妝，全都在燙睫毛這個環節毀了，任誰看到她都只會將注意力放在她腫脹的左眼皮上。

周芍換好衣服，坐在床邊冰敷眼皮，哀怨地想著，今天能不能不去了？

不想被他看見這副樣子。

她用毛巾冰敷了一會，眼皮凍得麻木，手機裡提前設定好的鬧鐘此時響起悠揚的鈴聲，提醒她出門時間已到。

她關掉鬧鐘，深深地嘆了一口氣，從衣帽架上抓了一頂深藍色的棒球帽戴上，將帽簷壓到最低，決心杜絕一切和路人對到眼的可能性。

一走出二樓外門，周芍便看見楊嘉愷正好從三樓下來，她迅速迴避視線，耷拉著腦袋，面容隱現在帽子底下。

「妳那樣看得到路嗎?」

周芍聽見楊嘉愷的聲音從頭頂傳來,點了點頭,主動讓路,「你先走吧,我走你後面。」

楊嘉愷經過她面前,往一樓走去,「秦小希在電玩展和我們會合。」

周芍壓低帽簷跟上,「你們兩個畢業之後常聯絡嗎?」

樓梯間的燈未開,加上帽子的遮擋,視野更加受限,周芍沒踩穩階梯,往前踉蹌了一步,差點把前方的人推下去。

一股重量從身後壓了上來,楊嘉愷抓住扶手後才穩住重心,回過頭正要罵人,「喂!妳——」

周芍眼底滿是驚恐,一臉鑄成大錯的表情。

視線對上的瞬間,他眼神一凝,抓著她的手腕向下一拉,周芍被迫往下踩了一階。

兩人的距離瞬間縮短,然後,他像是明白了什麼,唇角微微地扯出弧線,「妳長針眼了?」

周芍腦袋當機了幾秒鐘,尋思著他的這個說法,好像比較沒那麼丟人。

她心虛地嚥下口水,「對,我長針眼了。」

電玩展對於周芍而言,是個陌生的新世界。

兩人在入口處和秦小希會合後,便跟著人群像擠沙丁魚般擠進會場。

現場總共有一千多個攤位,絢爛的LED燈高高掛起,大型投影幕上播放著即將上市的遊戲預告片,會場的主舞台正在進行抽獎活動,舞台下方除了擠得水泄不通的玩家之外,還有不少裝扮成遊戲角色的Cosplayer。

秦小希的目光被某個剛上市的對戰遊戲吸引，雀躍地拍了拍楊嘉愷，「欸！我們去試玩那個。」

那款遊戲叫做《主廚秀》，玩家分別扮演章魚及魷魚，最快將對方「料理」完成的一方即獲勝。

遊戲的風格俏皮可愛，和周芍平時看楊嘉愷玩的那種生存遊戲是完全不同的類型。

兩人各持一個手把，等待遊戲開始。螢幕飛出「Round1」的大字後，秦小希比了個暫停的手勢，「遊戲開始前，我們先打個商量。」

「怎樣？」

「你先讓我兩拳。」

畫面中，章魚和魷魚各據一方，秦小希選了在體型方面占有優勢的胖章魚，相較之下，魷魚的身形則顯得瘦長、嬌小了些。

「妳塊頭那麼大，怕什麼？」

「怕塊頭比你大還輸，這樣很丟臉啊！」

「要是我讓妳兩拳妳還是輸，這樣就不丟臉？」

秦小希被他的邏輯繞了進去，恍然大悟，「也是，那當我沒說。」

「不如妳讓我兩拳，這樣妳輸了也不丟臉。」

「你爲什麼一直篤定我會輸？」

楊嘉愷唇角噙著一抹笑，「秦小希，妳讓還是不讓？」

鬼使神差地，秦小希竟被他說服，「好啦，不多不少，就兩拳。」

得到應允後，小魷魚拿出一把火焰槍往章魚身上開火，火勢來得又急又猛，胖章魚的半顆頭很快就被炙燒。

「喂！你怎麼開火啊！我是說讓你兩拳！」

「按錯了。」電光石火間，小魷魚飛撲上前，往章魚臉上痛擊兩拳。

「楊嘉愷！」

秦小希氣得跳腳，眼睜睜看著血條少去三分之一。

周芍站在兩人身後，舉著相機，將女孩氣鼓鼓的側顏還有他笑開懷的模樣，完整地裝進鏡頭裡。

那一瞬間，時間彷彿回到了周芍高一那年。

好像只有秦小希在他身邊的時候，他才總是笑成那個樣子。

晚餐吃的是一間單點式的日式燒肉店。

一張四人桌，秦小希和楊嘉愷並肩坐在內側座位，周芍坐在秦小希對面。

秦小希轉著手裡的筆，專注地看著菜單上的品項，「周芍，妳吃辣嗎？我想點麻辣花枝。」

周芍摘下帽子，點點頭說：「吃的，學姊妳點吧。」

「奶油壽喜蝦吃不吃？」

周芍一整天都把帽簷壓得很低，直到此刻，秦小希抬起頭，才發現她左眼皮的不對勁，驚呼一聲，「妳的眼睛怎麼了？」

周芍先是愣了一會，才淡定地搬出同一套說詞，「長針眼了。」

「長針眼可以吃這些東西嗎？這樣可能會好得很慢。」

秦小希拿出手機，不一會兒，把查到的資訊讀了出來，「長針眼要少吃刺激性的東西，海鮮、羊肉都不能吃。」

周芍進退兩難，眼下又不好坦白自己是使用燙睫毛器時不慎燙傷。

秦小希用指腹擦掉剛剛的畫記，「今天就先別點太重口味的吧。」

「學姊，妳點妳愛吃的，不用顧慮我。」周芍急得屁股都從椅子上抬起來。

「不用，他不吃辣，我一個人吃有點太多了。」

秦小希偏頭指了指身邊的人，周芍順勢看向楊嘉愷，他心不在焉地滑著手機，像是對點什麼來吃一點意見都沒有。

秦小希在選甜點的時候拿不定主意，把菜單推到楊嘉愷面前，「年糕要選花生口味還是煉乳口味啊？」

「花生。」男人淡淡地瞥了一眼。

「但我也想吃看看煉乳口味的。」

「那就兩種都點。」

暖黃的燈光下，兩人擠在同一張菜單前，那畫面看上去，莫名有些溫馨。

周芍盯著他倆看了許久，抿了抿唇，幾乎沒有猶豫便脫口而出：「你們有考慮過試著交往嗎？」

兩人研究菜單的目光同時愣住，空氣有一瞬的凝滯。周芍眨了眨眼，仍在等答案。

秦小希率先抬起頭，像在審慎地確認著什麼一樣，用手指來回指楊嘉愷和自己，「妳問的是我們兩個嗎？我跟他？」

「你們看起來很配。」周芍兩手撐著下巴。

「妳誤會了，我現在有男朋友了。」秦小希用手肘推了推楊嘉愷，「你倒是說點什麼啊。」

男人的眼皮耷拉著，鼻腔輕哼一聲，「講得好像妳沒男朋友的時候有考慮過。」

秦小希感覺眼角抽動著，氣自己何必搬一塊大石頭砸自己的腳。

「原來妳有男朋友了。」周芍微微斂起眼，對自己的思慮不周感到抱歉。

「嗯，是我的青梅竹馬，他在國外念體育大學，明年夏天才會回來。」

秦小希簡略地說明後，又想了想，認爲自己應該爲不在場的男朋友表明立場，「我們雖然是遠距離，但我們的心很近，他的眼裡除了我之外就只有格鬥，根本容不下別的。」

「秦小希，話不要說太滿，之後要是分手了很丟臉。」楊嘉愷涼涼地補上一句。

秦小希瞪他一眼，想拿起菜單打他。

✦

潮溼的水氣落成絲絲細雨，日子悄然進入九月中旬。

暑假的尾聲，周芍如往常一樣坐在「島嶼失眠」的靠窗座位，專注地替影片上字幕，指尖在鍵盤上敲得飛快。

手邊的冰拿鐵已經見底，杯緣仍殘留著些許奶泡的痕跡，滿屋子咖啡香瀰漫，不知何時，周芍的身後默默飄來一道人影。

「這是剛出爐的巧克力布朗尼，店裡招待。」

周芍摘下右耳的無線耳機，轉過頭一看，果不其然是孫玦。

孫玦一星期會來巡店兩次，只要碰巧撞見周芍也在，且他本人沒有被小粉絲拖住的話，便會過來和她聊聊天。

他往她身邊的空位坐下，手支著頰，關心道：「我聽粱佑實說，妳最近天天都來店裡剪紀錄片？」

「嗯，不僅可以省租屋處的電費，剪片期間還有免費的飲料可以喝，怎麼想都很划算。」

「是吧？妳這案主根本就是良心老闆，太會做人了，誰拿到這份工作誰賺到。」周芍敲著鍵盤的手在此時停住，察覺事有蹊蹺，瞇了瞇眼，轉頭盯著孫玦不放。

「……妳幹麼那樣看我？」

「我記得梁佑實說過，徐謙是和你關係很好的朋友吧？」

「嗯，怎麼了？」

「徐謙是紀錄片案主的經紀人，而這位案主又正好跟你是同行……」周芍將手環在胸前，自顧自推敲著幾人之間的關係，「按理來說，你是不是也認識那個小說家？」

男人眼帶笑意，自然地將話題接了下去：「認識啊，簡直熟到不能再熟。」

「他是一個怎麼樣的人？」

「長得挺好看的，有一艘私人遊艇，平時的興趣是開船。」

周芍有種這人在糊弄自己的感覺，半信半疑地看著他，問道：「你現在是說真的還是假的？」

「騙妳做什麼？」孫玦用下巴指了指螢幕，「不說那個了，紀錄片的進度目前到哪裡了？」

周芍把目光移回螢幕上，「目前只剩後製的部分，今天把字幕上一上，過幾天再把特效弄好，應該能準時交件。」

「我能看一遍嗎？」

「我還沒弄完，現在挺粗糙的。」

「沒關係，我不介意。」

周芍想了想，若有人能幫她稍微看過，給些建議，也是挺好。她移開玻璃杯，清出空間，再把筆電轉向他，「那你幫我看看節奏有沒有哪裡怪怪的，我自己看久了，也看不太出問題。」

影片播放的時候，孫玦時不時問周芍，從這位遊戲實況主身上觀察到了什麼，彷彿這才是他眞正關注的事。

鬼月特展的片段一播畢，孫玦便按下暫停鍵，眼底多了幾分探究的意味，「這裡很有趣。」

「現場無論是氣氛還是動線都安排得挺好的。」周芍以爲他是在稱讚那場沉浸式展覽設計得別具巧思，點頭附和。

「不是說那個。」孫玦笑了笑，指向畫面中的楊嘉愷，「我是說他。」

「楊嘉愷？」

「他到最後都沒有向妳點破這個遊戲眞正的玩法，妳有想過是爲什麼嗎？」

順著孫玦的話，周芍回想了一遍當天的情況，琢磨半刻後，仍舊沒有答案。

男人眼尾微微上揚，「我認爲，那是他對這個遊戲的尊重，就像人們不會隨意透露一部電影的結局，這是一樣的道理。」

周芍後來忙到將近六點，此時窗外半明半暗，天邊的雲朵染著橘紅色的霞彩。她闔上筆電，收拾手邊的東西，背上帆布包，轉身要離開的時候，和身後走來的人碰撞了一下。

少女穿著高中制服，手裡拿著Switch玩遊戲，一發現撞到人，趕忙抬起頭道歉：

「啊，不好意思。」

眸光相撞之際，兩人都是一愣。

少女正是在藥妝店熱心幫過周芍的女孩，她認出周芍，很是雀躍，「是妳！」

「上次謝謝妳，幫了我不少忙。」沒想過兩人還有機會碰面，周芍的聲音也捻上幾分欣喜。

「妳是世大的學生嗎？」王覓依據附近的地緣線索猜測。

「對，我叫周芍，上次妳走得太急了，我來不及問妳的名字。」

聞聲，女孩臉上的笑意更加明媚，「妳跟我一樣是單名呢，我叫王覓，是涓垣高中二年級的學生。」

留意到周芍已經收拾完東西，王覓感到可惜，「妳正要離開嗎？」

「嗯，我剛剛在弄工作的東西，現在差不多要走了。」

「那我們可以加個聯絡方式嗎？」這是王覓頭一次和人提出這樣的請求，說完自己也有點不好意思，「我覺得我們挺有緣的。」

「好。」周芍微笑應允。

兩人有了彼此的聯繫方式後，王覓抓著手裡的Switch和周芍揮手道別。

看見熟悉的遊戲畫面，周芍的目光倏然定住。

「好懷念，我以前也有玩這款遊戲。」她指著螢幕上的《達佩拉島》，感慨地說。

「真的嗎？那我們要不要再加個遊戲好友？妳記得妳的邀請碼嗎？」

「520321。」周芍想也沒想便背誦出來，「很好記，所以沒忘過。」

王覓複述了一遍，低頭輸入搜尋框，遊戲畫面緊接著跳出一則玩家檔案。

「這是妳嗎？系統顯示我們已經是好友了。」

周芍納悶地湊過去瞧，按理來說，她的好友應該只有楊嘉愷一個人才對。

「這帳號是一個和我關係很要好的哥哥的，你們認識嗎？」

女孩的口吻天真爛漫，說出來的話對周芍卻猶如晴天霹靂。她背脊一涼，腦中浮現的猜想雖然有些荒唐，但似乎……也不是不可能。

「妳說的那個哥哥，不會也是世大的吧？」

「他是啊。」

王覓歪著頭，從周芍發怔的表情中讀出了驚人的資訊，「不會這麼巧吧？你們真的認識啊？」

周芍從帆布包裡拿出筆電，往桌上一放，點開電腦裡的影片，「妳說的那個人是他嗎？」

影片停在楊嘉愷去電玩展時的畫面，王覓湊上前定睛一看，猛點著頭，「是啊。」

見女孩沒有打算解釋自己和楊嘉愷之間的關係，周芍也不好繼續打聽，任由好奇心不斷地在心底生根發芽。

此時，王覓的注意力被影片裡的另一抹身影吸引，問道：「我可以看一下這個人是誰嗎？」

周芍按下影片播放鍵，畫面播的正是楊嘉愷玩《主廚秀》時，耍詐攻擊秦小希的片段。

王覓臉色一沉，小聲嘀咕：「怎麼又是她……」

女孩眼底揉雜著複雜的情緒，周芍見狀，試探地問：「妳也認識秦小希？」

「不熟，但我不喜歡她。」王覓輕嘆一口氣，又說：「這女生明明知道嘉愷哥喜歡過她，現在自己也有男友了，還是很常跟嘉愷哥見面。」

王筧像是忽然想到什麼，轉頭看她，「妳相信異性之間有純友誼嗎？」

「什麼？」

「我是不信的，在我看來，秦小希就是在利用嘉愷哥對她的好。」

恍惚間，周芍想起了很多以前的事。

想起高中時期曾因楊嘉愷而被罰跑三千公尺的秦小希，想起那個把傘借給自己的秦小希，還有一聽見她長針眼，會顧慮她而不點自己想吃的東西的秦小希。

雖然她也曾經偷偷忌妒她，羨慕她在楊嘉愷的身邊永遠都有一席之地，但是那並不代表她討厭秦小希，相反的，她深刻地明白她是一個善良溫暖的人。

「站在妳的角度，我可以理解妳爲什麼會那樣想。」周芍微斂起眼眸，語氣淡淡地說：「但是只要妳和秦小希相處過就會知道，她不是那樣的人。」

她值得他那麼多年的喜歡。

月黑風高的夜晚，陰森森的廢棄醫院裡，燈光忽明忽滅，窗外強風大雨。

一道雷擊劃破天際，室內閃過一瞬刺眼的白光，渾身流著鮮血的女鬼，正以詭異的姿勢從長廊盡頭疾走過來。

「啊！鬼出現啦！」

四人小隊裡，率先尖叫出聲的是膽子最小的池泰瑞。

林禹和楊嘉愷在地下室合力修復病歷，抽不出空檔前去解救正在被鬼砍殺的隊友，決定放他一個人自生自滅。

這款恐怖解謎遊戲叫《湖濱醫院》，據說進了這間醫院的人最終都沒能活著出去，玩家必須透過線索解開謎團，找出醫院隱藏的祕密。

池泰瑞也沒奢望那兩個冷血的人會來救自己，遂把希望寄託在另一個隊友身上，「王筧，妳在哪裡？我躺在三樓的走廊上奄奄一息，快來救我。」

王筧此時正在醫院的一樓找尋線索，「知道了，這就來。」

前去救援的途中，王筧分神地想著前陣子學校發生的事，她最近一次的模擬考考差了，班導師讓她聯繫監護人到學校一趟。

這件事她尚未和母親提起，接連幾天都心神不寧。

「嘉愷哥，你明天有時間幫我去見老師嗎？」王筧的聲音透過麥克風傳了出來。

電腦另一頭安靜了半晌，才傳出聲音，「妳在學校惹了什麼事？」

「哪有惹什麼事，就是成績的事而已，老師給的期限只到明天。」

「為什麼最後一天才講？沒空。」

「沒空你問這麼多幹麼？」

「我總得關心妳一下吧？」

王筧感到很不服氣，回嘴道：「你大四了又沒什麼課，也沒有女朋友要陪，最好是沒空。」

池泰瑞相當不給面子地大笑。

「王筧最近成績退步了啊？」林禹跳出來緩和氣氛。

「嗯，模擬考沒發揮好。」

「是考題很難嗎？有不懂的地方可以來問我。」

「謝謝林禹哥。」

隔天放學時間，王筧在涓垣高中校門口來回踱步，看見熟悉的人影映入眼簾，她急忙跑上前催促：「你怎麼這麼慢？老師在辦公室等你十分鐘了。」

「跟妳說了我很忙，」楊嘉愷坐在機車上，不疾不徐地將安全帽拿了下來，神色平淡，「有來就不錯了。」

「忙什麼啊？大學最後一年不是很輕鬆嗎？」

「申請研究所。」

「你決定要申請哪間學校了？會留在A市嗎？」

「沒，去國外。」

「哪間啊？」

男人被問得不耐煩，「妳們老師不是在等？快點帶路。」

王覓的班導師與楊嘉愷進行了將近半個鐘頭的談話，內容大致是王覓一直以來成績都很穩定，按照以往的成績，想考世大是很有機會的，但這學期的成績有明顯退步的跡象，上課也時常分心，希望家裡的人可以稍加留意她的學習狀況。

女老師說到一個段落，便打開抽屜，拿出一台Switch遞給楊嘉愷，「這是前陣子從王覓那裡沒收的，先交由哥哥保管吧，高中最後這兩年，實在不該分心在遊戲上了。」

察覺到楊嘉愷陰沉的視線，王覓眼神閃爍了下，心虛地抬頭看天花板。

兩人才剛走出辦公室，楊嘉愷便晃了晃手裡的Switch，「要不要解釋一下這是怎麼回事？」

「不小心被沒收了。」

「被沒收多久了？」

「一個多月吧。」

「那妳打算什麼時候跟我說？」

「你不是應該先關心我成績退步的事嗎？」王覓覺得他的重點完全擺錯了。「妳自己都不檢討，我能怎樣？幫妳考試？」

當楊嘉愷正要把遊戲機收起來時，王覓忽然想起那個和周芍有關的遊戲帳號。「話說回來，你怎麼收了周芍這麼多禮物？」

從王覓口中聽見周芍的名字，他神情染著一絲疑惑，「妳認識周芍？」

「遇過幾次，我上次在『島嶼失眠』看到她，意外得知她在後製你的影片。重點是，你收了她那麼多禮物，好歹也該回送人家點東西吧？」

「我收了她什麼禮物？」

「你不知道嗎？那個叫周暗暗的玩家就是周芍啊！」

時序即將步入深秋，A市氣溫驟降，空氣中夾帶著寒冷的氣息。

低溫來得又急又猛，周芍下課後，將租屋處的衣櫃進行全面換季。

晚上，她從自助洗衣店取回洗好的冬被。

她搭乘公寓電梯，接著走到二樓外門前，想從口袋裡找出外門磁扣時，才發現自己無法單手抱住整件棉被。

這一幕正好被從樓上下來的某人撞見。

周芍試圖把棉被抵在牆上，下一秒，身上的重量忽地消失，她錯愕地看向搶走棉被的人。

楊嘉愷不帶什麼情緒地回看她，眼神飄向牆邊，只說：「髒。」

周芍趕緊摸了摸口袋，拿出磁扣，邊開門邊道謝，隨口寒暄一句：「你正要出門啊？最近天氣變冷了，你記得多穿點。」

她抱回自己的棉被，想將門關上時，便聽見身後傳來楊嘉愷的聲音，「妳吃了沒？」

周芍回過頭，像是在確認自己有沒有聽錯。

楊嘉愷一手按著門，「要不要一起吃飯？」

棉被很沉，周芍努力拖住往下滑去的被子，模樣有點呆，沒多想便答應：「好啊，小希學姊也一起嗎？」

「沒有。」

周芍愣住，抬眼看他。

「就我們兩個。」

兩人搭了一站地鐵來到市區。

正值晚餐時間，某知名韓式炸醬麵店賓客如雲。周芍拿著紅色蠟筆在護貝菜單上畫記，「我之前來市區的時候，都會外帶這間店的炸醬麵回去，他們家的泡菜豆腐湯也很好喝。」

楊嘉愷從木製的筷筒裡抽了四根筷子，用餐巾紙稍微擦過一遍。

周芍瞥見這個細微的舉動，腦中忽而浮現了多年前的事。

她想起高中的時候，那瓶誤打誤撞送到秦小希手中的熱草莓牛奶，當時楊嘉愷用制服衣角替秦小希擦拭鐵罐表面，很瑣碎的一個瞬間，她卻記了很多年。

楊嘉愷注意到她停下動作，看著空中的某個定點發呆。他在筷子下方墊了張餐巾紙，「怎麼了？」

「你好像很注重衛生，有次你不是還在小希學姊喝飲料前，替她擦易開罐的表面嗎？」

「什麼時候？」

「高中那時。」

「妳要聊高中的事？」楊嘉愷的眼眸流出一抹促狹的光。

周芎沒來由地緊張，低頭繼續研究菜單，「也不是，只是剛好想到。」

她的筆尖在辣炒年糕和無辣年糕之間游移，最後想起秦小希說過，楊嘉愷不吃辣，便果斷在無辣年糕旁邊的小方格裡畫了一筆。

她將菜單轉向他，「我好了，你看看你想吃什麼。」

炸醬麵店坐落在一條繁華的商店街上，兩人坐在靠近門邊的座位，能將街上的動靜看得一清二楚。十月末的夜晚，商店街正熱鬧地進行著一場萬聖節遊行，許多臉上畫著血腥妝容的路人摩肩擦踵地擠在大街上。

幾名渾身纏繞著白色繃帶的木乃伊經過店前時，周芎眼底閃過一瞬欣喜，迫不及待地和眼前的人分享：「你知道古埃及人是怎麼製作木乃伊的嗎？」

楊嘉愷握筆的手一頓，眼睫慵懶一掀，等她說下去。

周芎伸出兩隻食指，在空中抓出一個長度，「古埃及人會先用大約這麼長的釘子，從屍體的鼻腔鑽入顱內，把腦袋搗碎之後，讓腦漿從鼻子流出來。」

聽到這裡，他眉頭稍稍一緊，胃口已經沒了大半。

女孩興沖沖地繼續說：「放完腦漿之後，亡者的內臟也必須一一取出，並將肝、肺、腸、胃分裝在不同的罐子裡保存，其後，再用乳香、桂皮等香料來清洗、塡滿腹腔，等縫合完畢，再用泡鹼爲遺體進行脫水乾燥。」

這是楊嘉愷頭一次看她侃侃而談的模樣，她的眼睛裡彷彿有無數星火。

周芍沒發現他眼底暗湧的情緒，用手指在自己的左胸口畫了個圓，「值得一提的是，古埃及人在取出內臟的過程中，只會將心臟保留，因爲古埃及人認爲，心臟是神聖不可侵犯的智慧結晶。」

最後，周芍做了個總結，她有些激動地說：「根據古埃及人處理人體的手法和優秀的防腐技術，可以知道他們在物理、化學跟醫學方面的知識已經相當成熟。」

故事結束，她滿面春風，而他臉上情緒難辨。

楊嘉愷的反應並未如她所想得那般熱烈，周芍這才意識到，他可能對這個話題不感興趣。

她眼裡的光芒忽地暗淡下來，尷尬地說：「抱歉，我一激動就很容易這樣。」

「嗯？」他將手裡的菜單遞給店員，轉頭看她，「怎麼樣？」

「就是，沒發現自己造成了別人的困擾。」說這話時，她低頭把玩著自己的手指。

他的目光在她的指尖上停了一會，才慢慢地說：「沒有覺得困擾。妳從哪裡知道這些的？」

「我爸的書上。」

老闆娘此時送了兩碗炸醬麵過來，周芍拿起筷子，認眞地將麵條和醬料拌勻，「我爸以前是個作家，不賺錢的那種，他的書房裡有一大堆千奇百怪的書，我小時候就看那些。我爸常常和我說，人再窮都不能省買書的錢，因爲腦袋裡的東西才是別人偷也偷不走的資產。」

她夾起麵條，往嘴裡塞了一口，嚼了嚼，掩著嘴說：「我沒什麼特長，但我看過的東西不太會忘。」

楊嘉愷停下拌麵的動作，笑著問：「記憶力很好？」

周芍點點頭。

「那陰間地圖怎麼看過就忘？」

周芍想起兩人上次去鬼月特展的事，訕訕地說：「我那時只是沒認眞看。」

菜上齊後，兩人都埋頭吃麵，周芍心裡覺得奇怪，原以爲楊嘉愷提議一起吃飯，是有什麼事想和她聊，但現在看起來又不像。

尷尬在空氣中蔓延，周芍咬斷一截麵條，主動打破沉默，「我能問你一個八卦的問題嗎？」

楊嘉愷抿了一口湯，放下湯碗，「我說不能妳就不問了嗎？」

「也不是，我會換一個方式問。」

「那妳換一個方式問。」

周芍掃了眼他夾年糕的動作，視線停留在他修長好看的手指上，偏了偏腦袋，「小希學姊……假設她沒有男朋友的話，你會追她嗎？」

所謂的換一個方式問，就是直接問。

這陣子周芍老是想起王覓那番「異性沒有純友誼」之說。她想知道楊嘉愷是怎麼想的，和年少時期喜歡的女生朝夕相處，有辦法克制自己不萌生友情以外的情愫嗎？

她看過當年他喜歡她的樣子。

也見過他望著她時，眼裡才會流露的光芒。

在一段寂靜而漫長的對視之後，他慢悠悠地開了口：「不會。」

「爲什麼？」

「那是第二個問題了。」

「那我可以再問——」

學姊。」

「不行。」

周芍扁著嘴，決定和他交換條件，「那我也讓你問一個問題，你想問什麼都行。」

楊嘉愷抬高一邊的眉，「想問什麼都行？」

「嗯，但你對我應該沒什麼好奇……」

「妳高中時喜歡的人不是秦小希吧？」

周芍臉上浮現零點幾秒的錯愕，須臾，便又恢復鎮靜，「我高中時喜歡的就是小希學姊。」

楊嘉愷沉思了一會，將手環在胸前，抬高下巴看她，「陰間地圖有記載，愛說謊的小孩，死後會下拔舌地獄。」

周芍微張著嘴，眼神飄移，「地圖上明明沒有這麼寫。」

「妳怎麼知道？妳又沒認眞看。」

周芍徹底拿他沒轍，「我已經回答你了，可以換我發問了嗎？」

話音剛落，楊嘉愷放在桌上的手機便響了，螢幕上顯示的來電者正巧是不斷被兩人點名的秦小希。

他瞥了一眼，接了起來。

眼看那兩人進入自己的小世界，周芍默默拿起筷子，戳盤子上的年糕，豎起耳朵偷聽他們的談話。

內容大致是說，秦小希想借用他的遊戲帳號玩一款射擊遊戲，卻在安裝遊戲的過程中遇到了一些狀況。

聽到這裡，周芍心裡頓時有點悶悶的。

她想起那個每天努力解任務，只爲了送他禮物的自己。

她並不擅長玩遊戲，送到他手裡的東西，都是她用時間一點一點換來的。

她對他很大方，而他對另一個女孩很大方。

周芍眼眸一黯，胡亂往嘴裡塞了一口年糕，想不透自己爲何在這一瞬間計較起這些往事。

她明明已經不在意他了。

第四章　懷抱夢想的你

十一月，已是深秋的季節。

周芍這學期系上有一門電影課，學期末的作業是交出一部以人文爲主題的微電影。假日，周芍和組員們在一陣舟車勞頓之後，終於抵達某個位於山腳下的百年老街，花了一個上午的時間進行拍攝。

中午休息時間，組員們對於要吃什麼遲遲無法達成共識，最後大家決定自由行動，一個小時後再回到指定地點集合。

周芍聽當地人說，這個村落最著名的名產是桂花釀，便打算利用休息時間去買，帶回去給周盛和洪惠雪享用。

古色古香的小店內，琴聲悠揚，空氣中染著絲絲縷縷的桂花甜香。周芍拿了兩盒桂花釀，旋即被熱情的店員提醒，買三盒有優惠價。

她和周盛兩人吃一份就夠了，另一份給洪惠雪，湊了第三份要送誰？

倏然間，周芍想起那個住在她家樓上的房客。

她眸光一頓，在心裡思忖著，不曉得桂花釀合不合他的胃口。

店員小姐笑得比桂花還甜，使出渾身解數向周芍推銷，周芍最後抵擋不住她的熱情，離開時帶走了三份桂花釀。

名產店對面是一家販賣古玩的老店，老闆是一個年約七十歲的老爺爺。

老爺爺坐在藤製搖椅上，愜意地曬著日光，一名男人彎低身子，和老闆有說有笑。

周芎用餘光掃了一眼，忽然覺得那名男子有點眼熟。

「爺爺，您別光顧著笑啊，您再說一次拋球的時候眼睛要看哪？」

「要看著繩線下方的洞口啊，你姿勢不對，不能光用手的力量，要用身體去帶。」

兩人的歡聲笑語引起了周芎的注意，她的目光不自覺地多停留了一會，接著從那熟悉的嗓音中認出孫玦。

男人手裡拿著一個劍玉，正在和老爺爺討教基本招式。

「這招叫做『止劍』，把基本功做得確實，比什麼都要厲害。」

在老闆的教導下，孫玦先蹲低身子，起身的瞬間，一鼓作氣將連接著細繩的木球拋高，失敗了數回，才終於成功一次。

孫玦樂得像個小孩，正東張西望，想知道有沒有人撞見自己的精彩表現時，碰巧和站在不遠處的周芎對上了眼。

古玩店老闆向孫玦推薦了一間附近知名的肉羹米粉店，孫玦得知周芎還沒吃午餐後，便熱情地抓著她一同前往。

「你丟著店裡的生意不管，一個人跑出來玩沒關係嗎？」

秋天的太陽溫暖得恰到好處，儘管是正中午走在街上，周芎也不覺得熱。

「我是爲了新書過來取材的，是辦正事。」孫玦腳步輕盈地走在她身側。

周芎靜默了一會，又問：「寫作是你的正職對吧？」

「可以這麼說吧。」

「像你這樣有名氣的作家……」周芎在腦中組織言語，試圖把話說得委婉一點，

「寫一本書可以賺很多錢嗎？」

「要看賣得好不好啊。」男人嘴角掛著笑容，「怎麼了？對寫作有興趣？」

「以前有，後來放棄了。」

「爲什麼？」

「沒錢賺。」周芍皺了皺鼻子，「像你這樣能靠寫作賺錢，還賺不少錢的人，是極少數中的少數，大多數的人，還是得向現實屈服。」

孫玦像是拿她沒轍，無奈笑笑，「妳才幾歲，開口閉口都是錢。」

「像我這樣的人好像沒資格做夢。」

周芍低頭看著自己腳下的影子，半晌後，似是覺得氣氛太嚴肅了，決定換一個輕鬆點的話題：「再問你個問題。」

「問吧。」

「你認爲男女之間具備了什麼樣的條件，才能稱得上純友誼？」周芍的神情非常認眞，像是在看待一件重大的事。

孫玦聽完一愣，瞬間笑出聲，「妳是不清楚喜歡的男生究竟是對妳有意思，還是只是把妳當普通朋友？」

「不是，是他身邊有一個喜歡了很久的女生，他們到現在都還是很要好的朋友。」

男人心下瞭然，慢慢地「啊」了聲，「那他們相處在一塊的時候，他的言行有沒有不經意地透露著，覺得她很可愛的訊息？」

周芍回想起楊嘉愷在電玩展上逗弄秦小希的模樣，「如果他覺得她很可愛，就代表他們不僅僅是純友誼了嗎？」

「可以這麼說。」男人看見了前方不遠處的肉羹米粉店，揚了揚下巴，「小店就在前面。」

周芎感到一陣莫名的失落，盯著綿延的石板路，「那他有沒有可能哪天就覺得她不可愛了？」

孫玦一愣，覺得她的問題很有意思，「有可能喔。」

前方是下坡，男人邁著長腿，步伐輕鬆自在，「在他發現更可愛的女孩之後。」

周芎停下腳步，走在前方的男人發現她沒跟上，回過頭，迎著太陽的光線，仰頭看她，「嚇到妳了？」

周芎定定地看著他，男人一副問心無愧的樣子，還笑容燦爛地補了一句：「妳要知道，男生都是很壞的。」

✦

結束一天的拍攝，周芎回老家過週末。她先回家把行李放妥，接著才步行到夜市找父親。

周盛和孫品嫻離婚之後，在現實與經濟無情的打壓下，不再以寫作爲志業，轉而接手了老父親開了三十幾年的豆花店，隨著生意蒸蒸日上，員工不斷擴編，近兩年甚至開了分店。

假日晚上，夜市人潮眾多，是店裡生意最好的時候，周芎每回放假回來，都會主動到店裡幫忙。

周芎忙著收拾桌面時，被坐在角落的女孩認了出來，「姊姊，妳也回來過週末啊？」

周芍循著聲源回過頭，女孩是只比她小一歲的堂妹，小名是小鹿，現在是A市桐林大學的學生。

「這是我大學學長，叫文紹均，我帶他來N市玩。」小鹿開朗地介紹和自己同桌的男人。

周芍禮貌地向對方點了個頭。

戴著眼鏡的男子穿著格紋外套，雙頰上有著淡淡的雀斑，不一會，就害羞地移開了目光。

「姊，妳明天如果沒事，要不要和我們一起去戶外走走？」

剛送完餐的周盛聽到小鹿說的話，忙不迭地過來附和，「對對，妳帶她出去走走，否則她每次放假就是睡到中午，連早餐都不吃，多不健康啊。」

「我哪有像你說的那樣？」面對父親的爆料，周芍很不滿。

「姊，妳考慮一下，人多也比較好玩。」

「不用考慮了，妳明天直接來家裡帶她出門，這樣最乾脆。」周盛爽快地替女兒應下邀約。

「爸，你都不用先問我想不想出門嗎？我今天因爲拍攝都累了一天了。」

「人家遠道而來，妳本來就應該盡地主之誼。」

周盛和藹地笑著，用力拍了拍周芍的肩，不曉得是不是周芍的錯覺，她總覺得父親看向文紹均的眼神，就像在看女婿一樣。

凌晨，小鹿打了一通電話給周芍。

躺在床上玩遊戲的周芍放下Switch，接通電話，「怎麼了？這麼晚還沒睡？」

「姊！我跟妳說，我現在人在醫院。」

小鹿的聲音聽起來很急切，除此之外，話筒還傳來嘈雜的人聲。

「妳怎麼了？生病了？」周芍納悶地從床上坐起身，語氣也跟著凝重起來。

「不是啦，我爺爺半夜起床上廁所，不小心摔倒了……醫生說要住院幾天。」小鹿輕嘆一口氣，「眞的很抱歉，妳明天可以帶紹均學長出去走一走嗎？他人生地不熟的，一個人也不知道能去哪。」

周芍一時有些發怔，小鹿接著說：「如果妳覺得不自在的話也不勉強，他說他可以改車票提前回去。」

「沒關係，我帶他去走走吧。」周芍很快應下，「他都特地來一趟了，就這樣回去挺可惜的。」

「太感謝妳了！那我現在把學長的聯絡方式給妳。」

文紹均是個極爲害羞的人。

隔日，從周芍手上接過桂花釀的時候，他的臉紅得像顆熟透的蕃茄。

「這是我從外縣市帶回來的名產，就當是一點心意，你可以帶回去給家人吃。」

那盒桂花釀本來是打算送楊嘉愷的，但周芍花了一個晚上思考孫玦說的話，她想，既然楊嘉愷眼裡始終有個可愛善良、她永遠也比不上的秦小希，那麼她也不需要繼續糾結在他身上。

或許只是因爲她見過的男孩子太少，才會誤以爲自己很在意他。也許，她只要再多認識一些男生，就會產生新的想法也說不定。

周芍抱持著這樣的想法前來當文紹均的導遊。

兩人從租車行租完機車後，周芍戴著安全帽，站在太陽底下確認小鹿提前安排好的行程。

「我們等等先去動物園，晚上去山上的景觀餐廳看夜景——」周芍點開那間景觀餐廳的資訊，微微蹙眉，「但是我記得這間餐廳的食物很普通，價格也偏貴……」

她抬起頭，用詢問的眼光看向文紹均，「你晚上有沒有其他想吃的？」

兩人的視線猝不及防地撞上，文紹均慌張地別開了臉，「那……妳有什麼推薦的餐廳……我們就吃妳喜歡的吧，我不挑食，吃什麼都、都可以。」

周芍呆呆望著他結巴的模樣，把臉向前湊近一些，問道：「你是不是很緊張？」

「對。」男人連耳根都是紅的，「我很少跟女孩子相處，而妳又長得很漂亮。」

周芍本身也是個慢熟的人，見到對方比自己還要更加內向，她頓時感到放鬆許多，「沒關係，我也很少跟男生相處。」

周芍自小學以後就沒來過動物園了，這次回來，有種舊地重遊的感覺。兩人在園區逛了一天，離開之前，周芍在販賣紀念品的小店裡瞎晃，一旁的文紹均時不時地注意著外頭，似是發現了什麼，對周芍說：「妳在這裡等我一下，我馬上回來。」

周芍還沒搞清楚是怎麼回事，文紹均就消失了。

約莫五分鐘後，他氣喘吁吁地跑了回來，雙手各舉著一支無尾熊造型的草莓口味冰淇淋，靦腆地說：「我剛剛看賣冰淇淋的攤販沒什麼人排隊，正好不用等。」

周芍怔怔地盯著那兩支冰淇淋，再看了看文紹均真誠的笑容。

雖然還沒入冬，但今日的氣溫仍偏低，只有十五度左右，她看著那兩支冰，覺得更冷了。

周芍慢慢地接過冰淇淋，在觸碰到他的手的瞬間，一股涼意傳了過來。

那一刻，她想起了高一那年的聖誕節。

想起她曾經在某個冬天，笨拙地送喜歡的男孩子吃冰。

晚上，兩人去吃麻辣火鍋，周芍再三確認文紹均能吃辣後，才放心地選了川味麻辣及辣味和風兩種湯底。

「沒想到妳這麼能吃辣。」文紹均說話的時候，嘴唇都是麻的，還不停擦汗。

「嗯，要找到願意和我一起吃辣的朋友很難。」況且她的朋友本來就少。

「那麼我還挺榮幸的。」文紹均一副知足的表情，「不瞞妳說，其實，妳正好是我的理想型。」

文紹均的臉急速竄紅，不知是被辣的還是緊張的緣故。

周芍握著筷子的手停在半空中，對這突如其來的直球感到措手不及，「什麼？」

「我不太會說話，只能將心裡的想法誠實地告訴妳，希望沒有嚇到妳。」

文紹均因爲盯著火鍋看了太久，眼鏡起了霧氣。他尷尬地拿下眼鏡，胡亂用襯衫擦，「我今天玩得很開心，如果吃完飯後，妳願意陪我到附近的海邊走一走，那麼我就心滿意足了。」

「你是在和我許願嗎？」

「是的。」

「好。」周芍揚起笑臉，「我答應你了。」

眼前的這個男生，比當年的周芍還要勇敢，他敢於直接表達自己的情感，敢於提出自己的心願。

而她只敢偷偷把願望寫在春聯上，被人發現了，還得變著花樣說謊。

深秋的夜晚，在杳無人煙的海邊散步，並不是一件浪漫的事。

周芍抱著手臂，任由冷風將頭髮吹得飄蕩，腦子裡想的全是剛吃完火鍋才熱起來的身體現在又變冷了。

文紹均在多數時候，行為舉止都相當紳士，頂多就是神經粗了點，沒發現黑暗中的周芍已經被冷風吹得快要著涼。

「那個，我看時間也差不多了——」

兩人在海邊走了一陣子，周芍顫抖著聲音轉過身，看見文紹均摀著肚子，一臉難受的模樣。

「怎麼了？你的臉色不太好。」

「肚子不太舒服。」文紹均額上沁出冷汗，面色蒼白地說：「妳在這裡等我一下，我去找廁所，很快就回來。」

周芍左顧右盼，四周一片荒涼，看起來不像會有廁所。她正想提議和他一起離開時，才發現文紹均已經急急忙忙地跑遠。

周芍縮著身體，找了個石階坐下，聽著遠處海浪拍打上岸的聲響。寒風撲面而來，她忍不住打了幾個噴嚏。

再一次拿出手機確認時間，是十五分鐘後的事。

文紹均沒有回來。

又過了五分鐘，周芍打了通電話給文紹均，耳邊卻傳來一串機械女聲——您所撥打的電話已關機。

周芍不死心地又打了一次，仍是相同的結果。

她起身，往兩人方才停車的方向走了回去，到達時，機車已經不在原地。

周芍四處張望了一會，後知後覺地感到有些害怕，這附近人跡罕至，更遑論能攔到車，如果文紹均一直沒有回來，那她該怎麼回家？

呼嘯的風聲拂過耳際，周芍打開通訊軟體，發現就連網路的訊號都不太順暢，只好舉著手機，往大馬路走去。

她不會是被他刻意丟下了吧？周芍的腦中不由得浮現了這樣的猜想。

連上網路的瞬間，周芍趕緊停下腳步，滑開通訊軟體，下意識地點開楊嘉愷的帳號，接著目光一頓，想不通自己爲何會在這種時候，第一時間想到了他。

眞要說起來，也不是只有這個時候，她今天一整天老是想起他。

想起那些以前的事。

在黑夜無聲的籠罩下，她傳了一則訊息出去。

周芍：「你如果在N市的話，方便幫我一個忙嗎？」

✦

晚上十點，楊嘉愷騎車抵達海邊時，周芍正把臉埋在膝蓋裡，蹲在地上玩草。

車燈照亮了她眼前的一小塊地，周芍聽見引擎聲，將臉轉了過來。

機車熄火後，周遭再次陷入一片漆黑，楊嘉愷踢開側柱，摘下安全帽，坐在車上朝她招手。

看見他出現的那一刻，周芍有點想哭。她倏地站起身，緩慢移動到他面前，正猶豫著該如何解釋當前的情況時，就聽見他問：「妳跟誰一起來的？」

該怎麼形容自己跟文紹均的關係呢？兩人甚至還稱不上朋友，頂多只能算是……

「一個約會對象。」周芍面無表情地說。

「約會對象？」

「他說要去廁所，就沒有再回來了。」周芍說完後，連自己都覺得有點蠢。

楊嘉愷先是梭巡周圍，接著才又看向周芍，像是想透過她的表情讀出更多資訊。

「他電話也關機了，」周芍有點無地自容，訕訕地說：「可能我說了什麼惹他不高興吧，他好像把我丟下了。」

周芍的心情複雜不已，吹了那麼久的冷風，明明有滿腹的委屈想要訴苦，眞的找到人說的時候，卻又只是輕描淡寫地帶過。

她不想被他看見自己那麼狼狽的樣子。

楊嘉愷向前靠在儀表板上，神色平淡，「妳又跟人家說木乃伊的故事了嗎？」

「……我才沒有。」

許是看出她心情不佳，他沒再細問，從車廂裡拿出一頂安全帽給她。

周芍乖巧地接過，替自己戴上。她試圖將鬆緊帶調緊一點，無奈周圍實在太暗，摸索了半天都沒成功。

楊嘉愷看不下去，把人往自己的方向抓了過來。

兩人的距離拉得極近，他替她調整鬆緊帶的手不經意地碰觸她的下巴，周芍感覺自己的臉正在急速升溫，下意識屏住了呼吸。

黑暗中視線不佳，他因爲看不清，又把臉湊近了一些，周芍只好別過臉，說道：「這個緊度可以了，就這樣吧。」

「我還沒調。」

「你已經調了，你只是沒看見。」周芍開始胡言亂語，想讓他別再繼續靠近。

「周芍。」

周芍看著遠方的海，不曉得他喊她名字的時候，是看著扣環，還是看著她。

在他鬆手之前，她打算一直側著腦袋，「幹麼？」

「妳現在是在緊張嗎？」

那幾個字慢吞吞地傳進耳裡，周芍渾身都熱了起來。

她想起文紹均紅著耳根轉開臉的模樣，或許在楊嘉愷的眼裡，她的害羞也是顯而易見，再多的掩飾都是徒勞。

在喜歡的人面前，縱使有再好的演技，都顯得拙劣。

周芍仍側著頭，感覺胸口被心臟撞得很疼，在風中輕聲呢喃了句：「你就不能當作不知道？」

「我確實不知道。」

他將鬆緊帶調整至合適的位置，鬆開了手，向後靠著機車，「我也一直想不透，妳為什麼要在春聯上寫我的名字。」

周芍心下一驚，將臉轉了過來。

「因為喜歡我？」

那五個字像是一道雷擊，周芍半晌都沒回過神，只是張著嘴看他。

「不說話就當妳默認了。」

周芍抿了抿唇，在最後關頭奮力一搏，「我寫的不是你的名字。」

「那妳說說，」他頓了一下，將手環在胸前，「隨便說一個和『嘉』字沾上邊的吉祥話。」

男人氣定神閒地瞅著她，給她時間慢慢想，存心覺得她想不到。

周芍絞盡腦汁，抓著安全帽的鬆緊帶說：「嘉、嘉……值得嘉獎。」

她對自己想出來的答案感到很滿意，「我高一的時候一心只想拿嘉獎，所以才寫了這個字。」

楊嘉愷的眉間起了點皺摺，似乎正在想著要不要接受她的說詞。

兩人就這樣在風中站了一陣子，他最後嘆了口氣，轉動鑰匙，說道：「算了，好冷，回去吧。」

他坐上機車，將車身往她傾斜了些，「上車。」

周芍剛抬起腿要跨上機車時，就聽見他淡淡地飄來一句：「我記得妳不喜歡欠人家人情。」

周芍的腿舉在半空中，忽然不知該不該放下。

「但妳這次欠得有點大。」楊嘉愷側過頭看她，「我好好想想妳該怎麼還。」

周芍眨了眨眼，決定當個識時務的好孩子，她一屁股坐上後座，厚臉皮地說：「你記錯了，我最喜歡欠人家人情了。」

他氣笑，「妳說什麼？」

「你可以往前坐一點嗎？後面有點擠。」

周芍拍了拍他的背，兩人貼得這麼近，她感覺呼吸困難。

他按捺著怒火，稍微往前了一些。

「再前進一點。」周芍又拍他。

「要不要我下車算了？」

機車行進在沿海公路上，坐在後座的周芍被冷風吹得有些睏。她看著沿途的風景，除了黑燈瞎火之外，想不到更好的形容詞。

路上偶爾有幾棟房子，有亮著燈的加油站，但大多數的時候，都是一片荒蕪。

一路上車子也少，就連等紅燈時都只有他們一台機車。

若不是他願意來這荒郊野外載她，她一個人肯定回不去。想到這裡，周芍才懊悔自己剛才對眼前的救命恩人太冷淡了。

夜深人靜，等紅燈時，耳邊還能聽見遠方的海潮聲。

周芍清了清嗓，問道：「你騎了這麼久，會不會累？」

楊嘉愷淡淡地瞟了一眼後照鏡，和鏡子裡的周芍對上眼，而後又別開視線，「有點想睡。」

「那我陪你聊天吧。」周芍覺得頭有點癢，剛想抓的時候才發現戴著安全帽抓不著，又默默地放下了手，「和你聊天你就不會想睡了。」

「妳要聊聊妳的約會對象嗎？」

「可以啊，他叫文紹均，很害羞的一個人。」

周芍還是覺得頭很癢，試圖把手伸進帽子裡面抓，「我們早上去動物園的時候，他買了冰淇淋給我吃，冷到我頭皮都痛了。」

交通號誌在這時轉爲綠燈，楊嘉愷發動油門向前駛去，周芍重心不穩，趕緊抓了一下他的外套，坐穩了才鬆手。

「晚上去吃麻辣鍋時，他說我是他的理想型。」周芍越想越覺得整件事情很離奇，「他明明說我是他的理想型，爲什麼還把我丟在海邊？」

「說不定他是遇到危險了。」楊嘉愷的聲音在風中傳了過來。

聽他這麼一講，周芍背脊都涼了起來，「你別嚇我。」

「這裡那麼偏僻，要求救也很難，他手機關機，或許也不是自願的。」

周芍腦中閃過文紹均那張善良的臉，忽然有種不祥的預感，怕他是眞的遭遇了什麼不測。

「那、那怎麼辦？我們現在要報警嗎？」

「報什麼警？」楊嘉愷笑出聲來，問道：「妳知道在這種情況下，警方優先懷疑的對象是誰嗎？」

「誰？」

「妳啊！妳不是最後一個見到他的人嗎？」

周芍倒抽一口涼氣，整件事被他說得越來越毛了，「你別再說了。」

「我現在也有點懷疑妳了。」

「你懷疑我做什麼？」

「大半夜誰會一個人去海邊？仔細想想，妳的嫌疑確實很大。」

周芍被他說得百口莫辯，也反過來栽贓他，「你的嫌疑比我更大。」

「我怎麼了？」楊嘉愷的笑聲被風切割得斷斷續續。

「你先對文紹均圖謀不軌，再裝作若無其事地出現，最後還能嫁禍給我。」

「我爲什麼要對他圖謀不軌？」

「可能你就忌、忌妒我們。」

「我忌妒你們？」

周芍的語速慢了下來，「可憐的紹均，他很有禮貌，願意陪我吃很辣的火鍋。」

「妳今天玩得很開心？」

「很開心啊。」周芍淡淡一笑，發覺眼皮越來越重，「就是不知道爲什麼，常常想起高中的事。」

前方又是一個紅燈，機車停了下來，周芍重心往前，身體輕輕靠在他的背上。

男人微微一怔，回頭看她。周芍側著臉，一動也不動，半隻腳已經踏進夢鄉。

「高中的什麼事？」他放輕聲音問。

「……我在聖誕節的時候買甜筒給你吃。」

「嗯，妳說不想欠我人情。」

「那是騙你的。」周芍的聲音帶著濃濃的鼻音，含糊不清地說：「我騙你的……那支甜筒就是聖誕節禮物。」

「周芍，妳在說夢話。」

「我沒有，我說的都是實話。」

「是嗎？那妳還騙了我什麼？」

周芍的呼吸變得規律，正當他以爲她睡著的時候，她又說：「騙你我的好友滿了，因爲不想讓你知道，我送了那麼多東西給你。」

楊嘉愷頓了頓，「周暗暗眞的是妳的帳號？」

「嗯，是我。」她咧嘴一笑，「我每天去你的島上澆水，因爲擔心你的金幣樹長不大。」

周芍的頭又癢了，皺著眉頭說：「我的頭好癢，你這安全帽是不是很久沒洗了？」

「是妳的頭沒洗吧。」

楊嘉愷抬頭看了一眼轉爲綠燈的號誌，放慢車速向前行駛了一小段路，最後乾脆停在路邊，「妳剛剛是承認妳喜歡我了嗎？」

「我曾經很喜歡你啊。」周芍把被風吹到臉上的髮絲撥開，「但那是以前的事了，是過去式，我現在不喜歡你了。」

遲遲沒得到他的回應，周芍又強調一遍：「我已經不喜歡你了。」

「聽到了，要說幾次？」

「你沒有問爲什麼啊。」周芍說的每個字都糊在一起，她揉著眼睛，彷彿隨時都能睡著。

「一定要我問妳才肯說嗎？」他今晚不曉得被她氣笑了幾次。

「你如果不想知道，我爲什麼要說？」

就算意識不清楚，周芍的腦筋還是動得挺快。

「那妳快點說，說完我們就走了。」

「你催什麼？」她突然有點情緒了，「我現在不想說了。」

「妳不說我就把妳丟在這裡。」

「你在威脅我。」

「我就是在威脅妳。」

「你怎麼能威脅你喜歡的人？」

「周芍，是妳喜歡我。」他耐心地糾正她。

「對，這就是重點。」周芍悶悶不樂，「你不喜歡我。」

楊嘉愷愣了一下，放軟語氣，顯得很認命，「那妳要怎麼樣才肯說？」

「你先答應我你不會笑我。」

「我現在一點也笑不出來。」

四周迴盪著遼闊的寂靜，周芍最後吸了吸鼻子，一字一句慢慢地說：「因爲在你眼中，秦小希永遠都是最可愛的。」

耳邊的風聲停了，周芍瞇著眼，半夢半醒之間，一陣手機鈴聲劃破寂靜，她睜開眼，發現自己的頭靠在楊嘉愷的背上。她的視線上移，正好和剛轉過頭的他四目相對。

周芍一副不知今夕是何夕的模樣，呆呆地跟他對看了許久，意識漸次清晰，才嚇得往後彈開，腦中一片空白，連自己什麼時候睡著的都沒印象。

察覺到正在響的好像是她的手機，她低頭翻找身上的背包，來電的人是小鹿。

「我接一下電話。」她有點膽怯地掃了他一眼，把安全帽脫下，順手掛在後照鏡上，拿著手機走到一旁。

男人全程不發一語，目光靜靜地尾隨著她。

電話一接通，小鹿便相當著急地問：「姊，妳沒事吧？妳現在在哪？紹均學長說他回海邊找不到妳，他手機又沒電了，剛剛和超商的店員借手機請我聯繫妳。」

「我一直聯絡不上他，就先請我朋友來載我了。」

「這樣啊，那我再和他說一聲，學長請我跟妳轉達，說他很抱歉，他不是故意要把妳留在那裡那麼久的。」

「沒關係，他沒事就好。」周芍知道了文紹均的下落，心裡終於踏實了些。

「哎，他就是太求表現了，可能想給妳個好印象。」

隔著電話，周芍都能聽出小鹿的無奈。

「學長平時很少吃辣，但他想爲了妳嘗試一次，誰知道腸胃就承受不住了。」

周芍有點錯愕，內疚地說：「那妳幫我和他道個歉。」

「才不要，他活該，誰叫他要逞強。」小鹿先是嘆氣，隨後話鋒一轉：「總之，妳沒事就好，我先回個電話給學長。」

掛斷電話後，周芍抬起頭，遠處的人坐在機車上，一聲不響地看著她講完那通電話。她撓了撓頭，走回機車旁，努力回想自己睡著的時候究竟錯過了什麼重要的細節。

「那個……」周芍小心翼翼地把安全帽戴回去，不停用眼神確認楊嘉愷有沒有在生氣，「我剛剛是不是說錯了什麼？」

他雙眸微斂，發動機車，態度一如往常的寡淡。

「你怎麼好像不太高興的樣子？」

「有個人說要陪我聊天，結果自己睡著了。」他聲音平淡，看著遠處。

周芍坐上機車，語氣相當誠懇地說：「我不會再睡著了，你先跟我說，我們剛剛講到哪裡了？」

楊嘉愷轉頭注意後方有無來車，綿延至天邊的柏油路依舊渺無人煙。

「講到妳昨天忘了洗頭。」

「我怎麼可能跟你講那個？」

抵達周芍家門口時，時間已經來到晚上十一點。

周盛正好在前院澆花。

「爸，你怎麼還沒睡？」周芍將安全帽還給楊嘉愷後，小跑步上前關心。

周盛拿著澆花器作勢要往周芍身上揍，「妳跟男生出去玩到半夜還不回來，要我怎麼睡得著啊！」

周盛瞥見坐在機車上的人還沒離開，打算來個機會教育，氣勢洶洶地走了過去，

「文同學，再怎麼樣你也不能這麼晚才把我女兒送回來，我們做父親的——」

話說到一半，周盛才赫然發現，文同學長得不太一樣了，他彎低身子，在黑暗中不停研究男人的五官。

楊嘉愷索性拿下安全帽，「伯父您好，我不姓文，姓楊。」

周芍縮著肩膀剛想躲回屋子裡，便被周盛喊住：「妳白天跟文同學出去，晚上跟楊同學回來，這是怎麼回事？還不過來解釋清楚！」

「爸！你別管這個，跟我進屋子去啦！」她的餘光都看見楊嘉愷在笑她了。

「這個都不管，我還能管什麼！文同學那麼乖，妳怎麼可以欺騙人家的感情！」

「我哪有啊！」

「妳不說？好，那我自己問。」

見周盛準備把矛頭轉向楊嘉愷，周芍趕忙繞了過去，把他護在身後，「你什麼都不要說，直接把車騎走。」

看見周芍一改平時沉著冷靜的樣子，慌張地東奔西跑，他覺得好笑，「長輩還在說話，我怎麼可以騎走？」

周盛把女兒往旁邊撥開，走上前質問：「楊同學，你正在和我女兒交往嗎？」

「爸！你不要亂問！」周芍眼珠子瞪得極大，激動地抓著周盛的手臂。

「沒有在交往。」

似是覺得讓長輩站著，自己坐著不太妥當，楊嘉愷下了車，站得直挺挺的，周姓父女二人登時只能仰頭看他。

「沒有交往啊？那你、你們兩個，是不是在那個什麼，曖昧階段？」

「爸！他只是幫忙載我回來而已！」周芍好想拿澆花器敲暈父親。

「也不是在曖昧階段。」楊嘉愷尋思了一會，扯出一個淡淡的笑容，「其實我也是今天才被告知，我跟她已經是過去式了。」

周芍和周盛兩人同時一愣。

周芍不可置信地看向楊嘉愷，臉上清清楚楚寫著「你在整我嗎」。

周盛慢半拍才回過神，氣得拍了下周芍的後腦勺，「我有這樣教妳嗎？妳怎麼可以一次玩弄兩個男生的感情？」

周芍摀著後腦勺，仍一臉痴傻地盯著楊嘉愷，「你不會是吹了太久的風，腦袋不正常了吧？」

「妳自己說過的話都不記得了？」他揚起下巴看她。

「我什麼時候那樣跟你說了？」

「自己回去想想。」

周芍錯愕地張了張嘴，順著楊嘉愷的話說：「那……我就先上樓了。」

她回屋子前，不忘和周盛說：「爸，已經很晚了，你快點讓人家回去。」

楊嘉愷見周芍走遠後，才收起玩心，「伯父，剛剛只是跟您開個玩笑，我是周芍的學長，我們高中、大學都同校。」

周盛點了點頭，也換上另一副面孔，「沒事，我也就是做做樣子，那孩子太不讓人放心了，我得拿出父親的威嚴嚇嚇她。」

周芍走到二樓時，瞇著眼睛從窗戶往樓下看，只見兩個男的還站在前院裡，不曉得在說些什麼。

大概是父女間的某種心電感應，周盛忽地把頭轉向窗戶的方向，周芍和父親對上眼後，連忙逃回房間去。

周盛搖了搖頭，「那孩子不太喜歡交朋友，放假回來也只會待在店裡幫忙，你之後如果沒事的話，能不能多和她出去走走？」

楊嘉愷的目光停留在那扇窗戶上，唇角輕勾，「好，我知道了。」

秋天的清晨透著寒意，周芍六點就被鬧鐘叫醒，她盯著天花板發了一會呆，等待睡意慢慢消退，才下床洗漱。

下樓後，周芍靜悄悄地換上運動鞋，抓了件薄外套穿上，提著桂花釀往洪惠雪家的方向走。

太陽躲在雲層之後，放眼望去是一片冷灰的色調，周芍徒步走到洪惠雪家門口時，對方正好推開家門走了出來。

周芍沾沾自喜，嘴角上翹，「阿姨早啊，我時間抓得眞準。」

只要不是下雨天，洪惠雪不分四季，都會在清晨時分散步，周芍偶爾放假回來，便會與她一起。

眼尖的洪惠雪看到了周芍手裡的桂花釀，「哎呦，妳不要每次回來都帶東西給我，沒事就愛亂花錢。」

「我哪有亂花錢，這個買三份有優惠，所以我才買的。」周芍熟門熟路地進了洪惠雪家，「我先幫妳放在客廳喔！」

「因爲要湊優惠才買給阿姨的啊？這種眞心話妳以後就放在心裡面吧，用不著說出來。」洪惠雪跟在周芍的身後打趣道。

「才不是，我第一個就想到妳了。」

從洪惠雪家走十分鐘就能抵達河堤，兩人沿著步道前進，一路上，周芍分享著學校的大小事，從這學期幾門比較有趣的課，再講到幾個比較刁鑽的教授。

講著講著，她注意到洪惠雪一直沒什麼反應，有點納悶，「阿姨，妳在想什麼？」

「嗯，在想……妳什麼時候才要跟我說『那件事』。」

「哪件事？」周芍的腳步慢了下來。

「我們周芍已經長大了，到了會和男同學在外面玩到半夜不回家的年紀。」

周芍旋即明白了洪惠雪話裡的意思，「我爸又跟妳亂說什麼？我才沒有玩到半夜不回家。」

「妳爸昨天從九點就一直在等，還問我能不能打給妳，我就說啊，你要給小孩一點空間，有什麼話等妳回來再說。」洪惠雪瞪了周芍一眼，眼神裡教訓的意味甚濃，「妳啊，出去玩就不知道注意時間，妳昨天幾點回來的？」

「本來吃完飯就要回來的。」周芍的語氣放軟了些，像是眞的知錯，「昨天是因爲臨時發生了點事，我下次要晚回來會提前跟他說。」

「好，那妳告訴阿姨，妳是跟哪個男生出去玩到那麼晚？」

周芍頓時一愣，心想，總不好說她跟文紹均出去玩了一天，但心裡想的卻都是另外一個男生。

洪惠雪見周芍默然不語，又試探地問：「跟阿姨也不能說？」

周芍回想和楊嘉愷重逢的經過，在腦中慢慢組織言語，「暑假的時候，我因爲要拍攝一部紀錄片，和高中的一個學長重逢了，就是那個我以前喜歡的男生。」

「妳說那個大妳兩屆、成績很好、後來考上世大的男生啊？」

「妳怎麼記得這麼清楚？」

「妳也就只跟我提過他一個男生，我還能記不清楚？」

清晨的風迎面拂來，在周芀身上渡上一層冰冷，她的腦袋卻不受控地熱了起來。

「反正就是，我最近老是想到他，就連本來湊的那盒桂花釀也是要給他的。」

「本來？」洪惠雪敏銳地抓住了關鍵字。

「後來我給另一個男生了，就是昨天跟我出去的人，我堂妹的大學學長。」

「妳腳踏兩條船啊？」洪惠雪驚呼一聲。

「阿姨！沒有啦！」她在這些長輩們眼中到底是多花心啊？

「那妳到底是喜歡哪一個？」洪惠雪問得很直接。

周芀的臉以肉眼可見的速度漲紅，「我已經不喜歡他了。」

「妳現在是說哪一個？」

「阿姨！我沒有喜歡過文紹均！」周芀的頭很痛。

「文紹均又是哪一個？」

「好，算了，他不重要。」周芀在心裡和文紹均道歉，「我要說的是，和高中學長相遇之後，我常常因爲他心神不寧。」

洪惠雪像是終於聽到了滿意的答案，眼角彎彎地問：「怎麼樣心神不寧？」

周芀直視前方，步道周圍的樹木都被染上了晚秋的顏色，「當他看著別的女孩子笑，我會感到有點煩躁，買伴手禮的時候，也會想這合不合他的胃口。」她想起昨天半夜獨自待在海邊的情景，「無助的時候，第一個想找的人是他。」

然後，周芀又想起王覔，那個自信耀眼，似乎和他關係很親近的女生，「想了解更多關於他的事，卻又擔心自己踰矩。」

一一細數之後，周芀才後知後覺地發現，楊嘉愷不知從何時開始，已經單方面占據了她的生活。

「最近的我眞的很矛盾也很奇怪。」

洪惠雪也把目光轉回前方，老神在在地說：「不奇怪，我們周芍只不過是，在過了這麼多年以後，還是喜歡那個幸運的小伙子。」

✦

冬日的腳步來得又急又猛。

這天，周芍剛結束一門選修課，走出校門時，手機便跳出一則新訊息。

王覔：「小的有一事相求。」

自從上回在「島嶼失眠」交換聯絡方式之後，周芍和王覔便時不時會傳訊息聊天。王覔升學的第一志願是世治大學的大傳系，正巧也是周芍的科系，兩人的話題總圍繞在科系相關的事情上。

期間，周芍得知了王覔和楊嘉愷兩人之所以會認識，是因爲王覔的哥哥和楊嘉愷是很要好的朋友，所以他才連帶著比較關照她。

看到周芍讀取了訊息後，王覔又問：「妳現在方便講電話嗎？」

周芍直接打了電話過去，才剛接通，少女甜甜的嗓音便傳了過來，「妳這個週日有沒有安排？我想請妳陪我去一個地方。」

周芍打算先買個晚餐再回家，便走向學校後面的商圈。

「我這週日沒事，妳想去哪裡？」

「有一個我很喜歡的作家要在南部辦簽書會，我媽不讓我一個人坐車去那麼遠的城市，我有問嘉愷哥能不能跟我去，他說他沒空。」

王覔聽起來也像是剛離開校園，電話那頭傳來同學和她道再見的聲音。

和同學道別後，王覔才又說：「他這學期都在處理明年去美國的事，應該是真的很忙碌。」

「楊嘉愷要去美國？」周芍的腳步隨之停住。

「對啊，念研究所，我記得是跟遊戲開發有關。」王覔解釋完，又把話題繞了回去：「所以我想問妳能不能陪我去簽書會？做爲感謝，我請妳吃一頓飯。」

空氣靜默片晌，王覔以爲周芍是覺得爲難，連忙道：「啊，如果妳沒空的話，千萬不用勉強。」

「不是，我只是有點恍神了。」周芍頓了頓，選擇忽略心中那股異樣的感受，「我可以跟妳去，請吃飯就不用了，妳在藥妝店幫我那次，我都還沒機會感謝妳。」

王覔口中所說的作家，不是別人，正是孫玦。

簽書會的主題爲「五週年紀念簽書會」，舉辦在K市某百貨公司三樓的書店，現場人山人海，排隊領取簽名號碼牌的隊伍相當壯觀。

「孫玦平時很少出席公開活動，私下又是個注重隱私的人，所以每當有簽書會和見面會的時候，讀者們總是會排除萬難來見他一面。」排在隊伍末端的王覔耐心地向周芍解釋。

周芍想起那個隔三差五總能遇見的男人，絲毫沒覺得必須排除萬難才能見他一面，「我上個月去拍外景的時候，碰巧遇見他了。」

周芍本來只是隨口一提，沒想到王覔卻來了興致。女孩兩眼放光，激動地問：「眞的嗎？他是去旅行嗎？看起來嚴肅嗎？是不是不太理人？」

「嚴肅？妳是說孫玦嗎？」

「他私底下很親切嗎？」

「還行，我們一起吃過午餐。」

話一出口，不只王覓滿臉驚訝，周遭幾名讀者聽見她們的對話，也紛紛將注意力轉了過來。

周芍這才發現自己好像說了什麼不得了的話，在王覓身邊附耳道：「她們爲什麼這樣看我？」

「因爲妳和她們的男神單獨吃了飯。」王覓也學周芍把音量轉小。

「我剛剛沒有說單獨吧？」

「難道不是單獨嗎？」

「確實是單獨，妳好像讓情況變得更複雜了。」

周芍最後扛不住視線壓力，表示要先去附近買個喝的，等王覓排到簽名號碼牌後再過來和她會合。

周芍到一樓買咖啡的時候，身旁站著一名等待取餐的男人，那人戴著一頂黑色的棒球帽，明明是冬天，卻戴上了太陽眼鏡，惹得周芍下意識多看了一眼。

孫玦注意到她的視線，隨之將太陽眼鏡移了下來，有些驚喜地說：「又見面了？」知曉他的身分後，那奇異的打扮忽然變得合理了，周芍沒應聲，只是慢慢別開目光，抬頭看菜單。

「我們好像總是在陌生的城市碰面。」一旁的孫玦從容地換了個站姿，「妳不會其實一直在跟蹤我吧？」

「我只是來買咖啡。」周芍的態度很平淡，沒有給出小粉絲撞見明星的反應，「但是我朋友很喜歡你，現在正在排你的簽名號碼牌。」

「妳怎麼沒有一起排？」

「我不是你的粉絲。」

「不是我的粉絲還跑到我面前跟我說，」孫玦笑了出來，「眞不給面子。」

周芍和店員點完兩杯熱拿鐵後，移動到孫玦身旁等待餐點。

孫玦取完咖啡後也不急著走，和她隨意閒聊，「妳的困擾現在解決了嗎？」

「什麼困擾？」

「妳喜歡的男生現在還和那個女生走得很近嗎？」

周芍想起自己上次問過他，關於異性之間純友誼的問題，點了點頭，「他們大概會是一輩子的朋友。」

「既然這樣，妳也和那個女生變成朋友不就行了？」

周芍愣了愣，眞要說起來，她和秦小希應該稱不上朋友，連私下都沒有單獨出去過，「怎麼做？」

「什麼怎麼做？」孫玦比她更疑惑。

「以前高中的時候，我們因為是同一個社團，所以經常碰面，現在不同校了，好像沒有特定理由可以見到她。」

「想見一個人需要理由嗎？」

周芍先是沉默，接著輕易地被他說服了，「說得也對，那見面之後呢？」

「吃個飯，隨便找件事麻煩她，讓她陪妳去買東西之類的。」

「就這麼簡單？」

「就這麼簡單。」

周芍半信半疑，「你不會其實是在傳授追女生的方法給我吧？」

男人無可奈何地笑了，「人跟人之間的相處，說穿了就是藉由互相麻煩來建立信賴關係，你幫我一次，我幫你一次，一來一往久了，漸漸就熟悉了。」

孫玦的話讓周芍頓時有些恍惚，她並非不懂他的意思，只是那套道理，和她的成長經驗相違，就算心裡明白，要她實際行動，還是有難度。

✦

簽書會結束以後，回程的路上，周芍搭乘高鐵，看著車窗外高速向後退去的風景，一邊聽王覓絮叨著追星成功的喜悅，一邊分神地想著孫玦今天所說的話。

自從有記憶以來，周芍總是在避免造成別人的麻煩，她所處的環境似乎從未給她試錯的機會，現在想來，她和母親之間並不存在著信任關係，一旦她造成了困擾，只會換來母女之間的疏遠。

周芍自幼就是怕生的性格，當不熟悉的親友到家裡拜訪時，她時常焦慮得連簡單的問候都說不完整。而孫品嫻在鄰里眼中，是溫婉美麗的電視新聞主播，口才佳，氣質出眾，母女兩人的個性天差地遠。

大家聽聞孫品嫻有一個女兒後，總會笑著說：「等女兒長大以後，就是妳的接班人。」

母親的光環在無形之中，成爲周芍心中很深的恐懼。

她不像母親反應機敏、能言善道，她也不嚮往主播那樣光鮮亮麗的職業。那些強加在她身上的期望越高，她就越想往黑洞裡躲起來。

小學四年級的時候，學校有一場演講比賽，每個班級需要推派一位代表出來參賽，孫品嫻主動和周芍的班導師聯繫，表示希望能將參賽的機會留給女兒。

準備演講比賽的那一陣子，孫品嫻陪著周芍一次又一次地反覆練習。遺憾的是，比賽當天，周芍一站上台，面對著台下上百個觀眾，她的腿就已經開始發軟。她糊里糊塗地說完自我介紹，至於演講的內容，她一個字都想不起來。

那天，周芍從母親的眼裡，看見了滿滿的失望。

演講比賽失利之後，有很長一段時間，周芍變得更不愛說話，彷彿對任何事都提不起興致。慶幸的是，眾人對她的關注也漸漸減少了，周芍似乎成了母親羞於向人提起的孩子。

五年級那年，學校多了一門寫作課，在那個由文字建構出來的世界裡，周芍第一次感覺到踏實。如果每個人與生俱來，總有那麼一件得心應手的事，對周芍而言，就是寫作。

小學的班導師曾在她的稿紙上，稱讚她是個情緒內斂、心思豐盛的孩子。

那時的周芍總這麼想，她或許可以在寫作的領域裡，讓母親爲自己感到驕傲。

隔年，周芍代表學校參加全國性的作文比賽，拿了亞軍回來。

得知她作文比賽獲獎後，孫品嫻的臉色卻很難看，她語重心長地告訴周芍：「文字沒有價值，寫作無法成就任何事，妳以後難道想和爸爸一樣，成爲一個貧窮作家嗎？」

孫品嫻對於周盛的作家夢，是從不掩飾的輕視。周盛雖然出版過幾本長篇小說，但那微薄的收入不足以養活一個家。丈夫能夠懷抱不切實際的夢想，都是因爲有她一肩擔起家庭經濟的重任。

「即使妳沒有辦法像我一樣，那至少不要像妳爸爸一樣。」

比起未能從母親身上得到支持的那股失落感，周芍更深刻感受到的，是愧疚。她沒能成爲母親的驕傲，反倒成爲了另一個麻煩，一個和父親一樣令母親感到困擾的存在。

自那以後，每當周芍提筆想寫點什麼的時候，總會想起母親痛苦的神情。於是，寫作成了周芍的人生當中，第一個被她親手藏起來的東西。

國一那年，孫品嫻改嫁到別的城市。周芍聯絡了母親幾次，想找她吃飯，卻都被她以工作忙碌爲由拒絕了。母親總說，等生活不那麼忙了，會主動聯繫她。

周芍等了幾個月，始終沒等到一通電話。

某日放學，她獨自搭車前往孫品嫻上班的新聞台，被新聞台的員工發現，好心將她帶到孫品嫻身邊。

當時，孫品嫻正在安撫一個坐在椅子上鬧彆扭的男孩子。

那是周芍第一次見到年僅九歲的傅時熙。

發現周芍的那一刻，孫品嫻有些驚訝，她將她拉至角落，蹲下身子問她：「怎麼沒有跟我說一聲就跑來了？」

周芍抿了抿唇，知道自己的出現給母親添了麻煩，低頭回道：「對不起，我只是想見見妳。」

她不知道自己還要等多久，才能盼到孫品嫻的一則訊息。無止盡的等待，延緩了日常，讓生活的每一天變得既瑣碎又煎熬。

她想跟母親說，她跟班上的同學處得並不融洽，日子稱不上好，也想跟母親說，她想念她煮的菜，還有，她已經不再寫作了。

「妳來找我的事，爸爸知道嗎？」

周芍沉默地搖了搖頭。

孫品嫻輕嘆一口氣，「那妳先給爸爸傳個訊息。」

周芍乖巧答好。

孫品嫻面有難色，半晌後才接著說：「媽媽工作的地方有很多媒體，妳突然跑來並不合適。」

說完，孫品嫻從錢包裡拿出兩百塊給周芍，「我今天會晚下班，妳帶時熙去附近買點小東西吃，他爸爸等等就來接他了，可以嗎？」

周芍點了點頭，默默收下錢。

新聞台的後面有一條小巷子，巷子裡有很多小吃店。

周芍牽著傅時熙在巷子裡逛了一下，兩人走沒多久，男孩便甩開她的手。

「你喜歡你的新媽媽嗎？」周芍丟了個問題給他。

「她才不是我的新媽媽。」傅時熙翻了個白眼。

周芍後來又問了幾個和孫品嫻相關的問題，傅時熙不是裝沒聽到，就是直接無視，周芍也不再自討沒趣，看見一間專賣海苔飯捲的小店後，便喊住他：「你要不要吃這個？我們可以一人買一份，再買飲料喝。」

無肉不歡的傅時熙看了一眼後，完全不感興趣，「不要，看起來好難吃。」

「不然你想吃什麼？」

傅時熙指著對面的速食店，「吃牛肉漢堡加雞塊套餐。」

周芍順勢看過去，速食店的活動廣告打得很大，限定套餐特價一百八十九元。

「不行，我們的錢不夠。」

「明明就有兩百塊錢。」

「但我們一個人只能花一百塊。」周芍很堅持。

「妳回妳家吃飯不行嗎？」

「我要等我媽媽下班才要回去，我才不相信你自己吃得完那一份套餐。」

「吃不完又怎樣？我現在就是想要吃！」傅時熙說完，伸手去搶周芍手上的紙鈔。

周芍也不甘示弱，死死抓著手裡的錢，「浪費食物小心以後下地獄！」

「妳這小氣鬼才下地獄！」

兩人僵持不下，周芍見紙鈔快要被傅時熙扯破，只好鬆手。男孩得手後，轉身就衝向對街，一輛機車反應不及，急煞之後還是撞上了傅時熙。

「小朋友！你這樣突然衝出來很危險！」

從機車上摔下來的中年男子忍著皮肉痛，扯著嗓子怒罵，整條巷子的人都把目光轉了過來。

周芍連聲道歉，見往前滾了幾公尺的傅時熙，手腕和膝蓋都擦出大面積的傷口，她慌慌張張地上前將他攙扶起來，「你有沒有怎麼樣？」

傅時熙失神了許久，最後才扯著嗓子大哭，「都是妳害的！妳早點把錢給我就不會這樣了！好痛，我都流血了！」

周圍有好心的民眾上前關心，周芍腦袋一片空白，半晌，才顫抖著手找出手機，給母親打了電話。

十分鐘後，孫品嫻一臉驚慌失措地出現，看見等在騎樓下的傅時熙和周芍後，她立即跑了過來，緊張地在傅時熙面前蹲下，檢查他的傷勢，「撞到哪裡了？能走嗎？骨頭痛不痛？」

傅時熙百般嫌棄地撥開孫品嫻搭上他肩膀的手，「不要碰我！會這樣都是她害的！」

男孩的嗓門很大，本來就覺得自己有錯在先的周芍，此刻更是把頭低得不能再低。

孫品嫻抓住她的手臂，將她用力扯向自己，「妳這個姊姊是怎麼當的？我才把他交給妳多久？為什麼這麼簡單的事情都辦不好？」

周芍被孫品嫻憤怒的語氣嚇得臉色慘白，全身都緊繃著，眼眶也漸漸發紅，「因、因為他一直吵著要吃套餐，可是錢不夠——」

「妳先買給弟弟吃也不行？妳是姊姊啊！妳讓他都來不及了，還害他摔成這個樣子，妳要我怎麼跟他爸爸交代？」

以獨生女的身分活了十三年的周芍，不懂得怎麼疼愛這個毫無血緣關係的弟弟，當孫品嫻斥責她不夠成熟、不夠體貼、不夠禮讓的時候，堆積已久的委屈在頃刻間爆發。

周芍攥緊校裙，面色漲紅，淚水奪眶而出，「為什麼就只凶我？為什麼只有我要餓肚子？妳知不知道我等妳的訊息等了多久？我坐了多久的車來找妳？上了一天的課我也很累，為什麼我要讓步？明明我才是媽媽的小孩，傅時熙——」

周芍抽抽噎噎地哭著，轉頭瞪了身旁的男孩一眼，「他又不是妳生的！」

轉瞬間，一個巴掌自周芍臉上落下。

順著力道，周芍偏過臉去，半張臉熱辣辣地發麻，一時半刻沒了知覺。周圍的人群被他們製造出的聲響吸引，紛紛將注意力轉過來。

周芍愣在原地，任由一股難堪的羞愧感淹沒自己。

良久，耳邊傳來母親淡漠的聲音，「妳不能突然出現在我面前，索求妳認為我應該給妳的東西，還哭著問我為什麼不給。」

女人的語速緩慢，顯得每個字詞震耳欲聾，「妳和妳爸爸都一樣自私。」

周芍的淚水在那一刻止住，一直以來，渴望從母親那裡得到的關注，都化為一個疼痛的巴掌，和幾句過於疏淡的話語。

她因為想見母親而做出行動，這個行為本身似乎就是一種打擾。

「周芍，爸爸的長篇小說入圍了文學獎，妳快點過來看看！」

剛放學回來的周芍，雙手緊握書包背帶，臉上沒有什麼情緒，只是朝周盛搖頭，「期中考快到了，我要回房間念書。」

「先吃完飯再念吧。」周盛指了指桌上的便當。

「我餓了就會出來吃。」周芍頓了一下，上樓前又回頭向父親叮囑了一句：「我會念到很晚，爸爸你別來敲門。」

「知道了，不要熬夜啊，明天上課會沒有精神的。」

周芍沒有和周盛提過那日在巷子裡發生的事，也沒有提起母親的那一巴掌，那一天的一切，彷彿隨著她的沉默，被她埋進了心底很深很深的角落。

周芍沒有再去找過孫品嫻，也不再傳訊息給她，生活的一切看似沒有什麼改變，唯一不同的是，周芍待在書桌前的時間變得很長，替同學們寫的筆記越來越詳細。

國一那年的最後一次期末考，各科的考題都比往常來得難，分數出來後，大家的成績都不理想，只有周芍的全科分數依舊維持在平時應有的水準。

班導師在全班的面前表揚了她，要求同學們向她看齊，多多自我要求。

自那一天起，關於周芍的流言蜚語也逐漸傳了出來，她開始會在女廁裡聽見同學們悄悄談論她。

「這次考試我什麼都沒準備，只讀了周芍的筆記，但根本沒有幫助啊！」

「妳是傻吧？妳以為她那麼大方會把自己讀書的祕訣寫進筆記裡嗎？」

「心機好重，她一定是故意誤導大家，這樣才能一直當班上的第一名。」

回到家時，周芍一聲不響地把自己關進房間。幾分鐘後，周盛從樓下喊她，說有個東西要給她看，聲音裡藏著難以掩飾的喜悅。

周芍沒有心思下樓，索性當作沒聽見，繼續坐在書桌前翻著自己熬夜寫下的筆記。檯燈的燈光照在橫線筆記本上，上頭有周芍用不同顏色的原子筆與螢光筆註記的條列式重點。

她回想著自己寫下這每一行字的心情，明明是想要幫助同學，為什麼所有人都曲解了她的好意？

儘管知道這麼想不對，但周芍仍克制不住內心那股彰顯著的愧疚感。同學們相信她的筆記，她卻讓大家失望，就結果而言，她的好意顯然沒有半點幫助。

遲遲等不到她下樓的周盛，最後乾脆來到二樓，敲了敲門後，把頭從門縫探了進來，「爸爸叫妳，妳怎麼都沒反應？」

周芍繃著張臉，依舊未答。

周盛沒察覺女兒的異狀，拿著手機興沖沖地走近她的書桌，「爸爸的長篇小說入圍決選了喔！」

周盛沒注意到被放置在書桌角落的筆筒，不慎將其碰倒，五顏六色的原子筆與螢光筆散落一地，周芍見狀，著急地蹲下身子去撿。

周盛糊里糊塗地說著：「哎呀，是爸爸的錯。」

周芍低著頭，拔開原子筆的筆蓋，胡亂在手腕上試色，有些心愛的顏色都因撞擊而斷水，她的視線變得模糊，本就不佳的情緒更是一觸即發。

「摔壞了嗎？爸爸明天再去文具店幫妳買。」

積累已久的委屈一時之間找到出口，周芍氣得哭了起來，「爸爸什麼時候才可以長大一點？」

周盛連忙蹲下，問道：「妳怎麼哭成這樣？不過就是幾枝筆，等等馬上幫妳買可以了吧？」

周芍緊握著手裡的原子筆，眼淚不停地落下，她恣意宣洩著怒氣，「我好討厭爸爸，都是因爲你那麼自私，所以媽媽才不要這個家。」

也許是因爲，周盛是她身邊唯一可以依靠的人，所以周芍任性地認爲，他理當要接住她無法自行消化的不安與焦慮。

當時的周芍覺得，一切的不幸，追根究底都是因爲父親不分晝夜，只顧著寫作，所以這個家才會支離破碎。

望著周盛失措的面容，周芍嘴角流過鹹鹹的淚水，然後，她顫抖著聲音，說出那句讓她在往後人生裡，自責了許多年的氣話——

「你可不可以再也不要寫作了？」

✦

晚上，正在忙閉店作業的周盛，忽而間看見周芍回來，以爲是自己忙到眼花。

「妳怎麼沒說一聲就跑回來了？」

周芍不發一語，進入店內開始收拾桌面。周盛雖然一頭霧水，卻也沒再追問，專心結帳。

到了晚上十點，店裡的員工離開之後，周盛降下鐵捲門，拉了張椅子，和周芍面對面坐著。

按照父女倆的默契，他知道她心裡有事。

「怎麼了？什麼事不能在電話裡跟我說，還得親自回來一趟？」

周芍手撐著下巴，盯著牆上一張黑糖薑汁豆花的宣傳海報，說道：「我今天陪朋友去了一場簽書會。」

「結果呢？」

「現場人好多，一堆人排隊等著給作者簽名。」

「那是少數人氣高的作者才有的待遇，像我這樣默默無名了大半輩子，因爲被巨大的生活壓力追著跑，最終文思枯竭的作者比比皆是。」

周芍沉默許久，才問：「爸，你喜歡現在的生活嗎？」

「哪有什麼喜不喜歡？每個人不都是這樣，一睜開眼睛就要工作，我如果不工作，哪來的錢讓妳念大學？」

周芍咬了咬唇，視線仍未從那張海報上移開，她反問：「你自己呢？你沒有其他想做的事嗎？」

「今天妳惠雪阿姨才在說，過年的時候想搭遊覽車去賞櫻，問我店裡要不要公休幾天，跟她一起去。」周盛拿出手機，翻對話紀錄給周芍看。

周芍低頭把玩著桌上的一包粉色餐巾紙，心不在焉地回：「是嗎？那你就跟她一起去吧。」

周盛被她不乾不脆的模樣搞得如坐針氈，無奈地放下手機，「妳到底想跟我說什麼？妳直接講，別在這凌遲妳爸。」

兩人相對無言，良久，周芍才戳著那包餐巾紙說：「爸，你有沒有曾經後悔結了婚，還生下我？」

「我爲什麼要後悔？」

「如果不是因爲要養家，你應該還在繼續寫作吧？有時候我會這樣想，如果沒有我的話，你的顧慮就可以少一點了，說不定你也有機會辦一場屬於你自己的簽書會。」

「就這件事啊？妳把氣氛搞得那麼凝重，我還以爲妳要說什麼。」

「我是很認眞在跟你討論這件事。」周芍擺出一副不太高興的樣子。

「討論什麼？我要不要重新開始寫小說？妳當妳爸今年是幾歲？那是很耗體力跟腦力的事好嗎？」

周盛一副沒得商量的態度，拍拍桌子，示意周芍起身，「走吧，燈關一關，我們回家了。」

「你繼續寫吧。」周芍的態度很堅決，「就當是爲了我，你可不可以不要過著抱有遺憾的人生？」

周芍的眼眶漸漸紅了，「當身邊的大人都勸你放棄寫作，當他們用世俗的眼光評斷你，在你最需要一份單純的理解與支持的時候……我卻沒有一個孩子該有的純眞和自信，在那樣應該勇敢做夢的年紀，我既懦弱又不敢懷抱夢想。」

周芍說著說著就掉下淚來，周盛見狀，喉嚨也跟著一緊。

「在你最接近夢想的時候，我卻責備你幼稚又長不大。爸爸對不起，我不該那樣對你的……」

見周芍哭得上氣不接下氣，周盛抽了幾張紙巾幫她擦眼淚，「那麼久以前的事，爸爸早就忘了，爸爸沒有放在心上，妳不要哭了。」

「你這樣說只是爲了不讓我內疚而已。」

「我不想讓我的女兒內疚有什麼不對？」周盛的眼眶也紅了，「妳國、高中的時候，假日都不和同學出去玩，只肯待在店裡幫忙，其他親戚都誇妳懂事貼心，只有我知道妳的那份體貼是用多少愧疚換來的。」

周盛將淚眼婆娑的女兒緩緩擁入懷中，「人的一生，每個階段想要的東西都不同，現在的我能賺錢供妳學習，讓妳能去做任何妳想做的事，已經是身爲父親的我，最引以爲傲的成就。」

第五章 摩天輪上的祕密

「食日不多」是一家位於A市的自助式火鍋店，秦小希已經在這間店兼職了兩年的時間。

接近年末，店裡隨處可見溫馨的聖誕裝飾，就連播的歌都很應景。

晚餐時間，剛下課的王覓被楊嘉愷帶到火鍋店吃飯。

「你們兩個副餐分別要什麼？」站在桌邊點餐的秦小希問。

「白飯。」

秦小希用平板註記完，轉頭再看王覓，「妳呢？」

「我要烏龍麵。」王覓闔上菜單，抬頭看秦小希，「妳平安夜有什麼計畫嗎？」

「平安夜？我那天正好沒班，早早上床睡覺。」

「那妳要不要跟我們一起過節？」

王覓的話一出，楊嘉愷和秦小希皆是一愣。

「每年平安夜我都會跟嘉愷哥的朋友們一起打遊戲，我們還會點披薩吃，如果妳也能來，應該會滿好玩的。」

面對王覓的熱情邀約，秦小希不知所措地看向楊嘉愷，卻只見他面不改色地聳了聳肩，一副事不關己的態度。

「那就這麼說好了，我等妳來。」沒等秦小希答應，王覓笑靨如花地道。

秦小希走後，楊嘉愷看向王覓，「妳這是在做什麼？」

「邀她一起來玩啊！周芍說只要我跟秦小希相處過，就會對她改觀。」王覓站起身，拿起盤子打算去自助吧時，又說：「對了，平安夜那天，周芍也會來。」

平安夜這天，周芍準時到樓上按門鈴，碰巧遇見從電梯裡出來的秦小希和池泰瑞。

「小希學姊，好久不見。」

秦小希原先正和池泰瑞說笑，聽見周芍的聲音後，轉過頭去，被她的穿著嚇一跳，「這天氣妳穿裙子不冷？」

周芍上身套了一件泰迪絨毛外套，裹得很暖，下身卻只搭了一件米白色的及膝裙，秦小希光看著那兩條露在外面的腿就覺得冷。

「不會，反正等等只待在室內。」

周芍的大學朋友很少，每到平安夜、聖誕節這種浪漫節日，那些爲數不多的朋友，不是忙著約會，就是忙著聯誼，她總是一個人孤零零地過。今年難得有人約，她一星期前就在糾結該穿什麼衣服才好。

一旁的池泰瑞主動向周芍自我介紹：「初次見面，我叫池泰瑞，是之後要跟楊嘉愷一起組工作室的朋友。」

周芍怔怔地回握男人朝她伸出的手，禮貌頷首後，才問道：「你們要組什麼樣的工作室？」

「獨立遊戲工作室。」

池泰瑞話音剛落，梁佑實正巧上前應門，「快進來吧，在壽星來之前，我們要布置完現場。」

「誰是壽星？」秦小希問。

「王覓啊，她的生日和平安夜同一天，我們每年都會順道幫她慶生。」

三人先後進屋，秦小希環視了一遍室內，只看見在電視旁布置聖誕樹的楊嘉愷，「林禹還沒到？」

「他幫王覓上完家教課後，會順便載她過來。」梁佑實說完，往沙發一坐，繼續爲聖誕節字母氣球充氣。

池泰瑞只關心披薩點了沒，他點開手機外送平台，看向秦小希和周芍，「妳們有沒有什麼忌口的？」

「我吃什麼都行。」周芍老實地答。

「你要點哪一家啊？我知道有一家的墨西哥牛肉披薩很好吃。」一說到吃的，秦小希眼睛都亮了，蹦蹦跳跳地往沙發擠了過去。

沙發一下子坐滿了人，周芍在一旁呆站了一會，最後往楊嘉愷的方向移動腳步，這人是在場她最熟悉的人，和他待在一起總有股安心感。

他大概是怕冷的體質，穿了件黑色的高領毛衣，神情寡淡地將五顏六色的吊飾球往樹上掛。

周芍站在一旁看他裝飾聖誕樹，沒他的許可，不敢亂動盒子裡其餘的裝飾，「有沒有需要我幫忙的地方？」

周芍沒參加過這種多人聚會，有點侷促不安，試圖找點事轉移注意力。出席今日聚會的人，除了池泰瑞以外，其餘的人她都見過也認識，但她仍感覺社交能量消耗得異常快速。

楊嘉愷輕瞥她一眼，似乎是察覺她的不自在，用下巴指了指她手上的手機，「那妳幫我拍張照。」

「啊？」

「聖誕樹也一起。」

周芍點開手機裡的相機APP，將尚未裝飾完成的聖誕樹裝進畫面中，皺了皺眉，有些難以啟齒，「你要不要等全部裝飾好再拍？」

楊嘉愷手上勾著一顆鮮紅色的玻璃吊飾球，嘴角微微揚起，「怎麼？嫌它現在很醜？」

「……也不是。」

楊嘉愷隨意地面向鏡頭站著，「快點拍。」

周芍一連拍了幾張，正想讓他挑一張滿意的照片時，身後便傳來秦小希的呼喊聲，「欸，楊嘉愷，你們每年幫王覓慶生，都沒買生日蛋糕嗎？」

「沒，吃不完。」

「那許願的時候怎麼辦？」

「用雞翅代替。」池泰瑞回答，「我們每年都用王覓的當月壽星優惠換雞翅桶。」

「生日蛋糕怎麼能用雞翅代替？」

秦小希提議到附近的咖啡店挑個小蛋糕，之後便拖著楊嘉愷出門了。

屋子裡一下少了兩個熟悉的人，周芍一邊安靜地接手裝飾聖誕樹的工作，一邊聽梁佑實和池泰瑞聊天。

池泰瑞點完披薩後，走去廚房倒了杯水喝，「王覓今年怎麼會主動邀秦小希來過平安夜？我想來想去都覺得哪裡怪怪的。」

「大概是長了一歲，懂事一些了吧。」梁佑實把充飽氣的字母氣球拿到牆上去貼。

池泰瑞注意到周芍將目光轉了過來，笑著解釋：「王覓老是懷疑秦小希有男朋友還跟楊嘉愷牽扯不清。」

梁佑實也跟著補充：「楊嘉愷之前喜歡了秦小希很多年，這事妳知道嗎？」

周芍的眸色暗了些，分神地將玻璃球扣上聖誕樹，「嗯，我知道。」

「不過之後楊嘉愷就要去美國讀研了，生活圈改變之後，還怕忘不掉曾經的初戀嗎？」池泰瑞說。

「他現在哪有心思想那些？他媽還在因爲他要去美國的事跟他生氣。」

周芍停下手上的動作，怔怔地轉頭看梁佑實，「他媽媽反對他去美國念研究所嗎？」

「嗯，聽說是不滿意他想讀的科系。」

王覓進屋的時候，眾人在玄關一字排開，熱情地唱生日快樂歌迎接她。

秦小希手上捧著一顆六吋蛋糕，幾人將室內的燈關了，蠟燭上微弱的火光成了唯一的光源。

王覓被眼前的驚喜嚇得不知所措，轉頭看身後的林禹，未料男人臉上也閃過一瞬的愣然，隨後，才很快地配合眾人一起唱起生日快樂歌。

「王覓，之前是我們幾個想得不夠周到，剛剛已經被秦小希念過了，從今年開始，妳不用再拿雞翅許願了。」

池泰瑞本想走去一旁開燈，旋即被梁佑實拉了回來，「還沒許願。」

王覓慢慢適應了眼前的漆黑，盯著那顆粉色的草莓蛋糕看了一會，再將視線移至秦小希身上，「這個蛋糕是妳選的嗎？」

「嗯，因爲沒有事先預訂，臨時在店裡挑了一個。」

空氣凝滯了一會，王覓的反應沒有預料中的雀躍，池泰瑞出聲緩頰，「怎麼說也是人家的好意，妳多少笑一個吧。」

梁佑實笑著幫腔，「對啊！偶爾來點儀式感也不錯啊！」

幾人你一言我一語，半晌，王覓才反駁道：「要不是因爲你們每年都用我的壽星優惠換一堆炸物，最後還常常吃不完，不然我當然很想吃生日蛋糕啊！」

「妳眞的想要蛋糕啊？那妳之前幹麼不說？」池泰瑞很詫異。

「你們每年都把平安夜留給我了，我哪好意思要求那麼多。」

林禹示意大家往客廳移動，「好了，蠟燭都快燒完了，趕緊許願吧。」

晚上十點，聚會結束，眾人紛紛解散。王覓由楊嘉愷送回去，周芍則主動陪秦小希走到附近的地鐵站。

冬日的寒意毫不留情地包圍著二人，周芍把身上的外套裹得更緊了些，整個人看上去像一隻熊，卻仍驅不散從腿間不停攀上的冷空氣。

「妳其實不用送我，我可以自己走去地鐵站。」秦小希看周芍冷得直打哆嗦，於心不忍地說。

「沒事，我想送妳。」周芍把手放進外套口袋裡搓了搓。

夜色如墨，天上連一顆星辰都看不見。

「對了，我聽楊嘉愷說，是妳鼓勵王覓跟我相處看看的，這是眞的嗎？」

周芍的思緒拉回她和王覓在「島嶼失眠」的那番對話，神色略顯猶疑，自己也沒什麼印象，「我好像是有這麼說過。」

「這樣啊，謝謝妳。」秦小希神情放鬆地道：「我感覺她好像沒那麼討厭我了。」

「妳不用道謝，妳本來就是很好的人。」

雖然周芍偶爾也會羨慕秦小希和楊嘉愷之間的羈絆，卻無法眞的討厭她，「其實我高中的時候還滿羨慕妳的。」

「羨慕我？」

「嗯，學長只對妳好。」周芍說這話時，聲音很輕，帶著淺淺的笑。

「妳說的學長是指誰？不會是楊嘉愷吧？」

周芍點頭，「他總是看著妳笑。」

「妳不要說這麼可怕的話。」秦小希感覺頭皮都發麻了，「他整天只想著怎麼挖坑給我跳。」

「他明明很討厭麻煩，卻會花時間教妳課業，妳喝裝在易開罐裡的飲料之前，會用制服幫妳擦過，不喜歡別人動自己的東西，但他的遊戲機不是都隨妳玩嗎？」

周芍下意識一一細數那些小事給她聽，說完才發覺不妙。

兩人四目相對，秦小希眉梢微抬，神情難以捉摸，「奇怪了，那麼久以前的事，妳怎麼記得比我還清楚？」

周芍清了清嗓，迅速收回視線，「我的記憶力本來就還不錯。」

「我怎麼覺得妳在說謊？」

周芍眼神閃爍，顯得更加心虛。

秦小希瞇了瞇眼，乾脆攔住周芍的去路，「說，妳是不是對楊嘉愷有意思？」她反覆分析周芍剛才說的話，覺得此事非同小可，「而且照妳剛剛那樣說，好像是從高中的時候就開始了？」

「我只是把我觀察到的事情說出來而已。」

「那妳還花眞多心思在他身上。」秦小希明顯話中有話。

兩人僵持不下，眼看這個祕密遲早會被拆穿，周芍乾脆直接投降，「因爲我喜歡他很久了。」

「眞的是從高中的時候開始啊？」

周芍點頭，「妳能幫我對他保密嗎？」

「這不是我要不要保密的問題。」

秦小希心想，倘若連她都能從周芍的言行舉止看穿她的心思，又何況是那個城府極深的傢伙？

「妳怎麼能肯定他不知道這件事？」

「我沒和他說過。」

「他那個人心機很重，或許早就發現了卻裝作不知情。」

周芍慢半拍地想了想這個推論的可能性，憶起之前楊嘉愷送自己回家的情景，他當時在家門前說了一些她聽不懂的話。

那些話難道眞的有什麼暗示？

✦

周芍不幸染上了重感冒。

在十度左右的低溫穿著裙子、吹著冷風陪秦小希走到地鐵站又獨自返家，她睡前已經噴嚏連連，隔天更是流著鼻涕上完一整天的課。

租屋處位於二樓，周芍平時鮮少搭電梯，然而，發燒使她四肢疲軟、意識昏沉，強撐著身體從學校走回公寓後，只能蹲在電梯前面等待電梯抵達一樓。

電梯門開啟的瞬間，她起身想進去，豈料突然一陣頭暈目眩，雙腳尚未離地就往前摔了一把。

周芍以跪姿跌進電梯，裡頭的人遲遲沒有離開，站在門邊替她按下延長鍵。

她回過神來，扶著牆起身，「不好意思。」

一抬頭，映入眼簾的竟是住在她家樓上的男人。

「妳這是怎樣？」他微蹙著眉。

周芍渾身無力地靠著牆，用濃濃的鼻音說：「好像發燒了，頭很暈。」

男人沒應聲，定定地打量她。

「你可以幫我按二樓嗎？」

「看醫生了沒？」

「睡一覺就好了。」

看他遲遲不動作，周芍走向前，逕自點亮數字二的樓層鍵，「你不出去嗎？」

「聽說最近是流感的高峰期，」他輕描淡寫地道：「免疫力差的，睡一覺就走了。」

周芍剛想反駁，門外一陣冷風灌進來，她鼻子一癢，沒忍住，直接往他身上打了個噴嚏。

她慢半拍地摀住口鼻，「抱歉。」

男人嫌棄地拍了拍身上的衣服，按下三樓的按鍵後，電梯門隨之關上。

在密閉空間裡，周芍貼心地站到角落，和他保持距離，「你剛剛不是要出門嗎？」

「有東西忘了拿。」

抵達二樓，電梯門一開，周芎剛想出去，隨即被門邊的人拉了回來。她一臉懵，眼睜睜看著電梯門又關上，「你幹什麼？」

「跟我去三樓拿個東西。」

看他神祕兮兮的，周芎糊里糊塗地想了下今天正好是聖誕節，這人莫非有準備禮物給她吧？

他們的交情應該沒有好到那個分上……她在內心勸自己不要自作多情。

楊嘉愷進屋後，周芎在門外等他，沒多久，他拿著兩頂安全帽走了出來，將其中一頂遞給她，「拿著。」

周芎接過安全帽，有些不明所以，抬頭看他，「這安全帽是要送我的？」

「讓妳拿一下就變妳的了？」

意識到自己會錯意，周芎有點窘迫，問道：「你帶我來三樓，只是爲了叫我替你拿安全帽？」

楊嘉愷轉身將門上鎖，「把安全帽戴上。」

高燒使得周芎有些神智恍惚，此刻，他的話彷彿帶著一股魔力，讓她乖乖照著他的指示做。

她眼神空洞地戴上安全帽，調整好扣環後，想起那個最核心的問題，她又沒有要出門，戴人家的安全帽做什麼？

楊嘉愷笑著看她完成一連串的動作，周芎發現自己的舉動有點傻，正尷尬地想脫帽時，他拉起她，往電梯的方向走去。

正如楊嘉愷所說，近期是流感的高峰期，診所裡坐滿了等待看診的病患。

周芍選了個角落的位子坐下，從帆布包裡找出錢包，頭昏腦脹地翻找著健保卡，找到卡片後，她才發現錢包裡一張鈔票都沒有，零錢湊一湊也不夠付掛號費。她剛想去附近取錢，在外頭停好車的人便走了過來。

他朝她伸手，「卡片給我。」

「你能不能先借我掛號費？」

周芍額上冷汗涔涔，方才坐在機車後座的時候又吹了風，臉色更加蒼白，看上去像是隨時會昏過去。

「嗯，妳在這等，我去掛號。」

周芍思忖片刻，遞出卡片時，刻意將卡片翻至背面，「那你別看照片。」

楊嘉愷因爲她的話來了興致，「妳這麼一說我就更想看了。」

「不行。」周芍捏住卡片不放，「你先答應我。」

診所的玻璃門被推開，清脆的風鈴聲迴盪在耳邊，病人接連從外頭湧入，排隊掛號的隊伍越來越長。

「再不快點去排，妳要在這等很久。」

兩人對上目光，周芍做著最後的掙扎，「那你先讓我看你的。」

「嗯？妳要看我的什麼？」他握著卡片的手鬆開了些，輕扯著唇。

她無心的一句話，從他嘴裡複誦出來，隱隱多了引人遐想的成分。

「妳不要在公共場合講奇怪的話。」

坐在附近的人們聽見他們的談話，忍笑的聲音此起彼落。周芍一陣氣惱，把卡片強塞給他，「算了，你趕快拿去。」

卡片上的小女孩約莫是讀幼稚園的年紀，那時的周芍突發奇想，替自己剪了瀏海，成果當然是慘不忍睹。周盛也不曉得怎麼想的，最後還讓她以那副模樣拍了證件照。

女孩長相稚嫩，笑得燦爛，露出光亮的額頭，和幾撮參差不齊的頭髮。

楊嘉愷排在隊伍末端，摩挲著手裡的卡片，不由得一笑。

當周芍看完醫生，領了藥，走出藥局時，注意到楊嘉愷神情肅穆，站在機車旁邊講電話。

周芍左右張望，藥局隔壁是一間甜湯店，她趁著他通話的空檔，去點了兩碗紅豆紫米粥。

等待餐點的時候，周芍忽而想起池泰瑞和梁佑實的那一番對話，關於楊嘉愷的母親不支持他去國外念研究所的事，思緒至此，她偷偷地猜著，電話另一頭的人會不會是他的母親？

放在口袋裡的手機連續震動了幾下，周芍拿起來一看，傳訊息過來的人是文紹均。

文紹均：「聖誕快樂。」

文紹均：「這麼問可能有點唐突，不曉得妳跨年有沒有安排？我想要約妳去山上看煙火。」

周芍呆呆地盯著那兩則訊息。自從兩人上次在海邊不告而別後，誰也沒有主動發過訊息，況且周芍近期為期末作業忙得焦頭爛額，她差點就忘了文紹均這號人物。

「兩碗紅豆紫米粥好嘍！」

老闆娘溫和的聲音傳進耳裡，周芍付了錢，取完餐後，楊嘉愷也結束了那通電話。

周芍走到他的面前，舉起提袋，「這是紅豆紫米粥，其中一碗請你喝，謝謝你載我來看醫生。」

楊嘉愷坐在機車上，接過提袋，「今年聖誕節倒是送了點正常的東西。」

周芎的注意力全在手機的訊息上，沒聽清楚他說什麼，怔怔地抬頭問道：「你說什麼？」

楊嘉愷的視線向下一掃，嗓音沒什麼起伏地問：「在回誰的訊息？」

「文紹均問我跨年要不要去山上看煙火。」

「妳會去？」

「會吧。」周芎在訊息欄裡刪刪打打，糾結著該如何回覆對方，「反正也沒其他人約我。」

「你們兩個是怎麼認識的？」

「文紹均是我堂妹的大學學長。」

男人盯著她看了一會，遲遲沒說話。

周芎察覺他炙熱的視線一直抓著自己不放，呆呆地抬頭，「幹麼？你有話要說？」

楊嘉愷忽地向前靠在龍頭上，勾手示意她靠過來，一副有祕密要說的樣子，「問妳一個問題。」

周芎乖乖靠過去，「什麼？」

「妳要不要當我女朋友？」

周芎以爲自己腦袋不清楚，產生了幻聽，她怔怔地張著嘴，「你說什麼？」

「煙火放完後，他可能會這樣問妳，妳最好先想清楚怎麼回答。」

意識到自己誤會了他的意思，周芎故作鎮定，「我跟他哪有可能進展那麼快。」

「氣氛對了，什麼都很難說。」看周芎陷入思考，他又說：「妳要是不答應，小心被人丟在山上。」

周芍因爲他的話而動搖，腦中不自覺地浮現上次被丟在海邊的陰影。回想起來，文紹均確實說過她是他的理想型，倘若對方是眞的有意追求，而她只想和他維持朋友關係，那麼是不是不應該給對方不必要的期待？

「要是我赴約，就是默認我也對他有意思？你們男生是這麼理解的？」

楊嘉愷淡淡地瞥了她一眼，「是。」

「那你呢？」

「我怎樣？」

「你判斷『一般異性友人』跟『有發展可能的異性』兩者之間的依據是什麼？」

「妳自己怎麼分？」

「就是沒有答案才問你。」周芍囁嚅著，「王筧說過，她覺得異性之間沒有純友誼，你認爲呢？你跟小希學姊是純友誼嗎？」

不曉得是不是因爲生病的關係，周芍忽然一反常態，和他直球對決。

楊嘉愷眼尾的弧度緩緩上揚，「怎麼扯到秦小希來了？」

「如果她被人丟在海邊，你也會去接她吧？」

「嗯，先笑再去。」

「那麼，如果她生病了，你也會載她去看醫生？」

楊嘉愷已經快壓不住嘴角了，可惜周芍的視線放得很低，沒發現他在忍笑。

「周芍。」

「幹麼？」她抬起頭看他。

「妳爲什麼這麼好奇我的事情？」

回到家，周芍坐在書桌前邊喝紅豆紫米粥邊剪片，吃了感冒藥後才去洗澡。

藥物的副作用使得她有點嗜睡，她吹完頭髮就爬上床滑手機。

文紹均五分鐘前發了一則訊息給她。

文紹均：「雖然今年沒能和妳一起跨年，但還是提前祝妳新年快樂。」

周芍看了半天，想不到要回什麼，了無新意地回覆四個字：「新年快樂。」

她的手機最近時常彈出記憶體即將不足的通知，眼下閒著沒事，便打開相簿將用不到的相片和影片刪一刪。

相簿最新的照片，是楊嘉愷以聖誕樹爲背景的那幾張獨照，她昨天拍完後，忘了傳給他。

周芍退出相簿，點開通訊軟體，想將照片傳給他，但思來想去又覺得不妥。

這行爲像是她刻意點開相簿回味他的照片，順道想起自己忘了把照片發給他似的。

還是不傳了吧？反正他也沒開口跟她要。

周芍心安理得地繼續私藏那些照片，最後從中挑了一張設爲手機桌布。

她盯著看了許久，然後，氣餒地把臉塞進枕頭裡。

兩人明明才分開沒多久。

她已經想他了。

✦

冬天的白晝特別短，伴隨著夜幕降臨，空氣中的溫度又下降了幾分。

期末將至，「島嶼失眠」聚集不少前來溫書的大學生，周芍也是其中之一。

她和系上的同學花了一個下午討論完分組報告，到了晚餐時間，眾人才各自解散。

周芍抱著筆電，從原先的四人桌換到吧檯的位子，打算把尚未後製好的影片處理完再回家。

「我看妳同學們都回去了，妳打算留下來繼續奮鬥？」在吧檯忙著手沖咖啡的梁佑實分出心思關心她。

「嗯，影片還沒弄完，這天氣我一回家看見床就想睡，效率會很差。」

周芍正在後製的影片是上回到老街拍攝的那部微電影，目前完成度已達九成，只剩下部分特效要處理。她忙到一半時，忽然有個人喊她的名字：「周芍？」

周芍聞聲抬頭，映入眼的人是文紹均。

他對於巧遇周芍感到驚喜萬分，認出她後，隨之停下腳步，手裡的托盤在一動一靜之間微微顫動，上頭擺著的熱咖啡朝著周芍的方向倒去。

下一秒，咖啡便壯烈地灑在她的筆電上，螢幕裡後製到一半的微電影瞬間被黑畫面取代。

周芍還來不及反應，黑色的液體很快順著桌沿流下，滴向她的大腿。她從座位上彈起，耳邊是文紹均的連聲道歉。

周芍的臉色一陣慘白，一顆心提到了嗓子眼。她的影片還沒來得及存檔，這代表剛才的後製全是白做。最糟的是，倘若電腦裡的資料無法修復，那她真的欲哭無淚了。

梁佑實留意到他們的動靜，只看了一眼便明白大致的狀況，轉身喊人拿抹布過來清理，接著便和周芍說：「妳別重新開機，直接送修。」

他拿出手機，發了個維修中心的地址給她，「這間維修中心在百貨公司裡，坐一站地鐵就到了，營業到十點，妳現在過去還來得及。」

周芍看了眼當前時間，八點半，還夠她回去換件褲子再出門。

她風風火火地抱著電腦衝出咖啡廳，文紹均也追在後頭，「電腦維修的費用我來出吧，眞的很抱歉，都怪我粗心大意。」

周芍焦急地等著紅燈，不巧的是，此時天空慢慢降下了細細的雨絲。

「下雨了，我們先去超商買一把傘吧！」文紹均抬頭看著烏雲滿布的天空。

「你不用跟著我，我一個人去就可以了。」

儘管周芍脾氣再好，此刻也很難不遷怒他，她強壓著怒火，試圖好聲好氣。

「天色這麼黑，讓妳自己去我不放心，何況今天這件事我也有責任。」

周芍很想吐槽，只有他在的時候，她才總是遭遇不幸。

等紅燈時，周芍沉著臉不說話，而文紹均還有閒情逸致和她話家常，「我是第一次在『島嶼失眠』看見妳，我平時還滿常去的，妳也是他們的常客嗎？」

「我今天是去討論報告的。」周芍的語氣明顯不佳。

「這樣啊，期末確實是很忙。」

周芍沒有延續話題的意思，任由空氣沉默，半晌，文紹均又問：「元旦連假妳有什麼計畫了嗎？」

周芍覺得文紹均實在是很不會看人臉色。

行人專用號誌燈在此時轉爲綠燈，周芍小跑步穿越斑馬線，文紹均和她一起跑到對面後，見她向左走，追在後面提醒：「地鐵站不是往這個方向。」

周芍已經快沒耐性，側過頭說：「你別跟著我了，我要先回家一趟。」

「妳要回家拿傘嗎？也好，這場雨短時間應該是不會停了。」

周芍忍無可忍，氣得停下腳步，文紹均反應不及，朝她身後撞了上去。

她回過身子，指著西裝褲上一個約莫手掌大小的咖啡漬，「看見了嗎？這裡剛剛也被咖啡潑到了。」

文紹均很震驚，「那杯咖啡很燙，不快點沖水可能會起水泡。」

周芍很想回他，那杯咖啡有多燙，沒有人比她更清楚。

「我們去醫院吧。」文紹均抓著她的手想往反方向走。

周芍想掙脫，但她的力氣完全敵不過他，「不用了，你快點放開我，我等等還要趕去修電腦。」

文紹均仍抓著她不放，語氣也嚴肅起來：「妳爲什麼總是拒絕我的好意？妳還在生我的氣嗎？因爲上次那件事？」

見周芍不說話，他便以爲自己猜對了，放軟語氣解釋：「我已經跟妳說了，我是因爲平時沒有吃辣的習慣，腸胃才會承受不住，那時在海邊又找不到廁所，只好到超商去借，我不是故意丟下妳的。」

「好，我知道了，你能不能讓我先走？」

一陣風吹過，冰涼的雨絲拍打在兩人身上。

周芍的感冒才剛好，實在不想在接近期末的日子又大病一場。

「我就知道妳還在不高興，妳要知道，人有三急，那不是我能控制的。」文紹均越說越委屈，眼眶都紅了，「那是我第一次和女生約會，我只是很想在妳心中留下一個好印象。」

她居然把他弄哭了？周芍不敢相信自己的眼睛，她根本沒有凶他啊！

「那件事我不怪你，我趕著去維修中心，剛剛店長說了那間店只營業到十點。」

文紹均不相信她說的話，「那妳爲什麼跨年不願意跟我出去？妳爲什麼不能再給我一次機會？」

周芍被風吹得頭有點痛，決定早點結束這場鬧劇，用沉穩的語調說道：「其實我已經有喜歡的人了，你別在我身上浪費時間了。」

文紹均的情緒慢慢平復下來，安靜了許久，才問：「那個人是誰？」

「你不用知道。」周芍拿出僅剩的耐心回答，在心裡默默決定好這將是兩人最後一次見面。

「他比我還優秀嗎？」文紹均分不清臉上究竟是雨水還是淚水。

周芍冷靜地點頭，「嗯。」

「他一定不是那種會在緊要關頭想上廁所的人吧？」

周芍不知道該生氣還是該笑，只覺得一切都很荒唐，「我想說的都說完了，你回去的路上小心。」

話落，周芍轉身離開，文紹均在她身後放聲大喊：「我們擁有過的那些回憶我都會好好放在心裡，從今天起我會封鎖妳，妳也別找我！希望往後妳想起我的時候不會感到遺憾！」

一旁等紅燈的機車騎士紛紛轉過頭來看戲，周芍此生從沒這麼丟臉過，在雨中用跑百米的速度逃離現場。

周芍回到公寓時，渾身都有被雨水打溼的痕跡。

她站在二樓的外門前翻找鑰匙，剛才離開「島嶼失眠」的時候走得太匆促了，筆電、外套、錢包全被她隨意地往包裡塞，她找了很久，卻依舊找不到鑰匙。

周芍越找越心急，最後乾脆蹲在地上，把包包裡的東西全部倒出來，豈料將每個角落都翻遍了，卻仍然沒看見鑰匙的蹤影。

不會是掉在咖啡廳裡了吧……她覺得自己今天真的倒楣透了。

現在趕回去咖啡廳，可能沒有充裕的時間回來換衣服……思及此，周芍才想起一件相當重要的事。

她還沒跟文紹均拿電腦的維修費！

那個人剛剛還說要封鎖她！

周芍又氣又惱，方才被咖啡燙傷的地方正在隱隱作痛，電腦裡的檔案還下落不明，此刻她已經什麼都不想管，只想哭。

一陣腳步聲從樓梯上方傳來，那人走了幾步便停住。

意識到散落一地的物品擋住他人的去路，周芍連忙低頭撿起地上的東西。

朦朧的視線中，有塊陰影停在眼前。

他在她面前蹲下，替她撿起地上的錢包，漫不經心地問：「怎麼了？跌倒了？」

認出他的聲音後，周芍抬起頭來，淚眼婆娑地看著眼前的人。

男人有一瞬的怔忡，卻仍是語調和緩地問：「哭什麼？」

「我的影片要重做了，我的資料可能會不見。」周芍越說越委屈，邊擦眼淚邊說：「我還忘記跟文紹均拿維修費，現在還被鎖在外面……」

楊嘉愷沒聽懂她在說什麼，只是替她撿起地上的東西，「嗯，別哭了，幫妳想辦法。」

她方才說的話毫無邏輯可言，她才不信他有聽懂。

「你又沒聽懂我說什麼。」周芍吸著鼻涕說。

「不就是被鎖在門外。」楊嘉愷把她從地上拉起來，「鑰匙不見，先打給房東。」

周芍原先激動的情緒平緩下來，吸著鼻子說：「鑰匙應該是掉在『島嶼失眠』。」

「我幫妳問梁佑實有沒有看到。」楊嘉愷從外套口袋裡拿出手機。

周芍揉了揉眼睛，慢慢地說：「我剛剛被熱咖啡潑到了，本來想先換件褲子再去修電腦。」

楊嘉愷將視線轉向她褲子上的咖啡漬，眉頭深鎖，明顯很不爽，「怎麼弄的？」

「文紹均……」周芍話還沒說完，人已經被他強勢拖往三樓，「那個，我現在沒空去你家坐坐，我要拿電腦去修。」

「不是說燙到了嗎？」他的語氣很凶，「先沖水。」

燙傷的肌膚在沖過冷水之後，終於不再那麼刺痛。

周芍用吹風機把頭髮和身上的衣褲都吹乾後才走出浴室。

楊嘉愷坐在客廳的沙發上，見她出來，淡淡瞥了一眼，「梁佑實說下班會順便拿妳的鑰匙回來。」

「是嗎？果然掉在咖啡廳了。」周芍關上浴室的燈，大大鬆了口氣，眼下終於少了一件煩心的事，「謝謝你借我吹風機，那我先拿電腦去修了。」

她把吹風機往茶几一放，背起沙發上的帆布包轉身要走。

「等一下。」

周芍怔怔地回頭，「什麼？」

「先擦藥。」楊嘉愷拿起燙傷藥膏晃了晃。

「不用，我快沒時間了，我還要趕地鐵。」

周芍才剛轉身又被他抓住，他將她往下一拉，她一屁股坐在沙發上。

「妳自己來還是我來？」

周芍覺得再跟他推託下去，也只是浪費時間，便乖乖捲起褲管，「我自己來吧。」白皙的大腿肌膚暈著淡淡的紅色，周芍把藥膏塗抹在指腹後，才輕輕地塗上患部。

楊嘉愷盯著那塊面積不算小的燙傷，不由得一陣煩躁。

「那男的上次把妳丟在海邊，這次拿咖啡潑妳。」他頓了一下，像是在忍著不發火，「妳跟他是有仇？」

周芍被罵得措手不及，拿著紗布的手停在半空中，「我沒有想到今天會見到他，而且這是意外。」

「那下次又打算出什麼意外？」

「沒有下次了。」周芍用眼神示意他替她撕繃帶，「他聽完我今天說的話後，決定封鎖我了。」

楊嘉愷撕繃帶的手一停，憤怒的表情終於緩解了些，「妳跟他說了什麼？」

周芍想起方才在雨中，她跟文紹均說自己有喜歡的人了，臉頰一熱，岔開話題，佯裝生氣道：「你動作能不能快一點？我要是趕不到維修中心都怪你。」

楊嘉愷額角的青筋一跳，覺得自己好心被狗咬，「妳說什麼？」

「我的腿燙傷了，等一下還得用跑的去地鐵站，現在外面又在下雨……」想到外頭大雨淋漓，周芍瞬間沒了氣勢，相當能屈能伸，「你可以借我一把傘嗎？」

男人的臉很臭，用力撕下繃帶，「我騎車載妳去，不會來不及，可以閉嘴了嗎？」

周芍的電腦要到隔天傍晚才會修好。

正事處理完，周芍想起自己還沒吃晚餐，便提議外帶一些熟食點心回去。

兩人在百貨公司裡的美食街等待餐點，周芍把頭垂得很低，盯著手中的取餐號碼牌發呆。

「在想什麼？」楊嘉愷的聲音從身側傳來。

「在想我可能得趁元旦連假重做期末要交的影片了。」周芍的表情很絕望。

她無意把壞情緒傳染給他，很快整理好心情，「你呢？元旦連假打算做什麼？」

「陪家人吧，之後會有一段時間見不到面。」

周芍靜默下來，在心底暗暗一算，今天是十二月三十號，明年六月就是畢業季，到時候他會從她家樓上搬走，到遙遠的美國去，再後來的日子會如何，她無從想像。

「畢業之後你會搬走吧？那梁佑實也會搬走嗎？還是他會重新找合租的室友？」

楊嘉愷沒想過她會好奇這件事，先是瞥她一眼，才說：「沒有要搬。」

「啊？」

莫非是她獲得的情報有誤？周芍明明記得王覓說楊嘉愷會到美國念研究所。

叫號燈此時跳出了兩人的號碼，楊嘉愷上前取餐，走回來後，把提袋遞給她，「先吃，回去就冷了。」

周芍拿竹籤戳了顆地瓜球，塞進嘴裡嚼了嚼，又把話題繞了回去：「你不是要去美國念研究所嗎？不搬的話難道要繼續付房租？」

「那間房子是我媽買的，不用付房租。」他也戳了顆地瓜球吃，「妳怎麼知道我要去美國念研究所？」

「王覓說的。」

周芍暗自竊喜，原來那間房子是他媽買的，也就是說，他之後放假回來，還是住在她家樓上，想到這裡，她的嘴角就控制不住地上揚。

「妳幹麼笑得跟笨蛋一樣？」

周芍收起笑容，正想反駁，旋即被一道女聲打斷：「打擾了，這是免費招待的摩天輪搭乘券，歡迎前往B棟搭乘。」

女子將兩張摩天輪搭乘券塞到周芍手中後，很快又把目標轉向周圍的其他客人。

百貨公司的B棟今年新建了一座「星辰摩天輪」，預計在明年一月底正式啟用，即日起至元旦連假期間推出免費搭乘活動，每日限量五十組客人。

周芍不知該拿這兩張搭乘券如何是好，「你要這兩張券嗎？期限只到元旦連假的最後一天。」

「妳元旦連假不是沒空嗎？」

「什麼？」周芍沒聽懂他的意思。

「趁著今天有空，」他抬抬下巴，示意她趕緊吃完手裡的東西，「吃完就去坐。」

城市依然下著雨。

摩天輪的玻璃窗上爬滿了晶透的雨珠，工作人員替兩人把門上鎖後，也把沉默的空氣一併留在座艙裡。

座艙緩緩升空，兩人面對面坐著，周芍將注意力放在外頭的街景上，淅淅瀝瀝的雨聲蓋過了她略微急促的呼吸聲。

從高空向下眺望，密密麻麻的行人撐著五顏六色的傘，像一朵朵蘑菇。這個時段的車流量高，路上淤滯不通，燈雨交錯。

隨著座艙向上爬升，城市慢慢縮小，周芍專注地看了一會，才把視線收回來。

楊嘉愷背靠著座椅，看向另一側的景色。

陣陣晚風自座艙上方的小窗鑽了進來，冷空氣在小小的空間裡亂竄，輕輕吹動他的髮絲。

周芍忽而間想起他帶她去看病的那一天。

想起那通令他心煩的來電。

她清了清嗓，主動開了個話題：「你好像很久沒有開遊戲實況了。」

之前拍攝紀錄片的時候，周芍訂閱了他的頻道，每回他開直播就會跳出通知，近期頻道則處於靜置的狀態。

「嗯。」楊嘉愷仍看著窗外，「最近很忙，沒有時間。」

「你之後去美國，還會繼續更新頻道嗎？」

「會吧，當初開實況的目的就是爲了幫工作室的頻道累積受眾。」

「是那個之後要跟池泰瑞一起合組的遊戲工作室嗎？」

「嗯，還有林禹，我們之後想自己做解謎遊戲。」

周芍已經在相關的話題上繞了很久，卻沒見他有想透露更多資訊的意思。

「我聽池泰瑞和梁佑實說，你媽媽不支持你去美國念遊戲開發。」

楊嘉愷慢慢把目光轉了過來。

「如果這是你很喜歡的事，希望你不要放棄。在追尋夢想的路上，會有一些人質疑你做不到，他們會用世俗的標準來評判你的理想……」

周芍想起了周盛，如果時光重來，她希望當時的自己能選擇和周盛站在同一陣線，在他小有成就的時候，不問夢想的報酬何在，只是單純地做那個替他喝采的人。

「這是你熱愛的事情，它值得你挺身而出。雖然不知道這麼說對不對，但我希望你可以活得自私一點。」

座艙裡寂然無聲，他的沉默讓她感到窒息。

「如果我太多嘴，你聽過就忘了吧。」

「周芍。」

她抬頭對上他的視線。

「妳覺得我爲什麼想做遊戲設計？」

第六章　人生重啟

八年前，光境網吧。

這間距離南聿國中徒步要二十分鐘的網咖，位在小巷子裡，收費平價，店家嚴格實施禁菸管制，環境整體寬敞明亮。每當放學時間一過，便會湧入一些穿著制服的學生流連於此。

晚間六點，坐在櫃檯的老闆娘幫少年選了個靠角落的單人座位。

結完帳後，少年背著書包準備往座位的方向走，頭上夾著鯊魚夾的老闆娘起身敲了敲櫃檯，將他的注意力喚了回來。

「你每天都來報到，是不是長大之後想當職業選手？」

那時的楊嘉愷只有國中二年級，五官都尚未長開，有股稚氣未脫的氣質。

少年聳了聳肩，「沒有。」

「那你怎麼不回家念書？阿姨一看就知道你是聰明小孩，學人家打什麼網咖？」

「我的成績很爛，念書也是浪費時間。」他從錢包裡掏出一張一百塊，「我忘記點晚餐了，我要一份唐揚雞飯。」

楊嘉愷在座位上打了一會的遊戲，老闆娘將唐揚雞飯送上來時，身後還跟來了一個女孩。

女孩是楊嘉愷的同班同學，名叫舒子欣，成績總是在班上排名前五。

舒子欣穿著夏季制服，一見到楊嘉愷就沒好氣。

「你果然又在這裡。」

少年朝她瞥了一眼後，便把目光移回電腦螢幕前，對於她的出現並不感到意外。

「我答應你姊會督促你念書，你卻在網咖玩，我怎麼跟她交代？」

大楊嘉愷七歲的楊若伶目前是大學生，同時也是舒子欣的家教，知道她和楊嘉愷是同班同學後，便請她在學校替她盯著弟弟的學習狀況。

「妳不爽可以換一個家教。」少年被她煩得不行，果斷退出遊戲對戰，起身去外面買飲料。

兩人經過自動門，來到室外。

「那你跟我說你爲什麼不想讀書，你能說服我，我就不再管你。」楊嘉愷走到哪，舒子欣就跟到哪。

楊嘉愷走到自動販賣機前投了兩枚硬幣後，一手放在口袋，一手按著上頭的數字鍵，「妳又不是我的誰，我還需要說服妳？」

「你以爲我很想管你的成績啊？」

「不想管妳就快點滾。」

舒子欣抓緊自己的書包背帶，氣得回身想走，豈料，一轉身就撞上一名留著平頭的國三學長。

平頭學長看清撞向自己的人後，眉眼微微一挑，「哎呦，妳是二年五班的吧？」

舒子欣沒應聲，轉身想繞過他，卻被一把抓住，「撞到人不道歉就想走？」

同行的另外一名男生，穿著某所高中的制服，嘴裡叼著菸，含糊地問：「這你們學校的？」

「對啊！」

「你對女生這麼凶幹麼？問學妹要不要和我們一起打個遊戲。」

「我不打遊戲。」舒子欣說。

許是面子掛不住，平頭學長仍舊抓著舒子欣的手臂不放，「就開一小時，當作交個朋友。」

一旁從販賣機取完飲料的楊嘉愷，朝兩名擋在門前的少年掃了一眼，「她說不打。」

「學長在處理事情，用不著你出來英雄救美。」平頭學長說話很衝。

「只是被當面拒絕而已，不用惱羞成怒。」

學長被他的話氣得不輕，鬆開抓著舒子欣的手，不由分說地握起拳頭朝楊嘉愷揮過去，少年偏頭躲開，拳頭全力砸在販賣機上，打出一聲巨響。

舒子欣見狀，嚇得驚慌失措，拔腿跑進網咖櫃檯找人幫忙。

平頭學長彎低身子忍痛，嘴裡不停飆罵髒話，身後的友人見狀，立刻吐掉嘴裡的菸，上前揪住楊嘉愷的衣領，回身瞅了朋友一眼，「喂，幫你抓著了，再打歪我可幫不了你。」

平頭學長甩了甩手，正想上前時，一股力道從後方揪住他的連帽外套，讓他的腦袋微微後仰。

「眞是看不下去，以大欺小就算了，還二打一？我都替你們感到丟臉。」

少年白色的校服被風吹得飄揚，渾身散發著狂放的氣息。他咧嘴一笑，對鬧事的幾人感到相當不齒，「還有啊，會讓女孩子哭的男人都是孬種。」

二年五班轉來了新同學，更準確的說法是，轉來了一個留級的學長。

王威綸揚起笑臉，站在講台前和學弟妹們打招呼：「學弟妹請多指教，學長我不學無術，不小心被留級了，各位千萬別向我看齊。」

同學們對這個熱情健談的學長保有高度好奇，各式各樣的問題一道接著一道來。

「學長，你眼角下面怎麼有淤血？」

「這個？昨天閒著沒事，在網咖外打了場架。」

「那你打輸還是打贏了？」

少年得意地把手環在胸前，笑得光芒萬丈，「輸了。」

話音落下，台下同學噓聲一片，「輸了還講這麼大聲。」

「學長你也太誠實了吧？你說贏了我們也會信啊！」一位男同學說完，班上同學哄堂大笑。

「男子漢沒在說謊的，更何況，輸又不是什麼丟臉的事，我輸得很光榮。」

班導師推了推王威綸的後腦勺，制止他繼續胡說八道，「再講下去大家都不用上課了。」接著指著舒子欣後面的位子，說道：「你去坐那個女生後面。」

王威綸的視線在空中和女孩交會，認出她後，轉頭對老師說：「老師，那個女生看起來很會念書。」

「那你還挺會看的。」班導師隨意打發他。

「我這人成績很差，坐在她後面，會影響她學習。」

「那難不成你想站著上課？」老師沒什麼耐心。

王威綸指向教室最後一排趴著睡覺的楊嘉愷，「那個同學看起來不愛念書，我想坐他旁邊。」

老師沒什麼意見，便隨他去了。

王威綸把桌椅搬到楊嘉愷身旁，坐下來後仍是很不安分，吊兒郎當地將椅子翹成兩腳椅，來回晃了幾次後，忽地重心不穩，連人帶椅地往後倒向地面，發出一聲巨響。

全班都被這聲巨響嚇得回過頭，原先睡著的楊嘉愷也被驚醒，極度不悅地朝發出噪音的人看了一眼。

王威綸在接到老師的死亡凝視後，一邊道歉一邊從地上爬了起來，發現旁邊的楊嘉愷醒了，朝他伸出一隻手，「同學，拉我一把。」

楊嘉愷無視他伸出的手，將臉轉向另一側繼續睡。

「哇，好無情，虧我昨天還替你挨揍。」王威綸一邊碎念，一邊將椅子重新擺正。

「學長，你流鼻血了。」坐在王威綸前排的女同學回過身子，遞了一張面紙給他。

「啊，謝謝，昨天打完架後，動不動就流鼻血。」

見女同學一臉擔憂的樣子，他又笑笑地補了一句：「別怕，死不了。」

聽到這段話後，楊嘉愷把頭轉了過來，神情散漫地打量著把衛生紙戳進鼻孔裡的王威綸。

「看什麼看？良心發現了？」少年像沒骨頭似地靠在椅背上，大長腿擺在桌子兩側，手裡隨意翻著這堂課用不到的課本。

「沒有那種東西。」

王威綸笑得放蕩不羈，「昨天的事就當是舉手之勞吧，你不用心懷感激。」

「講得好像你贏了一樣。」楊嘉愷毫不領情。

王威綸說不贏他，臉上盡是無奈，「看在你昨天幫那個女生解圍的分上，我敬你三分，以後我們就是兄弟了。」

說完，王威綸用指腹抹了一把人中的鼻血，趁楊嘉愷不注意時，往他白色的制服袖子塗了上去，「滴血結盟。」

楊嘉愷被他的舉動徹底激怒，睡意煙消雲散，厭惡地道：「髒死了！」

接連幾日，王威綸不是在訓導處，就是在前往訓導處的路上。

原因五花八門，抱括他服儀不整、頭髮太長，還有上午的課總是蹺掉，中午才慢吞吞地來學校，主任念他來學校只是爲了吃營養午餐。

這日，王威綸從訓導處回來時，手裡還拿著一本從違禁品區偷來的漫畫。

下課時間，他翹著二郎腿在座位上看漫畫，專注地看了一會後，發現劇情挺有趣的，拍了拍楊嘉愷的桌子，把他從睡夢中喚醒。

「欸！你看這個，這漫畫的設定很有意思。」

楊嘉愷睡眼惺忪，沒好臉色，「好看你就安靜一點看。」

見他又趴回去睡，王威綸氣得拿漫畫敲他的頭，「我在跟你分享好東西，你居然敷衍學長？」

楊嘉愷煩躁地把頭轉過來，「吵死了，要我覺得好才是好東西。」

王威綸不理他，自顧自地介紹那本漫畫：「這個主角本來是個一事無成的上班族，有天，他生了一場大病，走過了鬼門關後，穿越到他的青少年時期，獲得了重啟人生的機會。」

楊嘉愷單手支頰，偶爾給幾個敷衍的回應。

「這樣回頭一想，你不覺得很熱血嗎？我們還很年輕啊！現在正是我們有無限可能的時期。」

王威綸越說越起勁，忽地，一個人影朝兩人走了過來，他們同時把目光移過去，眼前人是舒子欣。

她朝楊嘉愷攤開一隻手，面不改色地說：「讓我看你早上的歷史考幾分。」

少年朝教室後方的回收桶偏了偏頭，語氣平淡地道：「去那裡找。」

舒子欣瞪他，「常老師已經在注意你了，你下次要是再考那麼差，她一定會繼續針對你。」

王威綸聽著兩人的對話，默默地把手裡的漫畫反蓋在桌上，看向舒子欣，「妳怎麼只關心他的成績，那我呢？」

「學長，考試是上午的事，你下午才來。」

聞言，王威綸靦腆一笑，拍了拍後腦勺，「對喔！我都忘了。」

上課鐘響起，舒子欣回座位前，又轉頭看了一眼王威綸。少年見狀，本來拿起漫畫的手又趕緊收了回去。

「學長，請你等等上課的時候不要一直和老師聊天。」

王威綸愣了愣，對於她會主動和自己搭話這件事感到相當意外，笑得有點傻，「嗯？可是不那樣的話，上課時間很漫長啊！」

舒子欣正色道：「但是我想聽課，也想考上好學校，請你不要再害同學們分心了。」

女孩說完便頭也不回地走了，留下王威綸在座位上笑得合不攏嘴。他伸手晃了晃楊嘉愷的椅子，「欸，她的意思是不是表示，她上課的時候都在注意我啊？」

大抵是舒子欣說的話起了作用，王威綸在接下來的幾天變得異常安分，不再打擾同學們上課，頂多就是在教室最末排抓著楊嘉愷打遊戲。

王威綸時常帶各式各樣的遊戲機來學校，問他怎麼會有那麼多遊戲機，他總是不正經地說是偷來的。

大多數的科任老師對王威綸都採取睜一隻眼閉一隻眼的管教方式，對他抱持最低標準，只求混得到畢業就好，只有在他製造出太大的聲響時，才會要求他到走廊罰站。

王威綸在學校沒少挨罵，平時都還能笑笑地回嘴幾句，一副散漫的樣子，打又打不怕，大部分的老師寧可節省力氣，連罵都懶。

當中，只有一個人除外。

常昭玉是南聿國中短期聘用的歷史老師，年近四十，不苟言笑，教學風格嚴厲。王威綸理所當然成了她的眼中釘，他是常昭玉心中最不服管教且沒有羞恥心的學生。

期中考後的第一堂課，常昭玉一進到班上，不著急上課，反而給同學們講述最近發生的新聞，關於一名青少年在學校天天打架鬧事，國中肄業就去販毒，最後意外橫死街頭，讓父母親白髮人送黑髮人的社會事件。

話說到此，常昭玉別有深意地看了一眼教室最末排的王威綸，用有些輕蔑的語調說：「正巧，這樣的敗類，你們班也有一個。」

班上的氣氛霎時降到冰點。

王威綸放下手上的遊戲機，用稀鬆平常的語氣回答：「老師，妳詛咒我橫死街頭，好像不太道德。」

「國中的學業也能讀到被留級，該說你很有天分嗎？你只是在浪費父母的時間和金錢而已。」

似是被這番話徹底激怒，王威綸臉上沒了往常的笑容，凶神惡煞地站了起來，氣勢洶洶地往講台走去。

在全班同學的尖叫聲中，他一腳踹倒講桌，震耳欲聾的聲響迴盪在教室裡，講桌上的考卷散落一地，前排同學的桌椅也被撞得東倒西歪，場面極其混亂。

放學時間，舒子欣在校門口等公車，看見了王威綸，便出聲喊他：「學長。」

王威綸手裡拿著一杯飲料，注意到她後，停下腳步，「怎麼了？」

「你怎麼在這裡？」

「嗯？我要去打網咖啊。」

舒子欣微微一怔，看上去欲言又止。

王威綸扯出一個笑容，「妳也不用這麼怕我吧？想說什麼就說。」

一想起對方剛才在歷史課上造成的轟動，舒子欣仍覺得餘悸猶存。

由於鬧出了太大的動靜，最後連訓導主任都跑來班上關切，最後下達的處分是，要求王威綸放學後留校清掃學校的體育館。

「訓導主任不是罰你去掃體育館嗎？你掃完了？」

王威綸抓了抓頭，「喔，那個啊，我沒打算去。」

「但主任說要是你沒去，會記你大過。」

「那就讓他記吧，我不是很在意。」

「那你到底在意什麼？」女孩的語氣嚴肅起來，又說：「這件事常老師也有錯，我覺得老師不應該那樣說你。」

看到舒子欣爲自己打抱不平，王威綸有點開心，屁股像是有條無形的尾巴左右搖擺，「那妳希望我怎麼做？」

「你去掃體育館吧，你沒有必要因爲這件事被記過，趁現在還有轉圜的餘地，你不要再錯失機會了。」

舒子欣說完就上了公車，王威綸呆呆地站在公車站牌前。公車駛離很久很久後，他還站在太陽底下笑著。

傍晚，王威綸拿著掃把來到學校體育館時，看見那裡還有另外一個身影。坐在舞台邊緣的少年晃著雙腿，看上去已經在那裡待了許久。

「你怎麼會在這裡？莫非是在等我？」

楊嘉愷將手邊的掃把筆直地朝他丟了過去，王威綸嚇得連忙閃開，「你看著哪裡丟啊？」

「我以爲你不來了。」

「舒子欣說不希望我被記過，我只好意思意思來掃一下。」王威綸把滾到地上的掃把撿了起來，走到舞台前，拿給楊嘉愷，「那你又在這裡幹麼？」

「不是欠你一次嗎？今天還清了。」少年視線往下瞅著他，語氣很跩。

意識到楊嘉愷說的是網咖那一次，王威綸輕嗤一聲，把散落兩側的碎髮向後紮起，「那種小事我根本沒放在心上。」

兩人只掃了十分鐘的地，王威綸就嫌無聊，看向旁邊的籃球框，動起歪腦筋，「我們來打個賭，看誰先將掃把丟進籃框，誰就贏了。」

王威綸輕輕一躍，爬上舞台，將掃把的木柄拆了下來。

接下來的時間裡，王威綸不停朝籃框投擲，累出了一身汗，笑得傻兮兮。

「欸，你不覺得世上每天都會有鳥事發生嗎？但只要能夠笑著面對，就不覺得自己輸了。」

楊嘉愷看他的眼神像是在看一個瘋子，「我看你是精力過剩。」

王威綸不甘示弱，推他一把，「嘴上耍帥，實際上是怕輸給我吧？」

激將法對楊嘉愷挺有用的，他學他拆下掃把的木柄，往籃框投，木柄撞上籃板，旋即彈飛出去。

「你還沒說要賭什麼。」楊嘉愷從舞台躍下，慢吞吞地走去撿掃把。

王威綸抓起制服的領子擦臉上的汗，「你如果輸給我，你就去跟舒子欣告白，然後聽她的話乖乖念書。」

「我又不喜歡她。」

「我喜歡啊！」王威綸咧開嘴笑，使勁把掃把朝籃框扔了出去。

少年撿掃把的動作一僵，慢慢抬起頭來，「你認眞？」

「嗯，那天在網咖的時候，我看到她哭著跑進來向櫃檯人員求救，你也眞好意思，讓一個那麼可愛的女生哭成那樣，要不是看在她的面子上，你被打死都不關我的事。」

王威綸向來有話直說，從不說謊，要是他說喜歡一個人，那就是眞的喜歡。

楊嘉愷故意把王威綸落在地上的木柄踢遠，「你要是喜歡就自己去告白。」

王威綸看著被踢遠的木柄，洩憤似地往楊嘉愷的肩膀揍了一拳，「如果她有天要被別的男生追走，我希望那個幸運的人是你。」

「那你比別人先追到不就行了？」楊嘉愷不把他的話當一回事。

「我也想啊！」

王威綸俯下身子撿掃把，鼻腔流出一股熱意，他低頭輕抹人中，看了一眼指腹的鮮血，「可是我好像沒時間了。」

當天，兩人在學校體育館待到天黑。

王威綸在去年被診斷出白血病，休學一年在醫院治療，最近病情又惡化，便預計要請長假回醫院做化療。

「我之所以這麼氣常昭玉，大概是因爲被她說中了吧？我終究會讓我的父母白髮人送黑髮人，現在所做的一切努力，好像也只是在浪費他們的時間而已。」

兩人並肩坐在舞台上，楊嘉愷臉上的情緒很淡，靜靜地聽他說。

王威綸往後躺了下去，雙手交疊枕在後腦勺上，看著天花板說：「眞不想回醫院，那裡所有人都把我當成嬌弱的花朵，沒病也會被慣出病來。」

「那你就證明自己不是嬌弱的花朵，健康地回學校來。」

楊嘉愷說這句話的時候，是眞的打從心底認爲，那對向來總是自信驕傲的王威綸而言，根本只是小菜一碟。

「然後我再留級一次啊？這樣到時候你不就變我學長？」

「功課有不懂的地方就來問學長。」

王威綸笑著朝他揮了一拳，「你怎麼不去死？」

◆

王威綸和學校請了長假，二年五班又回歸以往的寧靜。

某天放學時間，楊嘉愷正要去車棚牽單車，舒子欣跟在他身後叨念著：「老師讓我們塡的那份夜自習留校意願表，後天就要交了，你到底塡了沒？」

少年俯低身子，解開車鎖，聲音不冷不熱：「有那種東西嗎？早就丟了。」

「你丟了？那我再去幫你跟老師拿一張。」

少年充耳不聞，牽著單車越走越遠，舒子欣不甘心地追了上去，剛想喊他，就看見他停下了腳步。她順著他的目光看去，校園停車場的另一側，常昭玉正拿著車鑰匙準備上車。

楊嘉愷踩上單車，往常昭玉的方向騎去。舒子欣有股不好的預感，也跟上前察看。剛打開駕駛座車門的常昭玉，餘光瞥見少年騎著單車過來，便停下手邊的動作，神情是一貫的嚴肅，「有事嗎？」

楊嘉愷下了單車，直接切入正題：「妳記得我們班的王威綸嗎？」

「你說那個留級生？」

「妳欠他一個道歉。」

常昭玉皺了皺眉，打算好好糾正他頂撞師長的行爲，「和師長說話，你這語氣很有問題。」

楊嘉愷毫不畏懼地直視常昭玉的雙眼，口吻淡漠地道：「那可能是因爲我沒把妳當作師長。」

從後方追上來的舒子欣聽見兩人的談話，「楊嘉愷，你幹麼這樣和老師說話？」

常昭玉見到舒子欣後，眼底流過一抹戾色，「舒子欣，妳放學時間在這裡逗留做什麼？別和成績差的學生混在一起。」

楊嘉愷順著那話，側頭掃了舒子欣一眼，「聽到了嗎？還不快點走？」

常昭玉趕著離開，最後隨便打發兩人，「王威綸那樣的學生我見多了，他往後的人生注定是場悲劇，你們管好自己就行了。」

說完，常昭玉關上車門，驅車離開。

幾天之後，南聿國中傳出了一則大事件。

某天的放學時間，常昭玉被學生反鎖在學校的回收室裡，直到第二天早上才被學校的工友發現。

做爲短期聘用教師，常昭玉教導的班級不多，幾個成績比較差且時常遭受她體罰的學生便成爲了首要懷疑的對象。

最後，矛頭指向幾天前在停車場和她有過爭執的楊嘉愷身上。

某節下課，常昭玉叫楊嘉愷單獨到辦公室找她，劈頭就道：「你以爲替朋友挺身而出是件很威風的事嗎？有時間做那些有的沒的，不如先提升你的成績。」

楊嘉愷看上去一副不服管教的模樣，「在妳眼中，成績差的學生，就一定品行不良？」

「成績好的學生，不會賠上自己的前景，做出這種爛事。」

「妳沒有任何證據可以證明那是我做的。」

「老師不用證據，只需要一個很簡單的道理，那就是人以群分。」

有很長一段時間，楊嘉愷下了課便獨自搭車前往市中心的醫院，去的時候什麼也不帶，只是坐在病床旁陪王威綸打遊戲。

某天，王威綸忍無可忍，指著他的鼻子道：「每次都兩手空空出現，一來就搶著吃我媽幫我削好的水果，拿我的遊戲機玩，你是來探病還是來享受的？」

楊嘉愷正在打遊戲，嘴裡吃著蘋果，含糊地說：「不然你需要我伺候你嗎？你不是討厭別人把你當嬌弱的花朵？」

王威綸被他氣到笑出來。

狀態好時，王威綸還能和他吵，偶爾有幾次化療後，他精疲力盡，便會板著一張臉孔，變得怨天尤人、脾氣火爆，誰也不願意見，看見楊嘉愷就要他滾。

每當這種時候，楊嘉愷會一聲不響地消失一天，隔天再裝作若無其事地出現。

王威綸日漸消瘦，當他因化療掉光頭髮時，楊嘉愷神色平靜地說了一句：「你光頭比較帥。」

王威綸得意地摸著自己的腦袋，笑得相當豪邁，「算你有眼光。」

兩人在病房裡玩了一會的解謎遊戲，玩得有些累了，王威綸便閉上眼睛休息。

楊嘉愷低頭看遊戲畫面，挨在病床旁，「你什麼時候才要回學校？」

王威綸沒睜開眼，只道：「幹麼？是不是座位旁邊少了我很寂寞？」

「你再不回來，我就要變成班上最後一名了。」

「白癡喔？那你就讀書啊！」

「無聊。」

「勸你不要嫌人生長得無聊，我會很想揍你。」王威綸斜眼覷他，語氣很酸。

楊嘉愷沉默半晌，換了個話題：「你知道常昭玉前陣子被人關進回收室嗎？」

「爲什麼？」

「有人看她不爽吧。」

「那人不會是你吧？」

楊嘉愷冷笑一聲，「怎麼連你也覺得是我？」

「還有誰覺得是你？」

「常昭玉。」

王威綸坐起身子，沒了平時開玩笑的樣子，面色凝重地道：「你有解釋嗎？」

「沒有，她已經打從心底認定是我了，眞相是什麼很重要嗎？」

王威綸搶走楊嘉愷手裡的遊戲機，「很重要啊！她怎麼說我，我都能忍，但她不能因爲我弟腦筋比較笨，就無憑無據地栽贓他。」

「誰笨？我只是不想念書而已。」

「那好，你就考個好成績給她看。」

「那又不會改變什麼。」少年面色如常，看不出情緒。

王威綸深深嘆了一口氣，拿他沒輒，「你眞的很不坦率，跟狐狸一樣。」

楊嘉愷沒聽明白，「什麼？」

「《動物方城市》裡有個狐狸角色，他的經典台詞是『既然大家都覺得狐狸狡猾、不值得信賴，那麼我也不需要改變』。」

王威綸一字一句說得緩慢，像是在和他說人生的大道理，「但其實我知道，狐狸之所以假裝瀟灑，是因爲不想讓人看出自己的脆弱。你不能因爲沒有人相信，就放棄證明自己。我相信你啊！你要反抗，我希望你反抗。」

他使力揉了揉少年的腦袋，說道：「你要向她證明，世上的好學生，不是只有一種樣子。」

王威綸那天所說的話，就像一把關鍵的鑰匙，解開了一直以來令舒子欣束手無策的難題。

楊嘉愷居然真的開始念書了。

以往在班上成績墊底的楊嘉愷，一夕之間有了上進心，這事被同學們當成笑話調侃了幾天，直到他舉手發問的行爲成爲常態。

老師們後來總說，班上同學都是繳學費來讓他聽課的，藉此鼓勵大家多發問，以免喪失自己的權益。

爲了補上先前沒跟上的課業，楊嘉愷下課時間總是坐在位子上寫題，每一科的考卷都被他翻爛，遇上解不開的題目，就利用午休時間去辦公室請教老師。

舒子欣原先以爲他只是做做樣子，放學後還暗中去光境網吧找人，連續撲空了幾天，才明白他是認眞的。

國二下學期的期中考，楊嘉愷的成績落在全班第三名。

成績出爐那天，他拿著成績單來醫院找王威綸，卻正好碰上王威綸在和母親吵架。

少年背靠著搖起的病床，撥掉母親送上前的水果碗，「跟妳說了葡萄要先剝皮我才吃！籽也要幫我挑掉！我都已經快死了，妳不能讓我過得輕鬆一點嗎？我這個年紀應該要健健康康的！而不是像個死人躺在這裡……」

王威綸的母親一邊安撫他的情緒，一邊蹲低身子撿起地上的葡萄，起身的同時，發現了門外的楊嘉愷。

呂俞萍臉上染著疲憊，卻依舊給了少年一抹微笑，說道：「你來了啊，我讓你和威綸聊聊吧。」

聽見母親的話，王威綸用餘光掃了楊嘉愷一眼，很快又把頭別回去。

呂俞萍離開病房後，楊嘉愷走到病床旁的椅子坐下。

沉悶的空氣凝結著，王威綸的咳嗽聲填滿彼此間的空隙。

像是刻意給他氣消的時間，楊嘉愷安靜了幾分鐘，才面無表情道：「你不要那樣和你媽講話。」

少年固執地看著窗外，嗓音低低地說：「你懂個屁？這樣我死了以後，她才會覺得終於解脫了。」

兩人沉默了很長的一段時間。

王威綸的肩膀微微顫動，他用手臂遮擋眼睛，斷斷續續的嗚咽聲迴盪在病房裡，楊嘉愷聽著，鼻子也跟著有點酸，強忍著沒掉淚。

「楊嘉愷，我還太年輕了。」他的喉結滾動，聲音哽咽，「我還太年輕了……來不及年少輕狂，也成就不了什麼大事，除此之外，還是一個不孝子，我的人生好廢，就算重來幾次，都一樣很廢。」

楊嘉愷拿起床頭櫃的那碗葡萄，低頭剝了起來，「幾顆葡萄而已，我替你剝，餵你吃也行，有什麼好哭的？」

王威綸把頭轉了過來，「你至少洗一下吧？」

「皮又不吃。」

「你手也沒洗啊！」

「你有沒有那麼難伺候？」

「你不知道我的身體很脆弱？一點細菌都能害死我。」

楊嘉愷最後妥協，起身把葡萄拿去洗。

他走回來的時候，王威綸的心情明顯好了些，已經坐在病床上打遊戲。

見他走來，王威綸張開嘴，「不是說要餵我吃？」楊嘉愷將剝好皮的葡萄塞進他嘴裡，「我對我媽都沒這麼好。」
「那你對我媽好一點吧。」
王威綸的聲音很小，楊嘉愷沒聽清楚，「什麼？」
王威綸咀嚼著嘴裡的葡萄，盯著遊戲畫面，「你當我媽的乾兒子如何？」
這個提議來得太過突然，楊嘉愷一瞬間不知如何反應。
「你不說話我就當你答應了。」
倘若此刻答應他，就像是接受王威綸最終會離開的事實一樣。少年臉上的神情複雜而嚴肅，「以後的事以後再說。」
王威綸不要求他立刻做決定，晃著手裡的遊戲機，有感而發地說：「你知道每天支撐著我醒來的動力，就是這些沒有破完的關卡嗎？」
他熟練地操控遊戲裡的角色，「如果把每天睜開眼的動力，放在我想活下去的這件事上，實在太沉重了，甚至覺得遙不可及。我這輩子沒做過什麼善事，我覺得老天爺不會回應我。」
楊嘉愷被他的話影響，情緒起了波動，將一顆葡萄塞進了王威綸口中，想讓他閉上嘴。
王威綸眼裡有笑，含糊地說：「所以我就不做個貪心的人了，讓我明天再多破一關就好，這樣的願望，應該是可以被實現的吧？只要把想過的關卡都解完，那樣就不覺得可惜了。」
見楊嘉愷一直沒理他，王威綸轉頭看他，「人家不是都說，人之將死，其言也善嗎？我現在說的話，你可要聽好了。」

「你能不能別一直講那個字？聽得很煩。」楊嘉愷煩躁地說。

「哪個字？死啊？」

楊嘉愷動作粗魯地再塞一顆葡萄給王威綸。

王威綸被他的舉止逗笑，慢慢吞下葡萄，才繼續說：「在生命最脆弱的時候，能夠減輕折磨的，好像不是藥物，也不是大人們假裝樂觀的安慰，而是，在一切失控以後，我的靈魂可以逃進另一個沒有病痛的世界，那個虛擬的世界，有我僅存的自由。」

王威綸假裝伸了個懶腰，掩飾自己想哭的情緒，「如果我的身體能好起來，我要創造很多很多那樣的世界。」

氣氛登時變得凝重，王威綸故作輕鬆地把遊戲機扔到一旁，「換你說了，你想好以後要做什麼了嗎？」

楊嘉愷瞥了他床邊的遊戲機一眼，心中的念頭忽地變得無比堅定，「想自己做遊戲。」

「你這是想搶我的夢想？」

「不甘心的話，就把病養好。」

「不會不甘心，你是我弟啊！你要是成功了，我臉上也有光。」王威綸轉過身子，把床頭櫃上的遊戲機全部拿了過來，「之後這些東西就全部歸你了。」

楊嘉愷最厭煩他那一副總是在預告著什麼的樣子，口氣很差地問：「給我幹麼？」

「你好好研究研究。」

「不需要。」

「別鬧彆扭，哥哥也沒什麼可以給你。」

他的話讓楊嘉愷的眼眶又一次酸得劇烈。

「你以後要設計出那種，即使人們拖著病體，也有動力爬起來破關的遊戲，知道吧？」王威綸的笑容很溫暖，「這樣一來，無數個像黑夜一樣的日子，就有了可以期待的理由了。」

第七章　妳的嘉獎

楊嘉愷說起這段回憶時，眼裡流露出受傷的神情，周芍感覺心臟像是被人緊緊捏著，喘不過氣，回過神時，才發覺眼角已經被淚水占據。

「這不是我一個人的夢想，當然不能放棄。」

周芍回想起高中時期的他，情緒藏得極深，彷彿對什麼事都提不起興趣，卻沒想過他一旦認定一個人，無論是年少的心動抑或是友情，全都會固執地放在心裡很久很久。

像是被某種力量牽引般，周芍起身走向他，座艙因爲她的走動而輕微晃動。

楊嘉愷定定地看著周芍靠近自己，最後，她彎身抱住他的脖子。

這個擁抱持續了很久，他僵了一下，目光平穩地看著她身後的風景，低聲問道：「妳在幹麼？」

「心疼你。」周芍吸著鼻子說：「想抱一抱你。」

在這個只有兩人的空間裡，所有的一切都與外界切割，世界安靜得像是假的，就連擁抱都顯得不夠眞實。

周芍不擅長安慰人，只是單純地認爲，他願意和自己說這個故事，對她應該是有某種程度的信任，她想要回應他的信任，想要接住他的脆弱。

「你有遇見他眞是太好了。」她有感而發地說。

「嗯，我也覺得。」

座艙正在緩緩接近陸地，摩天輪的魔法就快要消失了。

周圍瀰漫著沉默，周芍看不見他的表情，只聽見他嗓音低低地喊她：「周芍。」

「嗯？」

「妳喜歡我嗎？」

周芍神色一凜，緩緩鬆開手，向後退了些，和他四目相對，第一次有了勇氣直面自己的心意，「嗯。」

他的唇角一動，「我喜歡女生直接一點。」

像是被本能驅使般，周芍一手揪起他的衣領，兩人的距離瞬間拉近，她側過臉，將自己的唇重重地覆蓋上去。

男人明顯愣了一下，卻沒有推開她的意思。

座艙裡的空氣逐漸升溫，她的吻乍看強勢，實則相當生澀，四唇交疊後就不敢輕舉妄動，溫熱的觸感蔓延在兩人之間。因爲距離拉近的緣故，周芍能感覺到自己的睫毛搔著他的肌膚，她緊閉的眼皮動了動，下意識地停止呼吸。

兩人維持這個動作幾秒鐘，後來，似是覺得她手擺放的位置不對，楊嘉愷單手拉開她揪著他衣領的手，讓她的手放在他肩上，另一隻手則抓著她的左手，把人帶向自己，周芍順勢坐在他腿上。

接下來的吻，主導權轉移到楊嘉愷的身上，他的舌尖撐開她的牙關，連同滾燙的氣息一併往裡探，周芍只能被動地承受，迷濛之際，把他衣服上的肩線都抓皺。

察覺到她的動靜後，他微微後退，嗓音低啞地問：「接吻就接吻，妳爲什麼一直扯我衣服？」

座艙的門在此時被工作人員打開，毫無防備的周芍嚇得趕緊逃離他的腿上。

工作人員見到眼前的情景後，親切地笑了笑，「不好意思打擾兩位，我們回到地面了，離開時請留意腳下。」

鄰近百貨公司的打烊時間，周芍一走出座艙，便大步流星地跟著人群移動的方向走，深怕一停下腳步，身後的人就要找她算帳。

那個吻遠遠超出她所能負荷的，她行動之前完全沒有考慮後續的事，像是等一下她還要被他載回家。就眼下的氣氛而言，她羞恥到想直接往地上鑽個洞。

周芍腳下的步伐越來越快，眼看人群就要將兩人沖散，和她維持一段距離的楊嘉愷走上前抓住她，「妳走那麼快是在逃命？」

周芍的手被他抓得死緊，無處可躲。秉持著只要自己不尷尬，尷尬的就是別人的信念，她嬉皮笑臉地說道：「剛剛的事希望你別介意。」

楊嘉愷悶聲不吭，只是盯著她看。

「你之前不是也說，有時候氣氛對了，什麼事都有可能發生嗎？剛剛氣氛滿好的，所以我就情不自禁……」

「我在講那麼難過的事情，妳還能情不自禁。」

周芍啞口無言，覺得自己被他形容得跟變態一樣，急著解釋：「我那是在表達我的關心。」

「那現在呢？」

「……現在怎樣？」

「離開摩天輪後就不關心我了嗎？」

周芍雙眸睜得偌大，被他耍賴的行徑搞得難以招架，「我聽不懂你在說什麼。」

「想賴帳？」楊嘉愷輕笑一聲，用手指了指後方的工作人員，「證人都有了。」

「你要證人幹麼？要告我？」周芍說完，才發覺自己的語氣聽起來跟流氓一樣。

「我告妳幹麼？」他眼裡浸染著笑意，忽地將身子往前湊近她。

兩人的距離瞬間拉近，周芍嚇得閉上眼，感覺到他的鼻尖輕碰著自己的鼻子。正當她覺得腦袋發燙，連呼吸都不敢大意時，耳邊傳來他低啞的聲音，「我只是『關心』妳一下。」

兩人回到公寓樓下的時候，周芍眼尖地發現剛從超商裡走出來的梁佑實，隨即像是看見救命稻草似地跑了過去，「你剛下班嗎？辛苦了，你是不是正要上樓啊？我們跟你一起！」

梁佑實被她的熱情嚇了一跳，「電腦送修後的狀況怎麼樣了？」

「明天傍晚才會修好，到時候才知道資料有沒有被保存下來。」

梁佑實瞥了一眼走在周芍身後的楊嘉愷，總覺得這兩人之間的氣氛有點微妙，但又說不上來哪裡奇怪。他從大衣口袋裡拿出周芍的鑰匙，「下次小心一點，鑰匙這種東西，掉了很麻煩。」

周芍心懷感激地接下，連連道謝。

三人進電梯後，梁佑實忽然問道：「對了，我記得那間百貨公司最近新建了一座摩天輪，你們有看到嗎？」

聽見關鍵字，周芍迅即噤聲，鏡子反射出她蒼白的臉。

「嗯，我們去坐了。」楊嘉愷瞥了一眼躲在角落的周芍。

「感覺如何？」

「不太好。」他停頓一下，意有所指道：「有種被吃霸王餐的感覺。」

周芍電腦裡的資料最後幸運地被保留下來，唯獨她沒來得及存檔的部分必須重做一遍，這對本來不抱任何希望的周芍而言，已經是不幸中的大幸。

元旦連假，周芍回了老家一趟，大部分的時間都窩在房間裡做期末作業，晚上則到夜市去幫周盛的忙。

✦

三天的時間一轉眼就過去了。

連假後的第一天，周芍的課是下午三點開始，才進到教室，就見王覓已經替她占好了位子。

這堂新聞寫作課的教授開放高中生到校旁聽，長相甜美、妝容完整的王覓坐在一群大學生之間，很快便成爲同學們關注的焦點。

周芍見狀，果斷選了最角落的位子坐。

王覓將座位上的東西快速收拾好，起身換到周芍身邊的座位。

「妳幹麼裝作不認識我？」

「男同學們要是知道我認識妳，可能會纏著我問妳的聯絡方式。」周芍已經可以想見故事會如何發展，「妳就行行好，讓我繼續當個邊緣人吧。」

課堂結束後，周芍和王覓肩並肩走在校園的林蔭大道上，討論著晚餐該吃些什麼。

倏然間，王覓在人群中捕捉到了一抹熟悉的身影，她指向前方，「那個人好像是嘉愷哥。」

周芍心下一驚，隨著那抹身影撞入眼簾，思緒被拉回幾天前在摩天輪裡的情景，瞬間像是石化一般。

「嘉愷哥！」

周芍來不及阻止，王覓已經出聲喊人，抓著她往楊嘉愷的方向跑了過去。

男人穿著一件黑色大衣，回過頭來，先後掃了兩人一眼，最後視線停在王覓身上，「妳怎麼在這裡？」

「我來旁聽啊，之前跟你提過。」

「不記得了，最近事情很多。」

他看向一旁的周芍，只見她刻意迴避他的視線，呆呆地觀察一旁的樹幹。

王覓沒發現他倆之間詭異的氛圍，提議道：「我們要去吃秦小希打工的那間火鍋店，你要不要跟我們一起去？」

周芍偷偷用餘光看他，在心底默默祈禱他沒空。

她偷看的舉動正好被當事人逮個正著，周芍率先挪開眼，而他似乎猜到了她的想法，偏偏和她唱反調，「嗯，一起去。」

三人坐在一張四人桌，王覓和楊嘉愷面對面坐著，周芍則坐在王覓旁邊。

冬天是火鍋店的旺季，店內人潮絡繹不絕，秦小希忙得不可開交，替三人點好餐後，又被叫去其他桌幫忙。

用餐期間，多數時候是王覓在引導話題，剩下的兩人則是專心涮肉，專心吃菜，各懷鬼胎。

王覓對楊嘉愷點的板腱牛肉很感興趣，想夾走幾片時，卻不見牛肉片的蹤影，「你牛肉都丟了？」

「丟了。」

楊嘉愷眼前的那一鍋是番茄湯底，王覓對番茄過敏，一點都碰不得，她抱著最後一絲希望，又問了一次：「眞的都丟了？」

「都丟了。」不曉得是不是她的話刺激了他，他面無表情地補了一句：「初吻也丟了。」

在一旁喝熱奶茶的周芍被他的話嗆著，拚命用咳嗽掩飾自己的心虛。

王覓本還想追問楊嘉愷那話是什麼意思，但看周芍咳得上氣不接下氣，趕緊拍了拍她的背，「妳怎麼跟小孩子一樣？喝個奶茶還會嗆到。」

周芍的臉正在急遽升溫，急忙將話題岔開：「妳今年寒假有什麼計畫？」

「寫歷屆試題啊，剩下的時間，玩男人。」

「玩男人？」

「我最近在玩一個戀愛手遊，裡面的每個男人都各有千秋。」王覓朝周芍伸手，「妳手機給我，我幫妳下載。」

周芍雖然沒多大的興趣，但還是乖乖把手機交了出去。

接過手機的瞬間，王覓盯著桌布一愣，「咦？是嘉愷哥。」

周芍肩膀一跳，想奪回來，卻比楊嘉愷慢了一步。

他拿走手機，手機桌布是平安夜那天，他讓周芍替自己跟聖誕樹拍的獨照。

三人都安靜下來，耳邊只剩下火鍋咕嚕咕嚕冒泡的聲響。

幾秒鐘後，他才懶懶地掀起眼皮，對上周芍慌忙無措的視線，「妳要解釋一下嗎？」

周芍強裝鎮定，試圖表現得臨危不亂，「喔，那是系統輪番播放的。」

「輪番播放？」

「嗯，系統隨機從相簿挑選，每次解鎖螢幕都會出現不同的照片。」楊嘉愷照著她的話重新解鎖了幾次螢幕，得到的結果都一樣。他神情很淡，「永遠都是同一張，妳相簿裡只有這一張照片？」

周芍從他手中搶回自己的手機，「那就是當機了，重開機就好了。」

王覓靜靜地看著兩人爭論不休，慢慢嗅出不尋常的氛圍，「欸，你們兩個……」

「沒有。」周芍憑直覺攔下她的話。

「我什麼都還沒說耶！」

與此同時，一名長相俏麗的女店員端著一盤牛肉走了過來，「打擾了，這是招待你們的雪花牛肉，平時在學校常常受學長照顧，祝你們用餐愉快。」

林柔伊身為秦小希的同事，曾聽過她提起王覓，卻不認得周芍，她笑容可掬地問：「這位是學長的女朋友嗎？」

「不是！我只是住在他家樓下，某個不是很重要的房客。」周芍嚇得擺手否認，恨不得將自己的存在感縮小再縮小。

此話一出，有某種和他劃清界線的味道，楊嘉愷挑了下眉，神情難以捉摸。

用餐時間過了一小時，周芍在冰箱前猶豫該選什麼口味的冰淇淋時，王覓忽然跑了過來，「欸，我跟妳說件事。」

周芍拿著冰淇淋勺，彎低身子挖草莓口味的冰淇淋，心不在焉地問：「什麼事？」

「那個女店員好像對嘉愷哥有意思。」

周芍抬起頭，看見在一段距離之外，林柔伊和楊嘉愷二人站在自助吧前，不曉得在聊什麼。

「他們已經站在那裡聊很久了。」王覓覺得這當中想必有什麼不為人知的祕密。

「可能是在說什麼重要的事吧。」周芍說。

此時，剛送完餐的秦小希碰巧路過，王覓眼明手快地將她抓了過來，示意她往楊嘉愷和林柔伊的方向看過去，「妳那個同事是不是對嘉愷哥有意思？她把他抓去講了好久的話。」

「妳說林柔伊？」秦小希看了一眼，「她之前確實對楊嘉愷有點意思，但現在就只是朋友而已。」

周芍不參與兩人的討論，只是把冰淇淋勺放進水裡拌了拌，將水甩乾淨後，彎低身子準備挖第二球冰淇淋。

見周芍那與世無爭的態度，秦小希都替她乾著急，「妳眞的不打算跟楊嘉愷告白？」

王覓聞聲，睜大雙眼，把周芍拉了起來，「等一下，我錯過什麼了？妳喜歡嘉愷哥？我怎麼不知道這件事？」

王覓想起剛才楊嘉愷說過的話，豁然開朗，「那他剛剛說初吻沒了是什麼意思？你們兩個接吻了？」

「什麼什麼？你們兩個接吻了？」秦小希聽八卦向來不落人後，立刻跟著鼓譟。

「我拜託妳們小聲一點……」周芍想在火鍋店裡挖個洞把自己埋起來。

從地鐵站走回公寓的這一段路，是周芍人生中最煎熬的十分鐘。

兩人一路無話，死氣沉沉的氛圍在彼此之間慢慢擴散。整個過程像是一場耐力比賽，看誰先按捺不住，主動追究發生在摩天輪裡的那個吻。

周芍覺得那人反正不會是自己。

進到公寓後，兩人一前一後爬上樓梯，眼看就快抵達二樓大門，就在周芍以爲自己即將解脫時，身後的人出聲了，「妳上來一下，梁佑實有件事要麻煩妳。」

周芍從包包拿鑰匙的手頓時停住，有些疑惑，「什麼事？」

「他們店過年後要換新菜單，想找妳試吃新推出的甜點。」

周芍往常在「島嶼失眠」做作業的時候，梁佑實跟孫玦都招待她吃了不少東西，現在別人有求於她，實在不好意思拒絕。

「喔，好。」

周芍沒多想，做了個「你先請」的手勢，讓他先上樓。

走進家門，室內是一片漆黑，楊嘉愷走在前頭，打開客廳的燈，逕自朝廚房走。

周芍在玄關換鞋，由於之前拍攝紀錄片的時候，需要經常進出這個空間，因此她爲自己準備了一雙絨毛拖鞋放在這裡，在這個季節穿，正好足夠保暖。

她移動腳步走到廚房，楊嘉愷正從冰箱裡接連拿出兩個不同口味的甜點，分別是草莓塔和熔岩巧克力蛋糕。

「需要跟梁佑實說一聲我來了嗎？」周芍轉頭看向梁佑實緊閉的房門。

「他不在。」楊嘉愷從烘碗機裡拿出一把小叉子給她，將她錯愕的神情收進眼底，「怎麼了？我沒說他在家。」

周芍呆呆地接過叉子，一想到兩人眼下是獨處的狀態，渾身又開始不自在，「我能把這兩個甜點帶回去慢慢享用嗎？感想我之後再跟梁佑實說。」

「不可以，就在這吃。」他的語氣不容反駁，意有所指地補了句：「畢竟某人有吃霸王餐的前科。」

跟他相處久了，周芍多少也知道他的個性，他就是喜歡看她手足無措的樣子。

周芍刻意表現得很無所謂，讓那句話左耳進右耳出，「知道了，我就在這吃。」

她用叉子挖了一口熔岩巧克力，苦甜的滋味在嘴裡蔓延開來，還帶了一絲蘭姆酒的香氣。

她慢慢品嘗，想了想，總覺得這道甜品少了飲品的襯托，顯得有些單調，「你這裡有沒有紅茶之類的？」

「妳也是很會享受。」

「不然你至少給我一杯水吧？甜的東西吃多了，有點渴。」

楊嘉愷繞過她，從一旁的飲水機裝了杯溫水給她。

周芍接過水杯抿了一口，餘光往楊嘉愷的身上掃了一眼，那人站姿散漫，渾身散發著討債的氣息，一聲不吭地盯著她看，讓人壓力很大。

周芍默默放下水杯，猶豫半晌，問出心中疑惑：「你是不是有話想跟我說？」

「確實有。」他毫不掩飾。

「那你快點說，不然等一下梁佑實就回來了。」

周芍想起上次在電梯裡的事，低頭挖了一顆草莓來吃，訕訕地說：「你不要又在他面前提什麼我吃你霸王餐的事……」

楊嘉愷微斂眼眸，直接切入重點：「妳上次被人丟在海邊的時候，是誰接妳回來的？」

周芍將酸甜的草莓吞下肚，看向他，「你啊。」

「妳生病的時候是誰載妳去看醫生的？」

「也是你啊。」

「那麼，親了我事後卻又不認帳的人是誰？」

周芍收回視線，置若罔聞地挖了一塊塔皮放進嘴裡，只要嘴巴忙起來，就能爲自己製造不得不安靜的藉口。

「不記得了？」他看她打算裝傻，又問了一次。

「我記得啊，就……」周芍的臉比草莓還紅，「我啊。」

「那妳剛才在火鍋店撇得一乾二淨的說詞又是怎麼回事？」

周芍終於懂了他不高興的原因，儘管她並不覺得自己的那番說詞有什麼不妥。

「親、親了你又怎樣？我們又沒有討論到要不要更進一步！」

「周芍。」他的眼眸漆黑，臉上沒有半點笑容，「妳這叫扮豬吃老虎。」

「我哪有？」

楊嘉愷的視線向下一掃，捉住她的衣領，把人往自己扯過去。周芍的腦袋被迫仰起，順著他的力道往前踮起腳尖，猛烈地貼上他的唇。

唇齒碰撞的瞬間，她疼得閉上雙眼，下意識想後退，隨即又被他拉回去。

他雙手捧著她的臉，動作極輕，落在她唇上的吻卻帶著壓制的意味，連呼吸都能灼傷人似的。

周芍被困在他懷裡，掙脫不了，手又不敢往他身上靠，只能無助地向後找支撐點，她手一揮，無意間碰倒了水杯。

杯子向下滾落至水槽，發出一連串的聲響，他才終於停下動作。

重獲自由的周芍語氣不佳地問：「你突然親我幹麼？」

「不服氣就親回來。」

「你講點道理。」她的臉更燙了。

「妳才講點道理。」

周芍思來想去，認爲錯不在己，拿出氣勢回嘴：「她誤會我是你女朋友，我總得澄清一下吧？你又不可能喜歡我！」

「妳沒告白怎麼知道不可能？」

周芍定格許久，傻愣愣地睜圓了眼，「你說什麼？」

玄關傳來大門解鎖的聲響，下一秒，梁佑實從屋外進來，注意到兩人一動也不動地站在廚房裡大眼瞪小眼，回房前刻意探頭關切了句：「你們兩個站在那發什麼呆？」

楊嘉愷面不改色地走出廚房，到玄關換鞋，一聲不響地出了門。

被丟在原地的周芍呆愣了半晌，腦中不停重複那極具暗示意味的句子。今晚要是沒得到一個明確的答案，她恐怕是不用睡了。

梁佑實嗅出空氣中的異常，正想問周芍剛才兩人發生了什麼事的時候，她已經頭也不回地追了出去。

兩人的腿長有一段差距，走在前面的男人只是步伐快了一些，追在他身後的周芍幾乎是跑了起來。

公車亭的附近有一排共享單車，楊嘉愷走到單車前，拿出手機放在感應區上，接著牽走一輛車。

周芍也立刻拿出手機感應面板，急急忙忙踩上單車。

「你這個時間打算去哪？」

「河堤。」

「飯後運動啊？」

楊嘉愷淡淡掃她一眼，騎著單車，沒再說話。

周芍踩著腳踏板跟上，「你騎慢點，我腿短。」

眼前的人充耳不聞，依舊直直往前騎，兩人的距離慢慢拉遠，前方的號誌燈正在倒數，五、四、三……

眼看他已經逼近路口，她就要被他甩在馬路這一頭，周芍深吸一口氣，放聲喊道：「你如果是氣我之前沒跟你商量就親了你，那你剛剛也親回來了，我們算不算扯平？」

楊嘉愷的車頭明顯歪了一下，車身不穩，只好將腳放了下來。他停在路口前，號誌燈在此時轉爲紅燈，周圍幾名行人的注意力都被周芍的呼喊聲喚了過來。

眾人不約而同地看向他們。

周芍騎到他身旁停下，被路人們的注目禮搞得臉都熱了起來，簡直是傷敵一千，自損八百。

「妳到底在幹麼？」楊嘉愷的臉也紅了，嗓音放得低，雙眼乾瞪著前方號誌燈上的秒數。

周芍感覺自己頭頂都快冒煙了，一聲不吭地看著馬路對面，恨不得馬上狂飆過去。

一月分的夜晚，河邊吹來陣陣寒風。

兩人沿著腳踏車步道前進，沿途有幾名路人在慢跑，有民眾在遛狗。除了被冷冽的風吹到耳朵有點痛之外，周芍還挺享受這種恬靜的氛圍。

兩人一前一後騎了一段路後，楊嘉愷突然把單車停在橋下，走到一旁的販賣機買水。周芍見狀，也按下煞車，腳踩到地面後還往前顛了幾步。

楊嘉愷轉開手中的礦泉水，仰頭灌了幾口。周芍抿了抿乾澀的唇，在一旁偷看他，下一秒，他朝她走來，將手中的水遞給她。

周芍遲疑數秒，不知不覺錯失了伸手接那瓶水的良機。

「不渴？」他的手還舉在半空中。

周芍接過那瓶水，小心翼翼地抿了一小口，沁涼的冰水潤過喉嚨。她很快地把水還給他，「謝謝。」

周芍瞥了眼目前的時間，剛過晚上十點，「你打算幾點回去？」

「再騎一段吧，妳累了可以先回去。」

「我跟你一起。」周芍回頭看了一眼來時的路，「自己回去有點可怕。」

趁著他喝水的空檔，周芍想起火鍋店那個叫做林柔伊的女生。

「今天請我們吃牛肉的那個女生，你跟她很要好？」

楊嘉愷把瓶蓋轉了回去，抬眼瞅她，「還行，問這個幹麼？」

「小希學姊說那個女生之前對你有點意思，你爲什麼不喜歡人家？」

楊嘉愷笑了一下，像是猜到了她的心思，「因爲我當時喜歡的人是秦小希。」

簡短的一句話，卻精準地踩到了周芍的痛處，「喔，那你也是……滿痴情的。」

他把水往車籃裡一扔，「休息夠了就走吧。」

「我還是先回去好了。」

都怪他提起了曾經喜歡秦小希的往事，她現在都沒有心情看風景了。

周芍跳下車，把單車扛起，轉了一百八十度，正想起步時，沒注意到地上的接縫處有高低差，前輪撞上，角度一偏，人往地上摔了下去。

楊嘉愷微蹙著眉，走過來關心，「有沒有怎樣？」

周芍從單車底下爬出來，低頭查看手掌的傷勢，橋下橘黃色的照明燈在她頭髮上暈出淺淺的光圈。

楊嘉愷蹲下身子，強硬地把她的手腕抓了過去，「我看看。」

周芍喊著很痛、輕一點，委屈瞬間湧上心頭，「你就不能溫柔一點？」

「溫柔一點妳就會開竅了？」他替她吹了吹傷口上的塵土。

周芍不知道他口中說的開竅是什麼意思，一心只想和他唱反調，「你沒試過怎麼知道不會？」

「和我在這裡的人是妳，幹麼提起別的女生？」他將聲音放輕了些，眼睛依舊沒看她。

「我只提了一個。」

他神色平靜，「嗯，只准州官放火。」

周芍一直以來都覺得自己不是會隨意撒氣的孩子，唯有面對他的時候，她才會有一些脾氣，會有想霸占一個人的念頭，會幼稚地希望他的目光不要被其他女生吸引，會任性地想要他注意到自己的情緒。

「你剛剛說，你跟那個女生滿好的，你們晚上會一起騎腳踏車嗎？」

「妳是摔傻了？」

「你會不會哪天看人家漂亮，趁著四下無人，對人家做壞壞的事？」

他無言地看著她幾秒，「妳要不要聽聽妳在說什麼？」

「她很漂亮，深夜一個人回家很危險，你會送她回去嗎？」

「想說什麼就直說。」他快沒耐性了。

「你不要跟別的女生一起騎腳踏車，我想要你的溫柔只分給我就好。」

周芍說出這句話時，比以往的任何時候都還要坦率。

「我不是不喜歡你提秦小希，只是你一講到她，我腦中就會浮現你對她笑的樣子。」

她輕拍了拍鞋尖的泥土，可憐兮兮地補了句：「你都用很深情的眼神看著她。」

至少高中那時候，他有多喜歡秦小希，她都看在眼裡。

周芍將臉轉開，看向遠方，平靜的河面映著路燈的倒影。

她本就為數不多的自信，總是在他提起秦小希的名字時，瞬間消弭得一點也不剩。

楊嘉愷看著周芍失落的樣子，忽而想起她上次在機車後座說的夢話，她連在夢裡都不忘指控秦小希永遠是他心中最可愛的女孩子。

想起往事，他啞然失笑，「妳這人怎麼這麼不講理？」

周芍轉頭看他。

「妳高中的時候又不喜歡我，還不准我對別人笑？」

「我高中的時候喜歡你啊……」

周芍憑直覺反駁，話說出來才意識到自己掉進他的圈套。

他眼底的笑意更加明朗，「是嗎？下次我會早一點看出來。」

曖昧是一份很奇妙的禮物。

儘管他隻字未提喜歡，卻能用一個眼神，一抹笑容，一點一點壯大她的勇氣，讓她循著蛛絲馬跡，大膽假設自己喜歡了那麼久的人，或許也正好喜歡自己。

有可能嗎？

他對著她笑，周芍卻怎麼看都覺得他不懷好意，心想這人搞不好又是在挖坑等她跳，再笑她自作多情。

「我要回去了。」

周芍才剛要起身，又被他一把拉了回來，「妳是眞的笨還是裝笨？」

她茫然地看了看他，「你突然罵人幹麼？」

楊嘉愷沉默了兩秒後，先是嘆氣，而後才認命地解釋起來：「那個女生叫林柔伊，小我一屆，我們之前某堂選修課是同一組，沒有一起騎過腳踏車，有沒有喜歡我，我不知道，她沒講，妳倒是比我還清楚？」

周芍再次把頭垂得很低，裝得很無辜，「是小希學姊跟我說的。」

她半個身子浸染在黑暗中，半邊側臉的輪廓被燈光照出柔和的毛邊，楊嘉愷眼眸一凝，用手指抹了下她的臉頰，「臉沾到土了。」

「哪裡？」

她抬頭的瞬間，他驟然靠近，唇順勢覆蓋上來，溫熱的氣息在彼此之間急遽擴散。

周芍連眼睛都來不及閉上，慢半拍地推開他，向後跌坐在地，一抹潮紅很快在臉上暈開，「你突然親我幹麼？」

「不是妳說的嗎？我看人家漂亮，想做點壞壞的事。」

周芍結舌，氣得想走。楊嘉愷一把將她拉近，在她臉上又親了一口。

她想抽身，無奈一隻手被他抓得死緊，「放開我！你都沒有告白，怎麼可以一直親我？」

楊嘉愷收起開玩笑的模樣，喉結輕滑了下，神情很是認眞，「周芍，妳到底想不想要我當妳男朋友？」

周芍盯著他漆黑的雙眸，瞬間忘了呼吸，呆愣著靜止不動。

她只能反覆拆解，他這句話除了字面上的意思，應該沒有另一種解讀了吧？她不會給了答覆之後，又顯得很自作多情，換來他無情的嘲笑吧？

楊嘉愷慢慢將她緊握成拳的手心攤開，再和她十指緊扣，「發什麼呆？是聽不懂『男朋友』三個字的意思？」

「嗯。」周芍掌心的溫度慢慢上升，「我聽不懂，你解釋一下。」

「當一個男生說要當妳的男朋友，他的意思就是，他是妳的人了。以後他只看著妳笑，晚上只約妳去騎腳踏車，還有……」他傾身向前，湊近她的耳邊，輕聲落下一句：「只跟妳做壞壞的事。」

熱氣盤旋在太陽穴久久不散，那句話彷彿在耳邊重複播送，周芍腦門一熱，用力嚥下口水，惹得他發笑。

「想什麼？笑得這麼色。」

「我哪有？」周芍覺得自己的口水都快流下來了。

想到返程還要再騎一段路，楊嘉愷拍拍褲子起身，「走吧，送妳回去。」

「我還沒給你答案。」

「不用現在給我答案。」

「我現在就可以給你答案。」

他置若罔聞，從容不迫地坐上腳踏車，示意她跟上，「先回去吧，再待下去又要感冒了。」

周芍也趕緊牽起自己的腳踏車，見他真的騎遠，連忙追上。冷風撲面而來，他們相隔兩個車身的距離。

她不停思索著兩人剛才的對話，第一次覺得自己距離幸福只差臨門一腳。

煮熟的鴨子剛到嘴邊，轉瞬間又飛走，周芍終於懂了，想追眼前這個男人，她便不能再這麼要面子。

「你先等一下！」她扯開嗓子喊他。

楊嘉愷按住煞車，在路邊停了下來，回頭等她跟上。

周芍氣喘吁吁地在他旁邊停下，上氣不接下氣地說：「我決定好了，我想、想……」

他耐著性子等她喘完氣。

「我想要你當我的男朋友。」

女孩的眼裡有淺淺的光芒在跳動，毫不退縮，堅定地和他四目相對。

他輕扯唇角，抬起手，撥了撥她額前被風吹亂的頭髮，笑得柔情密意。

最終，在她期盼的眼神下，他輕聲道：「知道了，我回去考慮一下。」

✦

接下來一週是期末考週，周芍潛心準備考試，下了課就回家念書，準備小組報告，處理還沒後製完的影片，一時間忙得天昏地暗，沒有餘力去想那個蠱惑她告白之後，又裝模作樣地說要回去考慮一下，把她的心情弄得雞飛狗跳的臭男人。

日子飛快地到了學期的尾聲，結束本學期最後一場考試後，寒假正式來臨。

晚餐時間，周芍和小鹿約在A市某間日式簡餐店用餐。

周芍才剛入座，座位對面的小鹿便雙手合十，眉目間盡是濃濃的歉意，「姊，我都聽紹均學長說了，他把妳的電腦弄壞還封鎖妳這件事，我已經嚴厲指責過他了，妳再和我說電腦的維修費用是多少，我替妳要回來，請妳看在我那麼有誠意的分上，不要生我的氣……」

周芍哭笑不得，「我生妳的氣做什麼？這件事跟妳有什麼關係？」

「當初要不是因爲我，你們兩個也不會認識啊。」小鹿一臉歉疚，「天啊！我眞的不懂他爲什麼在喜歡的女生面前老是出包。」

既然維修費的事解決了，周芍也不打算針對文紹均的事再多費唇舌，只是攤開手邊的菜單，研究該點什麼餐點才好。

小鹿突然想起某件事，視線從菜單上抬起，靈動的雙眸眨了眨，「姊，我聽紹均學長說，妳有喜歡的人了？是誰啊？我怎麼沒聽妳提過？」

周芍盯著菜單的目光一頓，腦中忽地浮現那一晚兩人在河堤的情景。

她清了清嗓，猶豫許久才說：「因爲我還沒追到他。」

「妳追他？」小鹿忍不住驚詫，倒追男生這種事完全不符合周芍的行事作風，這讓她更加好奇這個男的究竟是何方神聖。

「嗯，我和他告白了。」

「然後呢？他怎麼說？」小鹿的心思完全不在菜單上了。

「他說要回去考慮一下。」周芍決定好餐點後，拿起手機掃桌上的行動條碼，低頭點餐。

「考慮多久？」

「沒說。」

「都放寒假了，再過不久妳也要回家過年，他不會是打算一直裝傻到開學吧？」

周芍點完自己的餐，把手機遞給小鹿，「妳看看想吃什麼，我們可以點些小菜一起吃。」

「那男的是不是故意釣著妳？」小鹿越想越不對勁，深怕毫無戀愛經驗的周芍被人傻傻騙走，「妳會不會是攤上一個花心大蘿蔔了？」

與此同時，某家五星級飯店正在舉行立馨醫院的春酒晚宴。

餐敘進行到尾聲時，神經外科主任李珉芝拉著兒子和幾名比較親近的醫師打招呼。醫師們聽聞楊嘉愷還有半年就要大學畢業，紛紛關心起他之後的打算。

男人穿著一身西裝，席間喝了不少酒，語調不冷不熱地道：「準備去洛杉磯念遊戲開發。」

「這樣啊，那就是我們不懂的領域了，是年輕人的東西。」

一說到這個，李珉芝的臉色就不是很好，數落起自家兒子：「無論我怎麼說都說不聽，但這是他自己的人生，當媽的也管不了，又不可能綁著他不讓他去。」

「小孩子大了不都是這樣嗎？會有自己的想法，出去闖闖，也挺好的。」

幾人寒暄了一會，活動便進入抽獎的環節。李珉芝注意到楊嘉愷全程表現得興致缺缺，趁著空檔說了他幾句。懷胎十月才給了他這張臉，要他笑一個還得用求的。

知曉兒子向來對這種場合不怎麼上心，李珉芝最後也懶得念，便讓他累了就先叫車回去，自己還要再待一會。

夜色斑斕，街上燈火輝煌，人流如織。

離開飯店後，楊嘉愷獨自在街上走了一段路，附近有條著名的熱炒街，總是喧囂至午夜時分。

熟悉的景緻映入眼底，兩年前的回憶瞬間湧上心頭，那時正好也是冬天，在某一次的高中同學會上，秦小希酒喝多了，便感性地對他說，希望他往後的日子都過得比她幸福。

那時的他只覺得，秦小希的願望或許永遠不會有成真的一天。

自那以後，再經過這裡，他便時常想起那個夜晚。

唯獨今天，他還想起了周芍。

想起她騎著腳踏車緊追在後，氣喘吁吁地對他說，她想要他當她的男朋友。

想起她把他的名字寫在春聯上，將對他的那份喜歡，生澀地藏著、掖著的模樣。

想起她曾經說過，喜歡一個人就像是撈金魚，其他的小魚都無法取代她最想要的金魚，但是這份執著，金魚可以永遠不必知道。

思緒至此，他忽然很想很想見她。

小鹿一整個晚上都在洗腦周芍，說她是不小心暈了花心渣男的船，還要她趕緊回頭是岸。

巧的是，兩人剛在地鐵站分頭後，周芍就接到了花心渣男的來電。

被告白的人連續一星期沒有消息，身爲告白方的周芍也表現得很淡定，未曾捎去一則訊息追問他的答覆。

看見他打電話過來的那一刻，周芍心想，看來某人終於想起自己還欠她一個答案了。經過小鹿一個晚上的渲染，周芍心中多少也對他有點不爽，接通電話的時候，口氣不太美麗，「喂？」

電話那一頭傳來陣陣車流聲，良久，他才拋來一句：「記得妳還欠我一個人情吧？」

周芍毫無頭緒，從他低啞的嗓音中嗅出了一絲不對勁，「你怎麼了？你喝酒了？」

「這次換妳來接我了。」他頓了頓，話裡染著淺淺的笑意，「過來領妳的嘉獎。」

✦

周芍抵達熱炒街的時候，以為會看見醉得連路都走不直的男人，然而，楊嘉愷只是站在街邊的路燈下，神情泰然地低頭滑手機。

周芍見他一身西裝革履，先是遲疑了會，左右張望，確認他是獨自一人後，才上前關心，「你喝醉了嗎？意識不清？一個人回不了家？」

男人掃了她一眼後，慢吞吞地把手機收回口袋，笑而不答。

「你怎麼穿得這麼正式？」周芍研究著他此刻的表情，分不清他到底是醉的還是清醒的，朝他揮了揮手，「你認得我是誰嗎？」

男人看她化了妝，還將頭髮紮成兩條辮子，明顯是和人有約的模樣，「妳今天去哪了？」

他的聲音比平時低沉，眼底摻雜陰鬱的顏色，周芍多少能察覺他心情不好，據實以告：「跟我堂妹吃飯。」

「嗯，都聊什麼？」

「她說你是故意釣著我的花心大蘿蔔。」周芍沒打算隱瞞小鹿對他的評價，想看看本人聽到這樣的指控會做出什麼辯解，「她還勸我回頭是岸。」

楊嘉愷輕笑一聲，顯得很大度，「是嗎？」

「嗯，我是滿想替你說句話的，但你一聲不響地消失這麼多天，我也越來越摸不透你了。」

他手指微曲，輕敲她的前額，「我不是說會回去想一下？」

「你想很久。」她咕噥。

「就是要想很久。」他嘴角牽動了下，「妳知道洛杉磯跟這裡相隔多遠嗎？妳知道往後妳又被人丟在海邊，或是被鎖在門外哭的時候，我一點忙都幫不上嗎？」

周芍驀然愣住，在她心中還很抽象也很遙遠的事，因爲他簡短的幾句話瞬間變得鮮明立體。

楊嘉愷牽起她的手，示意她往地鐵站的方向走，「走吧，跟妳說個故事。」

周芍跟在他身側，想問他今天之所以喝酒，是不是因爲發生了不開心的事。

他忽地揚起下巴，指了指前方不遠處的某間熱炒店，「看到那間店了沒？」

周芍順著他的目光看過去，那家熱炒店生意極佳，店門口人滿爲患。

「兩年前，有一場高中同學會就辦在那裡。」

周芍側眸看他，試圖從他抑鬱的眼神裡讀出更多訊息。

「那天秦小希喝醉了，她和我許了一個願。」

儘管周芍努力不去在意，但每當聽見他提起年少時候喜歡的女孩時，心尖卻仍是會泛起一陣酸楚。

「她許了什麼願？」

「她說要我過得比她幸福。」他像是在回憶一段很久遠的往事，笑道：「她許完這個願後，就被她的男朋友接回家了。」

周芍默默牽緊他的手，覺得此刻除了陪伴之外，自己說什麼都不對。

「那一天，我便決定要放她走了。」他嗓音淡淡的，「秦小希想要的幸福，只能由她想要的人來給，那個人是誰，她很早就決定好了。」

他想起周芍曾經問自己的問題，「妳不是問我，假設秦小希沒有男朋友，我會不會追她嗎？」

周芍點點頭，「你那時候說不會。」

「妳還想知道原因嗎？」

「如果你不想說，也可以不用說。」周芍難以想像當年的他，是抱著什麼心情獨自走這段路回家的。

他的聲音揉雜在晚風中，緩緩飄至她耳邊，「曾經，有個人跟我說了一個撈金魚的故事，她說，無法如願接住的人，應該要是自由的。」

周芍木然地停下腳步。

「但我可能是個心胸狹窄的人，我沒有那麼大度，我只知道，如果我要和一個人在一起，只能是因爲她也非我不可。」

男人輕抿著唇，將臉轉向她，「我想去愛那樣的人。」

周芍的思緒有些恍惚，年少時期的喜歡，因爲他的一句話變得清晰起來。

他是她只敢偷偷寫在春聯上的願望，是她不惜用禮物去討好的男孩。當他鬼點子作祟，拿其他女生尋樂的時候，她只能默默吃醋，默默爲這無以名狀的占有慾感到生氣。

儘管如此，她仍矛盾地希望，那個被她喜歡多年的少年，應當永遠意氣風發，得償所願，被某個人好好地放在心上珍惜。

「楊嘉愷。」

他側頭看她。

周芍深吸一口氣，穩住情緒，緩慢地說：「高中的時候，你喜歡著一個人的模樣真的很耀眼，雖然秦小希沒有發現，但是我發現了，我不只一次希望自己是那個幸運的女孩。明明想要向你的這份心意看齊，但是我不夠勇敢，沒有亮出底牌的勇氣，只敢偷偷把你的名字寫在春聯上，偷偷記下你的遊戲ＩＤ，自作主張地送禮物給你。」

周芍的暗戀沒有驚天動地的情節，她只是希望她喜歡的少年，可以永遠如記憶裡一樣散發光芒。

如果有天他的光芒熄滅了，她會親自替他點亮。

「你以後經過這裡，可不可以不要想會讓你難受的事了？你能不能只記得，有個人厚著臉皮說她喜歡你就好？」

楊嘉愷怔怔地望著眼前的周芍，女孩態度堅定地回望他。

半晌，他才牽起嘴角，「怎麼突然說這個？」

周芍吸了吸鼻子，「我不喜歡你露出那種悲傷的表情。」

「我沒有露出悲傷的表情。」他伸手捏她的鼻子。

「你有。」周芍皺起眉，拍開他的手。

「是嗎？那妳還愣著幹麼？」

周芍仰頭看他，等著他的下一句話。

「妳可以抱一抱我。」

周芍緩緩地張開雙臂，男人看她動作僵硬，直接將她拉進懷裡。

「記得我跟妳說過，我喜歡女生怎麼和我示好嗎？」

楊嘉愷的聲音自頭頂落下，她在他胸膛裡點了點頭，聲音悶悶地說：「你說你喜歡女生直接一點。」

「嗯，所以妳今天表現得很好。」他拍了拍她的後腦勺，聲音裡讚許的成分濃厚，「值得嘉獎。」

✦

兩人搭乘地鐵回家，才走出地鐵站，一個從前沒看過的雞蛋糕小販便映入眼簾。老闆目測大約六十多歲，穿著一件羽絨背心，在風中佝僂著身軀，緩慢地翻動手邊的烤模。

小攤車上連招牌都沒有，口味也只有最常見的原味、奶油、紅豆、巧克力四種。老伯伯注意到二人，親切地招呼著：「喜歡什麼口味就跟伯伯說喔。」

男人見周芍慢下腳步，若有所思地望向冒著熱氣的雞蛋糕，側頭詢問：「肚子又餓了？」

雖然小攤販附近熙來攘往，也有等著過斑馬線的行人，卻鮮少有人駐足。周芍盯著老伯伯手上破損且脫線的手套，心疼起寒冬裡那抹枯瘦的身影。

「嗯，我想買一些回去。」

周芍將四種口味都各點了一份，接著發現身旁的楊嘉愷正看向自己，那眼神流露出的訊息，像是覺得她點得太多了。她解釋道：「上次粱佑實不是請我試吃新推出的甜點嗎？這次我多買了一點，你幫我帶回去請他吃。」

「啊——」楊嘉愷像是終於理解過來，隨後又意有所指地問：「那我呢？」

周芍低頭從錢包裡拿零錢的動作頓了一下，一時沒反應過來，老伯伯倒是和藹一笑，「妹妹，男朋友是在抗議妳怎麼沒有想到他，妳要哄一哄啊。」

老伯伯的那句「男朋友」讓周芍耳根有些發燙，她瞟了楊嘉愷一眼，被老伯伯當著面調侃了，他倒是神色自若，眉目間盡是坦然。

「你可以跟他分著吃。」

尚未適應兩人之間身分的轉換，周芍有點彆扭，紅著臉付完了錢。

「我不跟人家分東西吃，我的就是我的。」楊嘉愷說。

周芍抓住他話裡的漏洞，和他翻起舊帳，「我明明看過你高中的時候和小希學姊喝同一杯飲料。」

似是沒意料到她會提起那麼多年前的事，他先是一怔，接著痞痞地笑，「有嗎？我怎麼沒印象？」

「有一次上學路上，我看到你喝了她的冬瓜鮮奶，她氣得都揍你了。」周芍記得很清楚。

男人循著她給的線索，偏著腦袋想了一會，裝模作樣地說：「妳這麼一說……」

正當周芍以爲他要承認了，他又補了句：「她好像沒還我錢。」

「那你也算是請她喝了一杯冬瓜鮮奶，還和她間接接吻。」

言下之意，他不應該和她計較雞蛋糕的事。

等待雞蛋糕製作完成的時間裡，老伯伯眉開眼笑地看著二人鬥嘴。

「我那個時候喜歡她，不是情有可原嗎？」楊嘉愷不慌不忙地笑著，替她把邏輯順了一遍，「但妳現在喜歡的人，好像是我。」

周芍嘴角僵了僵，一抬眼就撞上老伯伯的笑臉。老伯伯見狀，緩頰道：「你說話都不想一下後果，不擔心女朋友跑掉？」

「不會，」楊嘉愷綽有餘裕地扯了扯唇，「跑不掉。」

老伯伯的眼角拉扯出笑紋，「你們兩個在一起沒有很久吼？」楊嘉愷伸手去勾周芍的小指，換來她輕輕一瞪。他轉頭看向老闆，「伯伯，你怎麼知道？」

「你這樣胡說八道，女朋友都沒有生氣，換作是我老婆，早就拿衣架揍我了。」周芍聽到老伯伯替自己撐腰，抬高下巴，對楊嘉愷扮鬼臉，「有沒有聽到？胡說八道。」

「妳不就是喜歡我胡說八道？」

「才不是！」

「那妳到底喜歡我什麼？」他語調輕鬆，也學她揚起下巴。

周芍看著他說不出話，老伯伯站在兩人中間，又道：「女朋友是交來疼的，你怎麼一直讓人家下不了台？」

「伯伯，我真的講不贏他，我要跟你老婆討教幾招。」

老伯伯將裝袋好的雞蛋糕交到周芍手裡，「可惜啊，她上個月剛走，不然我一定讓她教教妳該怎麼治男朋友。」

周芍有些愣神，老伯伯敏銳地發現她的反應，抿出一個溫暖的笑容，「不要緊，日子會慢慢變好的。」

第八章　櫻花樹下的把戲

日子慢慢向前推移，轉眼間便迎來農曆新年，大街小巷年節氣氛濃郁，紅色燈籠被高高掛起。

除夕當天，周芍早早被周盛叫起來大掃除。她在房間清出了一些用不到的雜物，將它們依序裝進紙箱，再打開書桌的每一格抽屜，檢查是否有所遺漏。當她想拉開最後一格抽屜時，抽屜的滑軌卻卡住了，於是她調整角度，再次使力一拉，抽屜順利打開，一張熟悉的紅色春聯奪去她的目光。

春聯上是用墨水寫下的清晰的「嘉」字。愣神的瞬間，年少時期的回憶忽地侵占了她的心緒，那一張小小的紙，曾經承載著一段稚嫩的暗戀，是她青春的念想，是一場無人知曉的心動。

高一那年許下願望的時候，她未曾想過能有心想事成的一天。

周芍不自覺地牽起嘴角，她彎下身子，將那張春聯拿了起來，小心翼翼地壓在桌墊底下。

雖然晚了一點，但是她的新年願望實現了。

兩人交往的消息很快傳到了秦小希耳裡。周芍結束了大掃除，在中午的時候收到秦小希傳來的訊息，對方邀她到家裡吃飯。

正午，雖然能看見太陽露臉，但仍是凍人的低溫，周芍圍上了圍巾才出門。循著秦小希傳給她的地址，周芍搭乘公車來到一間叫做「秦家麵館」的老店。她一進到店裡，隨即看見坐在角落朝自己招手的秦小希。

小店生意興隆，除了店內的座位擠滿了人，等候外帶的隊伍也排得很長。

周芍慢慢晃到秦小希面前坐下。

秦小希見她好奇地盯著牆上一整面的跆拳道獎狀和幾張兒時合照，出聲解釋：「那是江敏皓以前參加比賽拿到的獎狀，他小時候打架都打不贏我，後來我媽就送他去學跆拳道，誰知道一踢就踢上癮，拿了那麼多獎回來，現在跑到國外去學格鬥。」

周芍仍抬著頭，讀著牆上的某篇報導，標題寫著「凱旋歸國！台灣格鬥選手江敏皓勇奪第二十三屆魁北克業餘綜合格鬥賽冠軍」。

「妳想喝什麼湯？餛飩湯還是紫菜湯？」秦小希的聲音在周芍的耳邊響起。

周芍將視線收了回來，「紫菜湯好了。」

餐點都上齊後，秦小希才切入正題：「我就直接問了，你們兩個是誰先告白的？是楊嘉愷追妳的？」

周芍喝了一口紫菜湯，「是我追他的，他想了一個禮拜才答應我。」

秦小希一臉不可置信，「楊嘉愷究竟有什麼魅力，讓妳這麼執迷不悟？」

「因爲他是很溫柔的人。」

在秦小希的記憶中，楊嘉愷跟「溫柔」這兩個字八桿子打不著。

「我們現在說的是同一個人嗎？」秦小希嘴角抽動了下，覺得周芍完全被愛情沖昏了頭，「妳是從哪裡看出楊嘉愷很溫柔的？」

「雖然他應該不記得了，但是他高中的時候曾經幫過我。」

周芍想起楊嘉愷俐落地撕掉那張海報時的情景，「他看上去很冷漠，但是遇到看不順眼的事，總是會下意識地做出行動，儘管是在人群中不起眼的我，也得以被他的溫柔拯救。」

秦小希握著筷子的手一鬆，豆乾又掉回盤子裡，「……這段話不會是楊嘉愷逼妳來跟我說的吧？」

周芍夾起豆乾，放進秦小希的碗裡，「學姊，你們兩個當年是怎麼變成朋友的？」

「我們是在學生會裡認識的啊。」秦小希邊吃豆乾邊說。

「你們兩個不是本來就同班嗎？」

「我原先跟江敏皓都是二班的，高二的時候，有個學長經常騷擾我，江敏皓一氣之下把對方打進醫院，事情鬧得很大，校方覺得我和江敏皓繼續同班，會影響我們兩個升學，我才會被調去一班。」

周芍想起她和秦小希第一次見面的時候，秦小希便和她說過，自己有多麼討厭上學。那時的她懵懵懂懂，直到這麼多年後，才明白這些故事背後的眞相。

「只是沒想到，江敏皓會因爲打架的事，失去保送體大的機會。他那一陣子很灰心喪志，常常缺席不來學校，我們還爲此大吵一架。」

周芍回憶起多年前那個冬天的早晨，秦小希腫著雙眼進教室。那時秦小希說，自己和喜歡的人吵了一架，哭了一個晚上。

「妳當時說妳哭了一個晚上，指的就是這件事？」

「嗯，他覺得他爲我做了那麼多，而我卻在轉班後就不理他了，每天和楊嘉愷玩在一起。」

秦小希神色平淡地回憶那些青春時期的往事，「我的高中生活並不快樂，當時大家都在傳我欺騙學長的感情、喜歡看男生爲我打架……剛轉進一班的時候，同學們都不喜歡我，那時如果不是楊嘉愷一直在我身邊，我可能無法堅持到畢業。雖然我老是說他壞話，但他是我非常重要的朋友。」

循著秦小希的聲音，周芍接連串起許多高中時的點點滴滴。

她想起那個總是對自己釋出善意的秦小希。

周芍曾經很羨慕秦小希，因爲楊嘉愷眼裡只裝著她的身影，總是看著她笑，只對她一個人好。

如今，在明白所有眞實情況後，周芍忽然很慶幸，當年秦小希的身邊，還有楊嘉愷能給她溫暖。

✦

上次幫王覓慶生時，參與的幾人建立了一個群組，方便平時聯絡感情。

大年初四這天，群組裡的大家約好上山賞櫻，唯獨秦小希和王覓因爲家庭旅遊而無法出席，最後只剩周芍和一群男孩子一同出遊。

抵達山腳處時，正好經過一間超市，池泰瑞提議稍作休息再上山，舟車勞頓了一整路的眾人於是下車活動筋骨。

負責開車的梁佑實把家中兩個月大的秋田犬也帶出了門，牽著牠到停車場附近的草皮散步，剩下的幾人則先進了超市。

林禹和池泰瑞肩並肩走在前面，周芍和楊嘉愷殿後。一進超市，池泰瑞和周芍的目光同時被某一座層架吸引，架上擺滿五花八門的進口零食。

林禹想去買杯熱咖啡，便先往櫃檯繞了過去，留下三人停在零食架前方。

池泰瑞選了一包家庭號的辣味洋芋片，轉頭看周芍，「妳也挑一個妳想吃的零食，上山後大家可以分著吃。」

周芍的視線在某個巧克力蘇打餅上停留了會，遲遲沒伸手去碰，她轉頭看向楊嘉愷，「你有想吃的嗎？」

「選妳想吃的。」楊嘉愷看上去對這些零食絲毫不感興趣。

池泰瑞隨意挑了一包焦糖爆米花，像是想速戰速決，低頭瞧周芍一眼，「這個可以嗎？」

「好。」周芍點頭。

「要不要再買一包煎餅？」

「我都行，你決定就好。」

池泰瑞最後又拿了一包海苔煎餅，轉身往櫃檯走去。

周芍剛想跟上，身後的人忽地抓住她衛衣上的帽子，把人強行拉了回來。

順著他的力道，周芍的衣領向上勒住脖子，被迫停下腳步。她抬頭看他，「怎麼了？」

楊嘉愷用下巴指著周芍剛才觀望了一會的巧克力蘇打餅，「不是想吃這個？爲什麼不說？」

被戳中心事的周芍有些發怔，不曉得他是什麼時候注意到的。

周芍把衣領往下拉一些，沒有否認自己確實想吃，「我的喜好不是很重要。」

「誰說的？」

楊嘉愷只用三個字就問得她腦筋轉不過來。從有記憶以來，「她的想法並不重要」

的這個觀念都深深地影響著周芍，小至她有沒有意願上台演講，長大想不想和母親一樣當主播，能不能繼續喜歡寫作。

因爲害怕和別人的想法產生衝突，所以周芍總是優先放棄自己的權益，習慣順著群體的意見，喜歡的東西總是讓給別人。

楊嘉愷見她在發呆，替她從架子上拿走那包巧克力蘇打餅，「走吧。」

周芍回過神，想起自己的護唇膏已經用完了，說道：「我還想順便去買個東西。」

兩人來到擺放日用品的走道，眼前的架子上有三種不同味道的護唇膏，分別是草莓、檸檬和橘子。

周芍在草莓和檸檬之間猶豫不決，想了很久也沒有結論，同行的林禹和池泰瑞此時已經到超市外頭等待，楊嘉愷索性替她做決定，用指節輕扣架子上橘色包裝的護唇膏，沉聲道：「選這個。」

周芍抬頭瞥了一眼，覺得他在此刻提了不在她考慮範圍裡的第三個選項，根本於事無補。

「光是這兩個味道我就選不出來了，你別添亂。」

楊嘉愷輕笑一聲，「沒聽懂嗎？我喜歡柑橘味道的。」

「但我還好。」周芍看著手中的兩支護唇膏苦惱，嘴上隨意敷衍他。

「零食妳想吃什麼我都沒意見，這個至少選我喜歡的吧？」

「爲什麼？」

「我不也會吃到嗎？」

聽懂他的暗示後，周芍立刻看了看周圍，怕有其他人聽見他們的談話，壓低聲音說：「你這人怎麼這樣？」

「我怎樣？」他笑得很無賴。

「我又不是爲了給你吃才買的。」

初四這天，山上氣溫偏低，二月分的空氣吸進鼻腔都是冰的，沿路上開滿櫻花，前來賞櫻的人相當多，梁佑實好不容易才找到空位將車子停妥。

幾人步行到櫻花公園，找了一塊草皮鋪上野餐墊，邊吃零食邊聊天。

周芍多數時候都在一旁陪秋田犬太郎玩，其他幾人的話題圍繞在之後預計成立的遊戲工作室之上。從他們的談話中，周芍才得知林禹和楊嘉愷申請上同一間研究所。

「對了，我記得你女友畢業之後不是想要去歐洲進修嗎？」梁佑實忽然把話題轉向林禹。

「嗯，怎麼了？」

「你們之後相隔這麼遠，你打算怎麼辦？」

林禹似是覺得現在說這些沒什麼意義，輕鬆笑笑，「大多數人好像都搞錯狀況了，有問題的從來都不是距離，是放棄溝通的兩個人。」

林禹的話在周芍內心泛起了一絲漣漪，她偷偷看了楊嘉愷一眼，發現他也不動聲色地盯著自己。

被請去一旁幫幾名遊客拍大合照的池泰瑞在此時走了回來，指著身後說：「那幾個爺爺奶奶說上面的櫻花樹也開得很美，你們想不想去拍張照？」

「也好，走吧。」梁佑實率先起身。

池泰瑞彎身將太郎抱了起來，嘴裡還嫌牠日子過太好，都快抱不動了。

幾人爬上長長的石階，忽地一陣風吹來，把樹上的櫻花吹落了一些。粉色的花瓣紛飛，周芍把被風吹亂的頭髮撥至耳後，轉過身，眺望腳下的山景。

櫻花滿坑滿谷地盛開，周芍被眼前的景象打動，拿出手機拍攝。

下一秒，走在隊伍末端的楊嘉愷恰巧走進她的畫面，周芍趁他不注意，按下快門。

餘光看見自己被偷拍，他踩上她所在的石階，側頭看手機裡的成果。

照片中，男人沒有看向鏡頭，只有一顆頭在畫面的左下角，看上去像是不小心入鏡的遊客。

「要拍也不拍好一點。」他輕皺眉頭，聲音裡透著嫌棄。

「你走得太快了，不然你重走一遍？」

楊嘉愷拿走她的手機，點開自拍模式，將手機轉成橫的之後再舉高，讓畫面裝進兩人的身影，還有身後一整排的櫻花樹。

似是覺得角度不好，他又把手機舉得更高了些，周芍只剩額頭入鏡，她正想踮腳，他已然按下快門。

「我好像沒入鏡。」

「沒關係，我很好看。」

「那你多拍一點。」周芍本來就不愛自拍，表現得很無所謂。話說完，她也沒打算拿回手機，轉身繼續往上走。

楊嘉愷從下方握住她的手，「等一下。」

周芍回頭看他。

「剛剛林禹說的話，妳有什麼想法？」

「沒有什麼想法。」

「是覺得妳的想法不重要，所以不想說，還是眞的沒想法？」

「我現在是眞的沒想法。」

楊嘉愷看她情緒有些低落，把她的手機放進自己外套口袋，往遠方瞥了一眼，確認池泰瑞他們走遠後，才慢悠悠地說：「變個魔術給妳看。」

周芍眼底游過一抹錯愕，「什麼？」

男人放低視線，手虛握成拳，輕放在她手心上，假裝在上面放了什麼東西，再讓她的手指向內彎曲，「我給了妳一顆糖，妳要收好。」

周芍怔怔地把手握緊，想像自己手中有一顆糖，抬頭看他，「然後呢？」

他努努下巴，「放進右邊的外套口袋。閉上眼睛，從一數到三。」

女孩將手放進口袋，長長的睫毛傾蓋在眼瞼上，聽話的數數。

那短短的幾秒鐘，他有想偷親她的衝動。

周芍睜開眼睛，「現在呢？」

楊嘉愷用眼神示意她看向左邊口袋，「糖果已經在妳的左邊口袋了。」

周芍半信半疑地將手探進左邊口袋，卻撲了空，「沒有啊。」

「找仔細一點。」

周芍乾脆把口袋內裡翻出來，「眞的沒有。」

「是嗎？再找找右邊口袋。」

周芍把右邊的口袋內裡也翻了出來。

楊嘉愷看她口袋空空，笑彎了眼，「妳偷了我的糖果？」

「我哪有？」

「妳都放進口袋了，還說沒有？」

周芍不敢置信。

「妳欠我一顆糖。」

「你是詐騙集團嗎？」意識到自己中了他的圈套，她的語氣很無奈。

「不還我，我會找妳算帳。」

見他說得煞有介事，周芍從他外套口袋拿回自己的手機，「我要把你錄下來，讓你朋友看看你耍賴的樣子。」

她把手機鏡頭對準他，他笑著伸手去擋，「要拍也是我拍妳，現行犯。」

周芍拗不過他，乾脆陪他演起來，「那我要怎麼做你才會滿意？」

「糖果先欠著。」他頓了一下，轉身往上走，「等我回國的時候，再和妳討。」

✦

每個交往初期的人都是這樣的，那個每天晚上最後一個和自己傳訊息的人，同時也會是每天睜開眼睛後第一個想見的人，周芍也不例外。

新的學期開始了，大二下學期，周芍一邊忙課業，一邊準備業界實習的履歷，一邊還要分心談戀愛，堪稱蠟燭三頭燒。

周芍有兩個感興趣的暑期實習，在準備兩家公司的備審資料上花費了不少心思。第一間公司要求交出一份微電影劇本，第二間則要求交出一部片長三分鐘的影片。

晚飯期間，周芍在手機備忘錄上敲敲打打，記下這一週的所有代辦事項。列出一長串清單後，瞬間眉頭深鎖，她恐怕又要有一段時間無法好好睡覺。

她慢慢放下手機，正想吃眼前的丼飯時，隔壁桌兩個女生的談話聲在此時傳來。

「我昨天看我男朋友的手機，發現他把我的暱稱從『豬豬寶貝』改回了我的本名。」一名短髮女生忿忿不平地說。

坐在對面的女生倒抽一口氣，給出一個浮誇的反應，「妳有問他爲什麼要改嗎？」

「算了吧，問了也只是讓自己難堪。我最近太忙了，煩心的事情一堆，我們兩個一見面，動不動就在吵架，他應該早在幾個月前，就已經和其他女生曖昧了吧。」

聽到這裡，周芍不禁冒冷汗，回想自己開學至今，每一次和楊嘉愷出來吃飯，話題都圍繞在實習的事情上，抱怨腳本有多難想，系上的影片剪不完……就連剛才，她都還心不在焉地處理備審資料的東西。

他會不會覺得這樣的自己很煩？

此時，楊嘉愷從一旁的冰淇淋櫃挖了兩球冰淇淋回來，他才剛坐下，周芍便鄭重地抬起頭來，「我有一件事情想和你討論。」

他視線低垂，用小湯匙挖了一口薄荷冰淇淋，「什麼事？」

上一秒在別人口中聽見的事，下一秒就拿來和自己的男友討論，似乎顯得目的性很強，但仗著他剛剛不在位子上，沒聽見隔壁桌的談話，周芍表現得從容不迫。

她拿起手機，點開通訊軟體，向楊嘉愷展示螢幕中修改好友名稱的畫面，「我們要不要改一下對方的稱呼？這樣看久了感情可能會比較好。」

周芍不是那種少女情懷總是詩的女生，沒有幫男友取甜蜜稱呼的天分，兩人交往以來，楊嘉愷在她手機裡的名稱，顯示的依然是很普通的本名。

「爲什麼突然想改？」

「我是第一次交男朋友，沒什麼經驗，不曉得你會不會介意這種形式上的東西。」

「改不改都無所謂。」楊嘉愷像個局外人一樣，繼續吃他的冰。

周芍看他完全沒有想把手機拿出來的意思，決定再提示得更明顯一點，「那你要不要改我的暱稱？」

這次他難得沒有像往常一樣嫌這種東西很無聊，而是順著她的意思，拿出手機。

周芍把注意力挪回自己的手機，思來想去後，終於想到一個滿意的稱呼，敲鍵盤的同時還念了出來：「第一任男友。」

眼前的人挑了下眉，淡淡地瞥她一眼。

「如何？」

「聽起來像是會有第二任。」

被無情打槍的周芍抓了抓頭，「那我再想一個。」

一段時間過去，他已經默默地吃起第二球冰淇淋，悠哉地看著周芍爲了取名的事傷透腦筋。

「有點難想，你自己取好了。」周芍把自己的手機交給他，「你的手機借我，我想幫自己取一個暱稱。」

交換手機後，周芍點進兩人的聊天室，卻意外地發現，他早已動手改過了她的名稱。

她茫然地定格半晌，楊嘉愷見狀，輕扯嘴角，拿著周芍的手機發送訊息給自己。

周霸王：「怎麼了？」

周霸王：「不喜歡這個暱稱？」

✦

整個四月周芍都處在水深火熱中，除了應付系上的期中考，她還要準備兩間實習公司的備審資料。幸運的是，到了五月，她便陸續收到第一階段審查通過的消息，後續只要等待第二階段的線上筆試就好。

正當她以爲能暫時鬆一口氣時，另外一件事又找上門來。

週末，周芎放假回家，接到一通外婆打來的電話，從外婆的轉述中得知母親的身體出了一些狀況，脊椎長了良性神經腫瘤，目前正在等待安排開刀，術後會需要在醫院休養一段時間，希望周芎能到醫院看看她。

周芎上一次見到孫品嫻，是在國中的畢業典禮上。高一那年，孫品嫻被爆出妨害家庭的醜聞後，便單方面地和周盛、周芎斷絕關係，從此不相往來。

高中那時，周芎時常糾結於母親的眞實想法，不明白母親究竟是因爲對她感到虧欠才避而不見，還是因爲羞愧，所以連傳一則訊息向她說明事情原委的勇氣都沒有。

孫品嫻預計將在A市立馨醫院動手術，由於是名人，院方細心安排了一間VIP病房，周芎一到醫院，便由外婆帶路前往。

「我聽妳爸爸說，妳現在在A市念大學？他說妳念的是品嫻的母校，就連科系也一樣？」

外婆見到周芎，臉上露出久別重逢的喜悅，熱情地抓著她的手詢問這幾年的近況。

孫品嫻的老家在南部鄉下，周芎小學的時候，每逢暑假，孫品嫻便會帶著她回去探望外公、外婆，直到她小學六年級時，孫品嫻和周盛離婚，兩家人的交集才因此變得越來越少。

「嗯，我現在已經在申請暑期的業界實習了。」

電梯裡的鏡子映照出兩人的身影，周芎一手拿著探病的花束，另一隻手則被外婆緊緊牽著。

「妳可以直接把資料轉給品嫻啊，讓她帶妳進去新聞台實習，有熟人照應，壓力也會減輕很多。」外婆眉開眼笑地說著。

周芍有些愣住，還沒來得及出聲解釋自己選擇念大傳系不是爲了當新聞主播，電梯門便先開啟了。

「走吧，妳媽媽要是知道妳的近況，不知道會不會高興得說不出話來。」

一走進病房，周芍便撞見病床上的孫品嫻正對著年輕的住院醫師與護理師罵罵咧咧。

男醫師好聲好氣地安撫道：「孫女士，我明白您的擔憂，不過就像我剛剛和您說的，這種良性脊髓神經瘤，能透過微創手術完全切除病灶，這類型的手術和傳統手術相比，能明顯減低神經損傷的風險，您不必過度憂慮。」

「我上網查過了，這種長在腰椎的腫瘤，弄個不好，後半生都會有大小便失禁的問題，更嚴重的還會有癱瘓的可能，如果你無法跟我保證手術是零風險，那麼我不跟你說了，你把你們主任叫來和我說。」

住院醫師無奈之下，附耳和護理師說了幾句話，護理師點了點頭便走出病房，留下醫師繼續向孫品嫻叮囑明日手術的術前須知。

孫品嫻躺在病床上，將臉轉向窗邊，心不在焉地聽著醫囑。

醫師交代完術前須留意的事項後，不忘提醒孫品嫻要適度放鬆心情，不需過度焦慮。孫品嫻仍固執地不發一語。

醫師離去前，和站在門邊的兩人對上眼，點頭致意後才快步離開。

醫師走後，孫品嫻才將目光轉過來，和周芍四目相對的瞬間，臉上閃過一瞬複雜尷尬的神情。

「媽，妳怎麼把她帶來了……」

周芍的外婆走近孫品嫻的病床邊，皺著眉頭苦勸：「這裡的醫生醫術都很好，妳不是也清楚這一點才轉院的嗎？怎麼我才一出去，妳又和醫生吵架？」

「我那不是在和他吵架。」

周芍感覺自己的雙腳像是被釘在了原地，仔細算起來，她們已經有將近五年左右的時間沒有聯絡，再次見到孫品嫻，女人如她記憶中熟悉，卻也同時陌生得疏離。

外婆注意到周芍遲遲沒有往前走，便回頭喊她：「怎麼一直站在那裡？過來和媽媽說幾句話。」

無聲的空氣中，母女倆再一次對上眼。

「妳現在念大學了，課業很忙吧？爸爸的身體都還好嗎？」孫品嫻打破沉默，說著客套的寒暄。

「妳女兒考上了妳的母校，未來也是要當主播的人，很爭氣呢。」外婆搶先周芍一步，把錯誤的風聲傳了出去。

孫品嫻面露訝異，還未向周芍求證，病房的門便先被他人敲響。進來的女人目測年過五十，醫師袍上掛著神經科主任的名牌，臉上帶著親切沉穩的笑容，「孫小姐您好，我是神經科主任李珉芝，聽聞您對於明天的手術有一些疑慮，所以我親自過來瞭解情況。」

後續的時間裡，李珉芝將方才住院醫師講解過的手術流程和手術風險，用溫和且堅定的語氣再次闡述了一遍。這回孫品嫻的態度卻截然不同，表現得異常配合且安心。

在外婆的請託下，接下來的幾天，周芍只要沒課，便會到醫院照顧手術完需要休養一段時間的孫品嫻。

周芍的外婆總和孫品嫻說，周芍是妳女兒，妳和她客氣什麼？妳不請她照顧，反倒折騰我這個老母親，實在說不過去。

周芍接下照顧母親的重責大任後，她的外婆便安心地回鄉下去了。

這天，周芍離開醫院後，約了小鹿吃晚餐，小鹿見到她，被她的黑眼圈嚇得不輕。

「妳媽這幾年來不聞不問，現在身體出問題了，就讓妳去照顧，眞的好自私。」小鹿氣憤塡膺地說。

周芍無奈一笑，「也不是只有我在照顧她，傅岳每兩天會過來一趟。」

「躺在病床上的人是他老婆，他本來就應該去照顧她好嗎？」小鹿還是很替周芍抱不平。

餐點送上來時，小鹿換了個話題：「姊，妳不是說妳跟那個男生開始交往了嗎？進展得還順利嗎？」

「我最近常常跑醫院，系上的事情又很多，沒什麼時間跟他見面。」

「天天見面也不是好事，我有一任男友就是這樣，那時候熱戀期，我們做什麼事情都黏在一起，三個月一過，他就說對我沒感覺了。」

「三個月？」周芍詫異。

小鹿點頭如搗蒜，「所以，妳別把所有事情都跟妳男友說，人跟人之間還是要有點距離，才能產生美。他越早把妳看透，就越快失去新鮮感，男生都是這樣。」

身為戀愛新手的周芍聽得懵懵懂懂，困惑地皺著眉頭，問道：「那什麼事情不應該跟他說？」

「妳媽在住院期間造成醫院困擾的這種事，就不用跟他說了，搞不好他會覺得妳的家人很有問題，進而對妳的印象也不好。」

「我知道了。」周芍自己也覺得，這種不光彩的事，確實不需要特別提起。

小鹿忽然間想起什麼，問道：「我記得妳之前說，他畢業後就要去洛杉磯讀書了？那不是只剩幾個月了嗎？」

「嗯。」

小鹿欲言又止，糾結許久後，仍把心裡的顧慮提了出來，「我也不是故意潑妳冷水，但遠距離這種事，眞的很消磨感情。」

「可是妳剛剛不是才說，距離會產生美嗎？」

「那也得是想見就見得到的距離啊！你們感情基礎都還不穩，就要天各一方，當中的變數實在是太多了。」

小鹿的話讓周芍陷入了一陣思考，從來沒有人和她說過，和一個人談戀愛，是意味著想和對方分享的事情，得過濾之後再說，想要經營一段長遠的關係，距離不能太近，同時也不能太遠，一旦感情變質，走向無可挽回的局面，她就會永遠失去他了。

走出地鐵站，周芍習慣性地走到雞蛋糕伯伯的小攤車前，和他點了兩份雞蛋糕。

老伯伯看見她出現，眼眸流露出喜悅的顏色，「妹妹，妳來得正好，妳能不能幫我一個忙？」

老伯伯從背心口袋裡拿出一支老舊的手機，「我想把這張照片換成我的手機桌布，妳能幫我設定嗎？」

周芍接過手機，螢幕貼上的幾道刮痕裂成了蜘蛛網狀，畫面中是一張翻拍的泛黃老照片，一個女人穿著白紗，手裡捧著花束，對著鏡頭溫婉一笑。

「這是我老婆年輕時候的照片，怎麼樣，很漂亮吼？」伯伯的語氣裡有著藏不住的驕傲。

「嗯，很漂亮。」周芍揚起嘴角，仔細欣賞那張照片。

「年紀一大，很多事情都忘記了，但四十年前的這一天，我老婆有多麼漂亮，我到現在還是記得清清楚楚。」

老伯伯翻烤著手邊的雞蛋糕，臉上洋溢著幸福的笑容。

周芍替老伯伯設定好桌布後，又悄悄點進手機的原廠設定，找出該手機的型號，在心中默默地將它背下來。

✦

周芍這學期系上有一門課的要求特別多，教授規定同學們每週必須交出一部影片，更揚言只要遲交，一律死當。

系上作業加上醫院的事，讓周芍一整週忙得天昏地暗，連覺都睡不飽，以至於她完全忘了例行性檢查信箱。當她發現信箱裡躺著一封影視公司兩天前寄給她的線上筆試通知信時，距離信中表單的答題截止期限，只剩下一個半小時。

她必須在午夜十二點前完成筆試，並且將表單寄出去才行！

本來坐在書桌前吃宵夜的周芍，立刻手忙腳亂地點開表單，表單上只列出了一道情境題目。

問題：故事發生在一棟大廈裡，甲方提著兩個分別裝有五百萬贓款的手提箱走出電梯，剛抵達地下一樓，隨即被乙方持槍威脅交出手中的一千萬。最後，甲方和乙方毫髮無傷地各自帶著五百萬元離開，請問過程中兩人可能達成了何種協議？請提供一個富創意性、情節合理且具戲劇張力的劇本。

周芍試圖靜下心來，然而，眼看著時間一分一秒地過，她絞盡腦汁，腦袋卻仍是一片空白。

十分鐘過去，周芍一無所獲，面對這種沒有絕對答案、自由度極高的題目，考驗的正是個人的創意及大腦的靈活度，而她這週不僅每天睡眠不足，加上爲了完成系上每週的影片作業，已經有種江郎才盡的疲累感，她現在的狀況，絕對稱得上是極糟。

筆試的成績攸關到她是否能順利取得實習的門票，必須認眞看待，周芍二話不說，立刻抱起筆電，上樓討救兵。

急促的門鈴聲劃破了寂靜的夜，梁佑實上前開門，外頭站著的是看起來很著急的周芍。見她死死抱著筆電，梁佑實感到一頭霧水，「什麼事這麼急？電腦又壞了？」

「楊嘉愷在家嗎？我有急事要找他。」平時在外人面前，鮮少有情緒起伏的周芍，第一次嘗到狗急跳牆的滋味。

「這時間他應該在洗澡吧？看妳是要在客廳等，還是去他房間等都行。」

周芍進屋後，梁佑實替她緩緩將門關上。

她看了看梁佑實，從遙遠的記憶中想起自己好像還欠他什麼東西，想了幾秒鐘才忽地記起，「對了，我還沒給你新品的感想，現在是不是已經太遲了？」

「什麼新品的感想？」

「上次你不是準備了兩個甜點請楊嘉愷拿給我試吃嗎？說是過年後要推出的新品，但我最近忙到都沒時間去店裡坐坐，也忘了跟你講我的感想。」

周芍覺得自己吃了人家的甜點，卻又不提供建議的行爲非常糟糕，表現得很慚愧，「但因爲時間距離得有點久了，我對於當時的記憶已經有點模糊，如果你不介意，可以等我下次去店裡消費的時候，再跟你說我的感想嗎？」

梁佑實一副丈二金剛摸不著頭緒的樣子，困惑地笑了笑，「我們店沒有出什麼新品啊，妳是不是還在做夢？最近太累了？」

周芍張了張嘴，怔怔地杵在原地，又問：「就是草莓塔和熔岩巧克力蛋糕啊，眞的沒有嗎？」

梁佑實打量著周芍眼下的黑眼圈，像是明白了什麼，輕輕拍她的腦袋，很是感慨地說：「好好睡一覺吧，夢裡什麼都有。」

楊嘉愷的房間是主臥室，周芍進房時沒看到他，聽見浴室裡傳出嘩嘩的水聲後，她把筆電放在電腦桌上，上前敲浴室門，說明自己的來意。

裡頭的人聽見她的聲音，水聲隨即停下，周芍趁著空檔說：「我在房間等你，有件事想找你幫忙。」

浴室裡的人沒有回應，幾秒鐘後，水聲又傳了出來，周芍沒多想，讓他趕緊把澡洗完也好，畢竟時間緊迫，距離表單的截止期限只剩下一個鐘頭。

周芍坐進電腦椅裡，陷了下去，她打開筆電，反覆重看那道題目。根據表單上提供的線索，被狹持的甲方，勢必得拿出足以和乙方談判的籌碼，才有可能扭轉情勢，但是這樣的劇情走向並不新穎，幾乎是電影中常見的套路，想必不會是能讓影視公司感到耳目一新的劇本。

周芍還沒想出一個好的解法，此時身後便傳出浴室門被打開的聲響，她立刻把電腦椅向後一轉，「你快點過來幫——」

她的話音停在半空中，呼吸一滯，瞬間呆若木雞。

浴室內煙霧瀰漫，霧氣爭先恐後飄了出來，眼前的畫面多了層朦朧的濾鏡。男人頭上蓋著一條黑色毛巾，赤裸著上半身，精實的線條展露無遺。

周芍的視線從他微斂的眼、抿緊的唇，下移至鼻梁，再到喉結和透著水光的鎖骨，視線移至腹肌的瞬間，有種血脈賁張的錯覺。

周芍趁他低頭穿鞋的時候慌慌張張地把電腦椅轉了回去，紅著臉說：「你怎麼沒有先穿好衣服再出來？」

楊嘉愷不慌不忙地走到衣櫃前，抓了一件上衣穿上，「知道我在洗澡，還刻意在這裡等。」

他拿起吹風機，慢慢拉直吹風機的線，「妳這行爲就是得了便宜還賣乖。」

「我是因爲有很急的事情才會找到這裡來。」

周芍故作鎮靜地看了一眼電腦上的時間，時間已經來到十一點十三分。

直到身後傳出吹風機運作的聲響，她才轉過頭去，一言不發地看著他吹頭髮，試圖用眼神向他施壓。

楊嘉愷吹完頭髮後，滑了一下手機，周芍在一旁催促著：「你快幫我一起想這個題目該怎麼解。」

周芍急得都坐不住了，就怕他看不出她有多焦急。

楊嘉愷走到她身側，彎身湊近筆電。驟然靠近的瞬間，淡淡的沐浴香氣撲上她的鼻尖。

她下意識吞了吞口水，僵硬地挪動屁股，讓電腦椅往旁邊移了一步。

楊嘉愷讀完題目後，嘴角牽起一抹幅度不大的弧線，令人摸不著頭緒。

「怎麼樣？你有想法嗎？」

他把手臂輕放在電腦椅上，從容地道：「幫妳想是可以，但是我能得到什麼好處？」

「我都火燒屁股了，你還有心情趁火打劫？」周芍一臉難以置信。

「就是這種時候才要趁火打劫。」

他看她傻住，笑笑地說：「我幫妳這個忙，妳也無條件答應幫我一個忙，這樣行不行？」

周芍眼下沒有更好的辦法，只好勉強答應：「好吧，我答應你。」

達成協議後，他用眼神示意她把注意力放回表單的題目上，問道：「妳自己想到了幾種劇本？」

「沒有武器可以自保的甲方處於劣勢，必須拿出令乙方滿意的籌碼，兩人才有對話跟談判的空間。」周芍有條有理地分析，「但是這樣的劇情發展任何人都想得到，也沒什麼新意。」

他認同她的分析，輕點著頭。

「甲方如果想要扭轉劣勢，有一種可能是他握有乙方的把柄，可以反過來嚇阻乙方的行動，又或者是，兩人爲了更大的共同利益，決定暫時合作，除此之外沒有其他可能了。」周芍想破頭也只想到這兩種結果。

楊嘉愷將電腦椅轉了個方向，讓周芍面對自己。周芍一時重心不穩，雙手抓著扶手，呆呆地看著他。

「妳如果已經預設立場，認爲甲方是處於劣勢的一方，當然想不出其他可能。」

他微微俯低身子，認眞地看著她的眼睛，「有沒有可能這個題目從一開始就是個陷阱題？兩人並沒有達成任何協議？」

「如果他們沒有達成協議，乙方一定會想辦法拿走一千萬吧？」

「假設這一切都是甲方設計好的圈套呢？由於甲方跟乙方存在著金錢糾紛，他知道乙方需要這筆錢，故意丟出風聲給他，引誘對方上門。」

周芍恍然大悟，「你是說甲方早有預謀，他要用這筆錢陷害乙方？那麼甲方又是用了什麼方法讓乙方甘願只拿走五百萬的？」

「只要甲方事先把五百萬元轉交給自己的同夥，再帶著五百萬元的眞鈔以及五百萬元的假鈔出現在乙方面前，假裝自己不得不交出這兩個手提箱，不就行了？」

他確實想出了令她意想不到的劇本，但周芍仍有些地方想不透，「那麼，甲方爲什麼不一開始就交出一千萬元的假鈔？爲什麼要給乙方五百萬元的眞鈔？」

「他要讓乙方使用那筆贓款，屆時，警方便能循著金錢的流向追緝乙方。」

「乙方有可能冒著被捕的風險，明目張膽地使用那筆贓款嗎？」

「乙方因爲遭到甲方設局，很可能不知道那筆錢是贓款，而等到乙方落網，警方開始對乙方進行盤查時，甲方便能利用這段時間轉移資金。甲方和同夥只需要確保接下來的三五年內不要動用這筆錢，避免在銀行裡有大額資金的存入，等到風頭過去之後……」

「他們就有可能全身而退？」

「嗯，不過要是他們當中有人使用那筆金錢，最後還是有可能被捕，但那都是後面的事了，題目只要求解釋甲、乙兩人爲何能毫髮無傷地各自帶走五百萬離開大廈而已，不是嗎？」

周芍聽完，佩服得五體投地，邊拍手邊搖頭，「我覺得你不去當劫匪眞是太可惜了。」

他不吃她這套，「妳快把題目寫一寫，等等有事要和妳說。」

周芍將表單壓線寄出去的時候，楊嘉愷坐在床上，背靠著床頭櫃，低頭玩Switch。她站起身，伸了個懶腰，心想今晚終於可以安心睡個好覺。

楊嘉愷的餘光注意到她處理完手邊的事，放下遊戲機，「都弄完了？」

「嗯，時間不早了，我該回去了。」她一邊說一邊將電腦關機。

「先等等，還有另外一件事情要解決。」

周芍停下手上的動作，怔怔地轉頭看他，「什麼事？」

他拍了拍一旁空著的床，「過來這裡。」

周芍瞠大眼，「什麼？」

「來床上，跟妳討論一件事。」

「你直接說，我在這也聽得到。」周芍被他異常的行爲搞得緊張起來。

他輕挑一邊的眉，重複一遍：「過來。」

「你到底要幹麼？」周芍立刻把電腦抱在懷裡，支支吾吾地說。

「讓妳過來一下，廢話怎麼這麼多？」他笑眼澄澈，側身下床。

周芍看他靠近，立刻往門邊跑去，鄭重申明：「你不要再過來了，不然我就、就……」

「妳就怎樣？」他朝她步步逼近。

周芍背貼著門，兩人距離一步之遙。見她一副視死如歸的樣子，他笑了出來，輕捏她的臉，「我姊前幾天說，想找妳見面吃個飯，妳說好不好？」

✦

在孫品嫻出院的前一天，周芍下課後，順道買了晚餐去醫院探望。

坐在病床上看電子書的孫品嫻，留意到周芍來了，於是放下平板，「妳來了啊？快過來，我有事跟妳說。」

母女倆許多年未見，兩人的關係一直不太熱絡，當空間裡只剩下她們的時候，也總是安靜地各做各的事。偶爾孫品嫻精神好時，會和周芍提起繼子傅時熙，她說青春期的男孩子特別難管教，讓她頭疼得很。

周芍本以爲孫品嫻又要和她說傅時熙的事，孰料，孫品嫻開口便說：「我已經和新聞台那邊講好了，妳今年暑假就過來實習吧。」

周芍臉上湧現一絲茫然，從保溫袋裡拿出稀飯的手不由自主地停下，「什麼？」

「今年想來我們公司實習的大學生比往常都多，我動用了一些關係才好不容易幫妳留住名額，妳七月直接到我們公司報到就行了。」

孫品嫻見女兒詫異得合不攏嘴，緩了緩，繼續向下說：「這些年，我沒怎麼關心妳，沒盡到身爲一個母親該盡的責任，沒發覺妳居然已經成長了這麼多。妳之後就來我身邊學習吧，我把我的經驗分享給妳，這樣子妳進步得也快。」

「可是，我沒有打算去新聞台實習。」周芍終於從錯愕中回過神來。

孫品嫻臉上的笑容瞬間僵住，神情困惑，「妳這話是什麼意思？」

「我念大傳系是因爲我想寫劇本，想拍電影。關於業界實習，我已經有計畫了，我想去影視公司實習。」

聽了周芍的解釋，孫品嫻一時間感到難以接受，手扶著額，轉開了視線。

周芍把稀飯放到一旁的桌子上，冷靜地說：「謝謝妳幫我爭取這個機會，但我自己很清楚，我不可能成爲一名主播。」

「妳都沒試過怎麼知道不行？」孫品嫻情緒有些激動，「新聞台那邊我都和人家說好了，妳現在跟我說這個，要我怎麼去跟他們解釋？」

「就說妳女兒仔細想過後，覺得自己辦不到，所以想主動放棄這個機會。」周芍淡然地說。

「這種話妳要我怎麼說得出口？」孫品嫻氣極反笑，口吻彷彿是在指責女兒的無理取鬧。

「既然這樣，妳爲什麼不先問我？」

周芍偏著頭，忽然覺得孫品嫻此刻的模樣，和記憶中的母親完美重疊，印象中，凡事只要不順她的意，她便會擺出這副恨鐵不成鋼的表情。

「妳爲什麼不先問過我的意見？從以前到現在都是這樣，爲什麼總是自作主張？爲什麼不問我是不是想成爲一名主播，有沒有想去新聞台實習的意願？」

面對周芍一連串的疑問，孫品嫻啞口無言。

「是不是我的想法對妳而言一點也不重要？」

「妳還太年輕了。」孫品嫻閉上眼，嘆息道：「空有理想是過不了日子的，最後還是要向現實低頭。拍電影可以養活妳嗎？還是妳家裡有金山、銀山，能讓妳沒有後顧之憂地做夢？」

周芍想起小時候遵循母親的意思，抖著雙腿上台演講的自己，想起孫品嫺曾告訴她，文字是沒有價值的東西，想起孫品嫺沉痛地說，不要女兒步上父親的後塵。

孫品嫺的語氣加重了些：「這些年來，我不在妳身邊，沒能陪伴妳成長，所以我也沒有要妳立刻接納我，我只是想和妳說，我幫妳鋪好了一條相對輕鬆的路，願意盡我所能栽培妳。妳不要爲了和我賭氣，做出會讓自己後悔的決定。」

頃刻間，周芍想起國一那年，她瞞著爸爸偷跑去新聞台找孫品嫺的那一天。

她擠出一個苦澀的笑，「妳記不記得，在我國一的時候，我曾經去新聞台找過妳。當時妳說，我不應該突然出現在妳的面前，索求我認爲妳應該給我的東西，還哭著問妳爲什麼不給我。」

周芍冷冷的嗓音在孫品嫺的耳邊響起，孫品嫺的臉色越發難看，彷彿那是一段不堪回首的過往。

「那時的我想不透，希望得到母親關心的我，究竟錯在哪裡？我並不覺得自己很差，媽媽爲什麼不愛我，只愛別人的孩子？爲什麼總是對我擺出一副，我只會讓妳失望、只會讓妳難堪的表情？」

往事歷歷在目，周芍的眼眶漸漸紅了起來，「很抱歉我無法成爲符合妳期望的女兒，雖然我家沒有金山、銀山，但我跟爸爸過得挺好的，沒有妳在的這幾年，我們也挺好的。我眞心希望，妳在新家庭也過得好。」

周芍的眼角有股熱意湧出，趁著淚水落下前，她堅定地說：「我已經過了尋求妳認可的年紀了，即便這條路很難，我也想看看我的文字能帶我走到哪裡，這一次我不想再放棄了。」

說完最後一句話，周芍快步走出病房，病房外，有一個人背靠著牆，神色淡然地站在門邊，似乎將母女倆剛才的對話都聽了進去。

周芍腳步一頓，認出對方是替孫品嫻動手術的神經外科主任李珉芝後，向對方點了個頭才離開。

第九章　我愛的人也都愛妳

楊若佟收到弟弟應允會帶女友出席聚餐的回覆後，火速訂了市中心一家五星級百匯。餐廳位在三十三樓，享受美食和美酒的同時，還可以眺望高空美景。

中午用餐時段，餐廳裡滿是杯盤碰撞的清脆聲響。楊若佟來得早了一些，由服務生帶領入座後，便拿出手機，一則簡短的訊息正好映入眼簾。

楊嘉愷：「在一樓等電梯了。」

等電梯的期間，周芍時不時向楊嘉愷打聽關於他姊姊的個人資訊，試圖從他提供的資訊裡，描繪出對方的形象。

「你姊姊大你七歲，是一名室內設計師，她有個今年四歲的女兒，小名叫做葳葳。」周芍仔細地把目前所擁有的資訊複誦一遍。

電梯門在眼前開啟，男人牽著她走進電梯，用空著的手按下數字三十三的樓層鍵。

「你姊姊跟你一樣話很少嗎？我等等要負責找話題嗎？」

「話很多，恐怕沒有妳插嘴的空檔，妳負責吃飯就好。」

此時有幾個人進了電梯，楊嘉愷牽著周芍往角落裡站。

負責吃飯這個指令聽起來很簡單，周芍頓時感到輕鬆不少，幾秒鐘後，卻又覺得不妥，「那她是不是很好奇我的事？你覺得她會問什麼？我得先想想怎麼回應，只顧著吃飯豈不是太失禮了？」

楊嘉愷被她神情緊繃的模樣逗笑，「緊張什麼？只是吃個飯，又不會吃了妳。」

周芍撇了撇嘴，小聲咕噥：「我想給她留個好印象，我希望你的家人喜歡我。」

聞言，楊嘉愷先是一怔，嘴角的弧度微微上揚。

相處久了，他發現周芍的性格上存在著一些矛盾之處。關於她不想被人知道的祕密，她會想出一個又一個謊言加以掩飾，再加上臉皮薄，她總喜歡說反話，然而，當她主動表達內心的想法時，卻又坦率得讓人難以招架。他不曉得她本人對此有沒有自覺，反正他是挺喜歡的。

出了電梯，抵達餐廳門口時，周芍的視線越過人海，隨即被楊若佟俏麗的外表吸引，女人也在同一時間發現他們，熱情地一邊朝著兩人前進，一邊揮手。

周芍禮貌地向楊若佟點了個頭，近看之後，發覺對方的五官有些似曾相識。

她本想先做個簡單的自我介紹，豈料楊若佟熱情地把她的手抓了過去，搶先她一步說：「謝謝妳願意來，妳本人比我想得還要嬌小耶！霸王妹妹。」

周芍被對方這一句「霸王妹妹」搞得摸不著頭緒，轉頭看了看楊嘉愷。

楊若佟笑著解釋：「妳別介意，我偶然在我弟的手機上看見妳的暱稱了。」

周芍想起楊嘉愷替她取的「周霸王」稱號，瞬間有點窘迫。這個名字給人一種昏君的形象，要是楊若佟誤會她平時動不動就欺負楊嘉愷怎麼辦？

「我一直很好奇，爲什麼妳的綽號是霸王啊？那我弟是什麼？隨從嗎？」

周芍只是傻笑，關於楊嘉愷調侃她親了他還不認帳的故事，要她怎麼說得出口？

見周芍不知所措，楊若佟很快替她打圓場：「好吧，看來那是只有你們才知道的小祕密，我就不多問了。」隨後，她看向自家弟弟，「對了，有件事要跟你說，早上媽和葳視訊的時候，葳跟她說了我今天要和你吃飯，然後，媽說她今天正好沒診，也很想親自過來見一見『霸王妹妹』。」

「她也來了？」楊嘉愷聽出她話裡的意思。

「嗯，剛剛帶葳去廁所了，等等就回來。」

周芍本來預期自己只會見到楊嘉愷的姊姊，沒想到現在居然連他的媽媽都來了。要見長輩，她需要擔心的事自然就更多了，緊張的情緒再度湧現。

「我帶你們去座位上等吧。」

楊若佟轉身走進餐廳，周芍剛想跟上，便感受到楊嘉愷從身後牽住她。她回頭，和他進行了一場短暫且無聲的對視。

楊嘉愷手心的溫度緩緩傳到了周芍手中。他看出她微妙的情緒波動，捏了捏她的手，說：「本來不想跟妳說這個，但既然我媽都來了，要妳別緊張妳應該也辦不到。」

周芍只是靜靜地聽。

「我們家最難搞的人就是我。」他給了她一抹安心的笑，「妳都能搞定我了，還有什麼好擔心的？」

李珉芝牽著孫女杜宇葳走回座位的時候，楊若佟正背對著自己和餐桌對面的女孩說笑，女孩的餘光注意到她，將視線轉了過來，兩人對上眼的瞬間，皆是一愣。

楊若佟發現周芍正看向自己的後方，便轉過頭去，見母親帶著女兒回來，立即從位子上起身，彎身抱起女兒，將她安置在兒童座椅上。

「那個不肖子呢？」李珉芝來回看了看周遭，沒看到自家兒子的身影。

「他說肚子餓，已經先去拿東西吃了。」

認出李珉芝的那一刻，周芍原以為只是巧遇，直到聽見她和楊若佟的對話，才知道對方就是楊嘉愷的母親。

母女倆站在一起，神韻十分相像，周芍這才明白方才看見楊若伱的時候，心中那股異常熟悉的感覺從何而來。

一想到孫品嫻在住院期間給醫護人員們增添的困擾，周芍登時感到一陣難堪，在李珉芝面前有些抬不起頭來。原來她早已錯過給對方「良好第一印象」的機會了，或許，她在李珉芝的眼中，已經有了個「患者孫品嫻的女兒」這個難以撕下的標籤。

此時，楊嘉愷端著盛滿食物的盤子走了過來，坐在兒童座椅上的杜宇葳看見他，舉高雙手說：「九揪抱，九揪抱！」

男人把手上的食物放到周芍面前，轉身把外甥女從座椅上抱了起來，拿出對小孩子說話時才有的溫柔語氣：「抱妳去繞一圈，妳看看想吃什麼。」

楊嘉愷看了看周芍，示意她跟上，「妳也一起來，我抱她就沒有手拿食物了。」

周芍這才怔怔地拿著空盤從座位起身。

「葳葳想要吃檸檬塔！」被楊嘉愷抱在懷裡的小女孩伸手指著吧檯上的甜點櫃，亢奮地喊著。

無奈小女孩重複了兩次，一旁的周芍都沒有動作，兩眼無神地盯著空中的某個定點發呆。

「在想什麼？」

楊嘉愷的聲音在她的耳邊響起，周芍這才回過神來，「嗯？什麼？」

「發什麼呆？」男人的下巴向前推了推，示意她去夾櫃子裡的檸檬塔。

周芍拿起甜點櫃旁的麵包夾，推開玻璃門，夾了一個檸檬塔放到盤子上，她嚥了下口水，看了看檸檬塔，又夾起一個。

男人看著她一連串的動作，嘴邊溢出一聲輕笑。

周芍把麵包夾放了回去，困惑地回頭看他，「你笑什麼？」

「妳怎麼跟小朋友一樣管不住嘴？甜點是飯後才吃的東西。」

周芍低下頭，心事重重地看著盤子上的兩個檸檬塔，「我只是先順便拿了，等等可以少跑一趟。」

「剛剛在想什麼？」楊嘉愷又問了一次。

「沒想什麼。」

三人滿載而歸地回到座位時，楊若伶正在和李珉芝抱怨自己的某個客戶。

「那對夫妻喜歡的裝潢風格南轅北轍，他們又誰都不肯讓步，說客廳想要走摩登風，廚房想做鄉村風，我眞的很想提醒他們，這是人要住的地方，不是打卡景點。」

「妳這樣跟他們說了嗎？」李珉芝悠哉地喝了一口橙汁。

「沒有，我很孬，我說好的好的，會盡力配合兩人各自的期望和需求。」

李珉芝被女兒的話逗得笑開懷。

她趁著楊嘉愷把杜宇葳放到兒童座椅上，用溼紙巾替她擦手時，看了周芍一眼，親切地道：「剛剛我聽若伶說了，妳叫周芍吧？能跟我介紹介紹妳自己嗎？」

李珉芝在兒女面前，刻意不提兩人曾在醫院碰過面的事，反倒裝作這是彼此第一次相見。

周芍嘴裡還嚼著一塊牛排，頓了一下才反應過來。

她放下手上的刀叉，一手摀著嘴，畢恭畢盡地說：「我叫周芍，現在是世治大學大傳系二年級，老家在N市，是獨生女，父母離異，家裡開了一間豆花店。」

「媽，妳嚇到她了啦。」

楊若伶見周芍坐得直挺挺的，對答流暢得像是把那段話在心裡默背了無數次，感到於心不忍。

「不用緊張，就是聊個天，阿姨從沒看過他帶女生回來。」李珉芝說這話的時候刻意瞟了楊嘉愷一眼。

「那個，爲什麼會叫他不肖子呢？」周芍呑下口中的食物，小心翼翼地問。

「我弟因爲要去美國念研究所的事，跟我媽冷戰了很長一段時間，我媽被他氣得不知道長了多少白頭髮。」楊若佟解釋道。

不肖子本人此時慢悠悠地回到位子上，一副事不關己的態度。

「我斷他金援他也不痛不癢，住在我買的房子裡，自己當二房東，跟他朋友收房租。」李珉芝說到這個兒子頭就痛，想到是自己生的，也只能摸摸鼻子認了。

周芍聽著母女倆一搭一唱，偷偷轉頭看了楊嘉愷一眼。

「後來我就跟我媽說，這是他的人生啦，妳就隨他去吧，她才稍微放寬心一點。想當年我媽也是跟我說，做設計不好賺，但我還是毅然決然地當上了室內設計師。」楊若佟側過頭，往李珉芝身上貼了過去，甜滋滋地笑道：「反正大不了就躺在家裡當米蟲給媽媽養。」

「讓妳老公養去，我可不養。」李珉芝嘴上這麼說，臉上卻是笑的。

「我老公哪有妳會賺。」楊若佟樂呵呵地說：「妳有沒有聽人家說過，媽媽太全能，小孩會被寵成廢物，我之所以是個小廢物都是妳害的。」

「都是一個小孩的媽了，也不知道害臊。」李珉芝用手肘推了推女兒，試圖把她推回座位上去。

「我就算到了六十歲，在妳面前依然是喜歡撒嬌的小廢物。」

周芍望著母女兩人的互動，忽然覺得那樣的親子關係對於自己而言極爲陌生，自她有印象以來，她從未和孫品嫺撒過嬌。

周芍發自內心地笑著，發自內心地羨慕著，同時在內心深處，有股自卑感正在隱隱作祟。

她親眼見識了她仰慕了那麼多年的少年，是來自於一個多麼健全且有愛的家庭。

✦

接下來的兩天，周芍有意無意地躲著自己的男朋友。

只因在那頓飯過後，她察覺自己的原生家庭和他的家庭相比，相形見絀。

於是她以忙系上的作業爲藉口，漸漸減少回覆他的訊息的頻率。

他問要不要一起吃飯的時候，她便撒謊，說自己已經吃過了。

能不見就不見。

周芍偶爾會想起小鹿說過的話，她和楊嘉愷今年夏天就要天各一方，在感情基礎都不穩固的狀況下相距這麼遠，當中的變數太多。現在陷得越深，將來只是傷得越重。

不曉得是開啟了自我保護機制，抑或是她純粹怕了，害怕隨著相處的時間越長，兩人之間的差距也會更加明顯。

在被對方厭煩之前，先疏遠對方，或許可以將傷害降低一些，這是一向悲觀的周芍，對於複雜難解的人際關係自有的一套應變措施。

晚上，一通電話打斷了她的思緒，正在讀期末考試的周芍被迫從書上回神，她拿起手機一看，來電的人是洪惠雪。

對方打的是視訊電話，周芍從抽屜裡拿出手機支架，將手機轉成橫的之後再放上去，接著才接通電話。

洪惠雪坐在自家客廳的沙發上，手機鏡頭由下向上仰拍，見電話接通，笑得喜不自勝，「在幹麼呢？晚飯吃了沒？阿姨沒找妳，妳也不知道打來關心我一下，眞夠沒良心的。」

「阿姨，妳調整一下角度，妳的雙下巴都擠出來了。」周芍打趣地笑。

「妳看得見我就好了，都這把年紀了，誰還在意上不上相。」洪惠雪把手機移至正前方，繼續說：「我聽妳爸說，妳媽前幾天出院啦？」

轉至和孫品嫻有關的話題，周芍臉上的笑容逐漸消失，「嗯，手術很成功，已經沒事了。」

「這樣啊，她住院這段期間，妳們兩個沒鬧什麼不愉快吧？」

周芍拿起一旁的飲料喝了一口，邊嚼珍珠邊淡定地回：「沒有啊，一切都很好。」

洪惠雪看見飲料入鏡，立刻皺起眉頭，「就跟妳說飲料那種東西少喝，甜得要死，都是傷身體的東西。」

周芍默默地放下飲料，想起自己從小到大，只要哪天心血來潮買了飲料，總會碰巧被洪惠雪撞見，導致她在洪惠雪眼中的形象是含糖飲料不離手。

和親生母親相比，洪惠雪反倒更像是那個時常爲她操心的媽。

「好啦，不喝了，我這是微糖的，沒有很甜。」周芍把飲料移到鏡頭外。

洪惠雪關心完孫品嫻的身體狀況後，才終於切入正題：「昨天妳爸跟我說，妳這學期很忙，比較少回家，我一聽就覺得不太對勁，妳是在學校那邊交男朋友了吧？」

洪惠雪的八卦雷達總是相當準確。

周芍心虛，眼神閃躲了下，隨即被鏡頭前眼尖的洪惠雪逮住，「我就知道，阿姨一路看著妳長大，妳不用瞞我了，我只問妳一句，那個人是誰？」

「阿姨，我要抓緊時間讀書了啦！妳打來就只是為了問我這個喔？」

周芍的瀏海長長了，稍微一動就刺到眼睛。她拿起一個髮夾，彎下脖子看著手機畫面，將瀏海夾起。

「妳從小就是這樣，心裡有事都不說，妳以為阿姨很喜歡問？別人還以為我閒著沒事，只會八卦小孩子的事情。」

「那我跟妳說了，妳要對我爸保密喔。」明明套房裡只有自己一個人，周芍卻仍是壓低了聲音。

「妳擔心什麼？妳爸很開明的，交了男朋友就帶回去給他看看啊。」

「我不要，他等一下又跟人家說一些有的沒的。」周芍低頭摸了摸自己的指甲。

「知道了，幫妳保密，妳快跟阿姨說，那個男生究竟是誰？」畫面另一端的洪惠雪，臉上有著藏不住的興奮。

周芍靜默良久，才說：「就是我之前跟妳說的那個，大我兩屆的學長。」

洪惠雪用力拍了下大腿，「我就知道，果然是那個妳從高中就迷戀得要死的男生。」

「我哪有迷戀他迷戀得要死！妳不要亂說！」周芍紅著臉反駁，生怕被樓上的住戶聽見。

「妳喜歡人家那麼多年還說沒有？一談戀愛就不知道要回家了。」洪惠雪笑著開周芍玩笑時，瞥見她臉上閃過一絲憂鬱的神情，敏銳地嗅到不對勁的氣息，「不過，熱戀期妳沒有跟男朋友待在一起，一個人在小套房裡耍什麼憂鬱？」

「我剛剛在讀書，哪有耍憂鬱……」

周芍心想，她怎麼什麼事都瞞不住洪惠雪？

「妳之後回來，把他帶來給阿姨看看，阿姨從很久以前就想見見他了，我倒要看看是多優秀的男孩子，讓我們周芍整天魂不守舍的。」

和楊嘉愷交往以來，周芍從未想過要帶他見身邊的長輩，除了不想給對方造成壓力之外，另一方面，或許是覺得，兩人還不到見家長的那一步。

「阿姨，我跟妳說一件事。」

「什麼事？」

「幫我媽動脊椎手術的醫生，正好就是學長的媽媽，所以，他的家人知道我是孫品嫻的女兒了，我最不希望他們知道的事情，最後還是沒能瞞住。」

洪惠雪終於了解周芍悶悶不樂的原因了，「妳就爲了這件事在苦惱？」

「他的家人會怎麼想我？會不會因爲我的母親在道德上有缺陷，所以連帶著不喜歡我？我這兩天都在想這些。」

那天聚餐的時候，李珉芝雖表現得相當親切，但她的那份善意，卻令周芍感到無地自容。

洪惠雪一時想不到該說什麼話安慰周芍，表現得欲言又止。

「阿姨，對不起，我有點累了。」周芍內心湧上一股酸澀，迅速地拿起橫放著的手機，「我之後再找時間打給妳。」

✦

晚餐時間，周芍出門買飯，搭乘地鐵來到市區，在商圈裡閒晃了一會，最後了無新意地又繞到了那間炸醬麵店。

上次來這裡用餐，已經是去年萬聖節的事。周芍排隊點餐的時候，沉浸在往事中，憶起自己當時還和楊嘉愷分享古埃及人製作木乃伊的程序和工法。

現在想想，她怎麼會在吃飯的時候跟他說那個？

周芍原先打算外帶炸醬麵回租屋處，然而，在快要輪到她點餐的時候，外頭忽然下起滂沱大雨，見店裡還有許多空位，她改變心意，決定在店裡用餐，等雨勢轉小一點再離開。

兩小時前，楊嘉愷傳了訊息給周芍，說秦小希臨時約吃飯，問她想不想去，周芍隨口編了個理由，謊稱要留在家裡剪期末作業的影片，讓他們兩人自己去吃。

她很快嘗到了說謊的代價。

周芍在座位上正準備大快朵頤一番，下一秒，門口走進兩道熟悉的身影。

認出楊嘉愷和秦小希的瞬間，周芍雙眸瞠大，差點被口中的麵嗆著。她迅速雙手抱頭，把臉擋了起來。

所幸她選的是靠角落的座位，周圍不會坐人，只要謹慎一點，或許他們根本不會察覺到她的存在。

秦小希和楊嘉愷的座位在周芍的一點鐘方向，兩桌相距三公尺遠，從周芍的角度看過去，可以看見秦小希的正面，而楊嘉愷則是背對著自己。

周芍很想趕緊用完餐離開，但又擔心在走出大門的途中會被他們發現。她不敢輕舉妄動，最後決定拖到兩人用完餐離開後再走。

楊嘉愷望著店外的景緻出神，想起萬聖節時，大街上滿是遊行的隊伍，那時周芍看見有人裝扮成木乃伊經過，突發奇想跟他說了木乃伊的故事。

思緒至此，他不由得輕笑一聲。

秦小希正拿著筷子將炸醬麵拌勻，見他一個人傻笑，也轉頭看外面，「你幹麼看著外面傻笑？」

「秦小希，妳想不想知道古埃及人是怎麼做木乃伊的？」

周芍一聽見男人不懷好意的聲嗓，被口中的熱湯嗆得咳了幾聲。

「什麼東西？」秦小希一臉困惑，嘴裡塞滿了麵條，臉頰鼓鼓的。

男人伸出兩隻食指，在空中抓出一個大致的長度，「聽說他們會用這麼長的釘子進入屍體的鼻腔，把腦袋搗碎，讓腦漿從鼻孔流出來。」

秦小希聞言，露出嫌棄的表情，忽然覺得眼前黏糊的炸醬麵變得難以入口，「你很煩，幹麼在吃飯的時候講這個！」

「剛好突然想到。」他笑了笑，拿起手邊的筷子，「快吃吧，麵糊了就不好吃了。」

秦小希使勁瞪他，想找張面紙擦嘴的時候，才注意到小吃店的面紙都是壁掛式的，她抬頭，正好和不遠處的周芍四目相撞。

第一時間，秦小希以為自己認錯人，定定地和周芍對視幾秒鐘後，才瞠大眼，臉上布滿疑惑，彷彿在問「妳怎麼會在那裡」。

周芍行蹤暴露後，隔空對秦小希比了個噤聲的手勢，再配上一個可憐兮兮的表情。

楊嘉愷發現秦小希的視線直勾勾地盯著某處，正欲回頭，秦小希連忙喊他：「楊嘉愷！」

他停下動作，把目光收了回來，「幹麼？」

「攪爛腦漿的下一步是什麼？」

他斜眼瞅她，一副她很有病的樣子，蹙緊眉頭，「不知道，忘了。」

秦小希和楊嘉愷離開炸醬麵店後，秦小希隨口胡扯自己臨時要去見一個朋友，三兩下就把楊嘉愷往地鐵站的方向打發回去。

周芍在炸醬麵店隔壁的書店消磨時間，秦小希找到她的時候，她正蹲在角落，專注地翻閱一本名為《白雲蒼狗》的攝影集。

秦小希靜悄悄地走到周芍身側，也隨她蹲下，用氣音說：「找到妳了。」

周芍嚇得肩膀縮了一下，見眼前人是秦小希，才放鬆戒備，「妳怎麼還沒回去？」

「妳呢？自己一個人在這裡耍小憂鬱？」秦小希湊過去看那本攝影集，「這是什麼書？」

「隨意看看。」周芍又往後翻了幾頁。

見周芍顯然沒有打算解釋她和楊嘉愷之間的狀況，秦小希只好主動問：「欸，你們怎麼了啊？我從楊嘉愷那邊看不出任何異狀，倒是妳，一副心事重重的樣子。」

周芍翻書的動作慢了下來，眼睫輕顫，「我在和自己鬧彆扭。」

翻至下一頁時，映入眼簾的是某個傳統早市的照片，攝影師流連於小巷弄裡，拍下一張紅豆包子的特寫照。

周芍怔怔地盯著那顆包子看了許久，秦小希以為她又餓了，「妳沒吃飽啊？」

周芍指著書上的紅豆包子，轉頭看秦小希，「光看這張照片，妳會想到什麼？」

秦小希雙手放在膝蓋上，湊過去細瞧，「裡面有熱呼呼的紅豆餡。」

「那麼，如果妳大口咬下，卻沒有吃到紅豆餡，這時又會怎麼想？」

「會有點失望啊，失望之餘，趕緊再吃第二口。」

「如果第二口還是沒能吃到紅豆餡呢？」

「那就是加倍的失望。」

「嗯，這樣妳懂了嗎？」

秦小希腦中產生無限個疑問，「懂什麼？我什麼都沒聽懂。」

「我就是那顆讓人失望的紅豆包子。」周芍輕嘆口氣，「楊嘉愷越了解我，就會對我感到越失望。」

「紅豆包子跟楊嘉愷有什麼關係？」

秦小希懷疑自己的學養不夠，否則她怎麼完全不理解周芍到底想要表達什麼？

周芍把攝影集放回書架上，「我跟影視公司提出的實習申請，到現在都還沒收到回覆，搞得我現在很焦慮……又不想把這些情緒帶給他，不想讓他看見我一事無成的樣子，所以我就假裝自己很好，不需要他擔心。」

秦小希靜靜地聽著，讀出周芍的不安和焦慮後，臉上滿是困惑，「妳是不是不信任他啊？妳不相信他能處理妳的負面情緒嗎？還是妳擔心自己沒有拿出最好的表現，他會對妳感到失望，離妳而去？」

周芍被問得啞口無言。秦小希感覺兩條腿有些麻，乾脆一屁股坐在地上，目光梭巡著書架上的書籍，「爲對方著想是很好啦！但如果妳什麼事都不跟他說，最後恐怕只會將他推得更遠。」

周芍靜靜聆聽秦小希的教誨。

「妳在無形中表現出來的行爲，都是在告訴對方，妳不需要他。可是事實正好相反，妳只是害怕被他發現，妳其實非常需要他。」

隔日，城市依舊下著紛紛揚揚的大雨。

這天，周芍沒課，花了一天的時間在屋子裡剪片，出門買晚餐的時候，天色已黑。

周芍把夾好的滷味遞給老闆，老闆接手後，指著攤位前的壓克力看板說道：「妹妹，幫我掃這個條碼，活動期間加入官方粉絲團，就送雞翅喔。」

一聽見有免費的雞翅，周芍眉宇間染著歡快的顏色，她禮貌答好，從包包拿出手機，正想掃條碼時，一封五分鐘前由「非釩影業」所寄出的電子信件在此時映入眼簾。

周芍眼明手快地點開那封信件。

敬愛的面試者您好，在多方考量下，很遺憾地通知您未能通過此次非釩影業暑期實習生的招募計畫，祝萬事順心。

短短的幾行字，讓周芍瞬間從天堂掉至地獄，尤其信件最後的「祝萬事順心」，在此刻的她看來，更是諷刺至極。

日子接近五月的尾聲，她收到了一家影視公司的拒絕信，至於另一家，至今杳無消息，周芍自覺凶多吉少，頓時沒了食慾。

「請問妳好了嗎？」

身後傳來一道不耐煩的男聲，周芍從思緒中回過神，意識到自己擋住隊伍，邊道歉邊讓出位置，退至角落等待餐點。

周芍原先計畫在暑假期間前往影視公司實習，讓忙碌填滿日常，屆時還能分享所見所聞給遠在美國的男朋友。在那個由她編織出來的美好幻想中，兩人各自朝著自己的理想邁進。

如今，她覺得自己像是留在了原地，眼睜睜看著兩人的距離漸漸拉遠卻無能爲力。

這學期要結束了，時間快要不夠了，焦慮漸次蔓延全身，強大的窒息感壓迫著她。

因爲他很優秀，所以她也必須足夠優秀才行，否則他有什麼理由要留在她身邊？

她不想總是只能和他分享壞消息，她也想讓楊嘉愷看看自己爲理想發光的樣子。

周芍的眼前蒙上一層霧氣，手機在此時震動起來，在朦朧的視野中，周芍呆滯地看著螢幕上的來電畫面，絲毫沒有接通它的慾望。

對方取消通話後，過了一分鐘，傳了一則訊息過來。

楊嘉獎：「晚餐吃了沒？」

周芍點進對話視窗，向上滑了一下，同樣的問題，他昨天也問過一遍，前天也問過一遍，而她每天變著花樣回答，假裝看不懂他的邀約，回覆：「跟小組同學在外面吃飯。」

周芍說起謊來臉不紅氣不喘，很快就把訊息發送出去。

楊嘉獎：「在哪裡吃？」

說謊總是存在被拆穿的風險，若是講了一間學校附近的店家，而他正好在附近，那就糗了，保險起見，周芍隨意說了一間離學校遠一點的店。

周芍：「文成路上的那間海南雞飯。」

「妹妹，妳的滷味好嘍！」老闆娘熱情的叫喚聲將周芍的注意力喊了過去。

周芍把滷味的提袋掛在手腕上，低頭打開折疊傘，正想將手機放進背包時，餘光在不經意間，瞥見螢幕上跳出的訊息，簡短的幾個字，讓她的心跳停了一拍。

楊嘉獎：「是嗎？那麼滷味應該是外帶給我的？」

周芍馬上抬頭掃了周遭一圈，果然在對街撞見熟悉的身影。

男人一手放在口袋裡，一手撐著傘，一身黑衣打扮，臉上的表情令人看不透。

那一瞬間，周芍打從心底相信了，說謊果真是有報應的。

兩人隔著馬路，在一陣無聲而嚴肅的對視過後，周芍撐起傘，鼓起勇氣走到對面，厚著臉皮說：「我吃完了海南雞飯還是好餓，正想帶點宵夜回去吃，你呢？要去買晚餐嗎？」

男人不動聲色地看著她，周芍沒透露出半點心虛的神色，決定裝傻到底。

「是嗎？」他轉過身子，示意她往回家的方向走，「買完了就回家吧。」

他的反應太過平淡，讓周芍心中的罪惡感呈倍數增長。

他不可能不知道她在說謊。

他是選擇接受了她的謊話。

周芍低著頭，尾隨在他身後，淅淅瀝瀝的雨聲不絕於耳，周芍看不出他有沒有在生氣，也不曉得他面對她破綻百出的謊話為何一個字都不再多問。

她明明不想讓他擔心，但是她說謊的行為，在此刻卻像是別有居心。

進了公寓，兩人爬上樓梯，經過二樓時，他甚至沒跟她道別，逕自往三樓去。

周芍抿了抿唇，站在二樓轉角處喊他：「楊嘉愷。」

他停下腳步，轉頭掃她一眼，「怎麼了？」

她結舌了一會，才說：「對不起。」

察覺到她的情緒，在一聲沉重的嘆息後，他只問：「為什麼道歉？」

「我不是故意要說謊的。」

周芍閉了閉眼，讓心情慢慢平復後，才繼續道：「你就快要去美國了，老實說，我很不安，想減少和你見面的頻率，需要一點時間提前適應往後沒有你在的日子。」

她隱瞞了實習申請遭到回絕的事，也避而不提所有和孫品嫻有關的擔憂，只坦白了一部分的焦慮。

「所以，你這個月能不能暫時別找我了？」

楊嘉愷靜靜望著她，在內心反覆咀嚼她的話，須臾，才輕聲道：「知道了。」

✦

週五，周芍結束下午的課後，便回租屋處整理回家的行李。

小鹿的哥哥於上個月辦理結婚登記，婚禮在這週六舉行。伯母知道周芍就讀的科系時常需要外出拍片，便請她負責喜宴當天的婚禮錄影。美其名是幫忙留下美好的瞬間，以作日後留念，實際上就是委託她當免費勞工。

傍晚，周芍拖著二十吋的行李箱往地鐵站走，途經一間手機用品專賣店，她想起之前記下的雞蛋糕伯伯的手機型號，便走進店裡替對方挑了一片手機螢幕保護貼。

步行至地鐵站時，很幸運的，雞蛋糕攤販前並未聚集人潮。雞蛋糕伯伯認出她後，熱情地招呼：「妹妹，今天怎麼一個人來啊？」

周芍每次來買雞蛋糕的時候，都會和伯伯聊上幾句，因此伯伯對她的近況略知一二，包括她母親前陣子住院，男朋友今年夏天要去美國念研究所。

「我堂哥週末辦婚禮，我要回家一趟。」周芍把行李箱放在一旁，按照平時的習慣點了兩份原味雞蛋糕。

製作雞蛋糕的時候，老闆掃了一眼周芍的行李，冷不防地問道：「帶了這麼多行李，眞的不是因爲跟男朋友吵架了，所以要逃回家住幾天？」

「不是啦，這次帶了一些攝影器材，用拖的比較輕鬆，而且我又沒有跟他住在一起，吵架也不用搬回去住啦。」

伯伯挑了挑眉，「你們眞的吵架了啊？」

周芍一噎，不曉得該不該佩服伯伯的套話技巧，「……沒有吵架啦。」

在伯伯的眼神施壓下，周芍心虛地補了一句：「我們只是暫時不見面，讓雙方冷靜一下。」

見伯伯一副若有所思的模樣，周芍很快地轉移話題：「伯伯，你的手機借我，我幫你換新的螢幕貼。」

「啊呀，妳何必浪費錢買這個，我原本的用起來也沒覺得不順手。」

「我都買了，店家也不給退，你就讓我幫你換上吧。」

伯伯拿周芍沒轍，乖乖交出手機。

周芍在一旁更換螢幕貼的時候，伯伯又把話題繞了回去：「跟伯伯說說，你們發生了什麼事，需要兩個人彼此冷靜？」

伯伯笑容爽朗地翻動著手裡的烤模，彷彿他們年輕人之間的糾結，在他眼中都只是芝麻綠豆大的小事。

大抵是雞蛋糕伯伯的身上總流露著一股笑看人間的豁達氣息，周芍並不排斥向他傾訴心事。

她小心翼翼把螢幕貼對上手機，一字一句緩慢地說：「和某個人建立情感羈絆，於我而言是一件很陌生的事。」

將近一週的時間，他們兩人之間沒有任何訊息往來，周芍花了很長的時間思考自己當前的處境，包括自己爲何會在兩人的關係終於更進一步的同時，也感到焦慮萬分。

最後得出的結論是，從小到大，她和他人的情感交流向來是薄弱的，她不擅長經營人與人之間的關係，她越是想要爲這份關係盡一份力，就越是察覺自己的匱乏和不足。

「我還在練習情感之間的收放。在生活中，做到哪一種程度的分享，才不會令對方感到厭煩，在關係裡需要留白到什麼程度，才不會讓對方誤以爲自己並不重要，這些似乎都沒有一套可以遵循的標準。」

「正是因爲這件事很難，所以才需要找到一個願意和妳一起努力的人呢。」

周芍拿出酒精棉，把貼好的螢幕貼擦了一遍，沉默許久後，才問：「伯伯，你會經常想起你的老婆嗎？」

「會啊，她生前太依賴我了，去哪裡都要我陪，總說有我在，她什麼都不會也沒關係，因爲這樣，我很慶幸她走得比我早，要是我先走了，留下她一個人該怎麼辦？」

伯伯將熱騰騰的雞蛋糕裝進紙袋，突然想起某段往事，溫暖一笑，「我太太年輕的時候常跟我說，想要我在結婚紀念日的時候買一朵玫瑰送她。這件事情她說了四十年，四十年來我都沒有放在心上，那是因爲啊，每次我忘了，她都沒有生氣，總說明年再送就好。」

回憶起往事，伯伯雖是笑著，臉上卻摻雜了一些懊惱的顏色，「以前我總覺得送花很麻煩，覺得浪漫不是生活的必需品，想不透她爲什麼對於形式上的東西這麼執著。直到她走了以後，我才慢慢想通，或許那就是她希望我用來表達愛的方式。說起來好笑，我和她明明每天朝夕相處，那時的我，卻沒看懂她的心思。我想，無論是多麼親密的兩個人，也難以做到完全地理解對方，正因如此，才需要明確地提出需求，讓對方知道，自己渴望被如何對待。是我太晚明白，我能好好愛她的時間，其實沒有想像中那麼長。」

周芍愣神地聽著伯伯回憶和妻子的往事，正覺得有點鼻酸時，便聽見伯伯有些沉重的聲音，「跟妳說這些，妳別嫌伯伯煩，伯伯只問妳，妳明明很喜歡他，卻不去見他，是不是因爲妳覺得，來日方長，你們還有很多時間？」

✦

婚禮結束以後，舉了一整天相機的周芍，回到家時已經全身痠痛。她沖完澡後，早早上床，睡得不省人事。

放在床邊的手機連續震動了一會，發出一陣聲響，都沒能吵醒她。半夢半醒間，周芍翻了身，又一次沉沉睡去。

凌晨一點，周芍睡眼惺忪地爬了起來，發現自己累到連房間的燈都忘了關。她下床去了一趟廁所，再回來時，注意到手機忘記充電，已經自動關機了。她從抽屜裡拿出充電線，把充電線接上手機後，才關燈繼續睡。

前一晚睡得早，周芍清晨八點就醒了，下樓的時候，周盛已幫她備好了熱騰騰的中式早餐。

見她下樓，周盛笑得陰陽怪氣，「醒了啊？趕快過來吃早餐，等會涼了就不好吃了。」

周芍坐下後，看著眼前冒著熱氣的芝麻燒餅和溫豆漿，頓時有股不好的預感，「爸，你幹麼？一臉有話想說的樣子。」

「妳看出來啦？」周盛瞬間眉開眼笑，拉開周芍對面的椅子坐下。

「說吧，又想要麻煩你女兒什麼事了？」周芍耐著性子，慢慢吹涼手中的燒餅。

「妳伯母問我，能不能請妳把昨天拍的那些影片，簡單做成一部紀錄片給她，就弄點簡單的音樂就好了，她說她不急，妳慢慢來就可以了。」

周芍向來不喜歡這種事，沒好氣地道：「快要學期末了，我系上的影片作業都剪不完了，哪有時間弄婚禮的影片？」

「沒關係，妳等暑假的時候再弄也可以，親戚都這樣開口了，我總不好意思說不方便。」

「可是我暑假可能會去實習啊，反正我不保證我有時間弄。」

「妳暑假要去實習啊？錄取了嗎？是哪間公司？」

周芍忽然覺得，古人所說的食不言，寢不語，必然有它的道理在。周盛才說沒幾句話，就成功讓她沒了胃口。

周芍簡單回答周盛的問題後，便埋頭吃早餐。周盛看出她聊天的興致不高，便也不再問，嘴上說著要去市區買個東西，匆匆出門了。

周圍安靜下來，周芍啃著燒餅，享受難得的寧靜。飽餐過後，她拿出手機，瞥了眼今天的日期，是六月一日。

通知欄有幾則新訊息，熟悉的頭像映入眼，周芍心下一動，屏住呼吸。

他傳訊息過來的時間是午夜十二點整，那時她已經睡了。周芍不曉得是自己多心了，還是他就是刻意等到整點才發訊息給她。

楊嘉獎：「我還缺一個行李箱，妳陪我一起去挑吧。」

這則訊息沒有得到回覆，他的第二則訊息來自十分鐘後。

楊嘉獎：「還想去吃妳說的那間海南雞飯。」

下一則訊息是一通沒得到回應的未接來電。

周芍想起昨天因為沒電而自動關機的手機，種種巧合之下，顯得像是她刻意不理會他的訊息和來電。

她看著那兩行訊息，忽然發覺自己對他很壞，覺得自己又任性又荒唐。再過不久他就要飛去另一個城市，這些僅剩的相處時間，卻被她一點一滴地浪費。

她對於兩人的關係感到相當焦慮，想找他說話，想抱一抱他，想聽聽他的聲音。

周芍將雙腿曲起，把自己縮在座椅和餐桌之間，做了很久的心理建設後，才終於撥出電話。

電話響了幾聲便被接通，另一頭安靜無聲，連個「喂」字也沒有。

周芍慢半拍地意識到現在的時間還很早，說不定他還在睡覺，被她吵醒，心情很不美麗。

短暫的沉默過後，周芍戰戰兢兢地說了一句：「早安？」

電話那一頭還是沒出聲，周芍以為他是在睡夢中誤按了接聽鍵，正想掛斷電話時，楊嘉愷終於開口，聲音聽起來有氣無力：「以為妳封鎖我了。」

周芍愣住，開始檢視自己過去一週的行徑，她在這段時間裡，沒主動給他發過一則訊息，也沒有跟他說週末要回家參加婚禮，在他半夜打電話過來的時候，手機還呈現關機的狀態。

好像確實容易造成誤會。

周芍咬了咬唇，一五一十地說：「我昨天去參加我堂哥的婚禮，被我伯母指派了婚禮攝影的工作，回到家的時候已經很累，手機忘記充電就睡著了，不是故意不接你電話。」

另一端安靜了很久，才輕輕地「嗯」了一聲。

周芍聽不出他究竟是還在睡還是已經醒了，只覺得他聽起來精疲力盡，毫無生命力，「還是你再睡一下？我晚點再打給你？」

電話另一頭傳來被褥摩擦床單的聲響，周芍猜測他應是翻了個身，再不然就是從床上坐了起來。

「把話說完再掛。」

整整一週沒有音訊，通話氣氛顯得沉重，周芍試圖開玩笑：「我剛剛看到訊息的時候，就在想，你也不用六月一到就找我吧？好像迫不及待要見我一樣。」

周芍這麼說的用意是給他機會回她一句「少臭美了」，這樣一來，聊天氛圍也能輕鬆一些。

只是，她等了很久都沒等到預期的回應，反被自己的玩笑弄得有些尷尬。

正當她在「他只是不小心睡著了」以及「他就是故意要讓她尷尬」這兩個選項間猶豫不決時，他終於開了金口。

「嗯，想見妳，不怕妳知道。」

✦

週末的夜晚，星辰百貨熙來攘往。商場外，穿著小丑裝的街頭藝人正在廣場中央表演帽子雜耍，歡快的音樂結合逗趣的演出，吸引不少民眾圍觀。

上次和周芍一起來星辰百貨，是年初時的事，當時他陪她來取回修好的電腦。那天，兩人經過美食商圈時，周芍對一間新開幕的吉拿圈專賣店很感興趣，當時店家正在舉辦開幕優惠活動，店門口被擠得水泄不通，周芍最後打消了前去排隊的念頭。

他將飄遠的神思收了回來，拿起手機確認當前的時間，距離兩人約定的時間還有十五分鐘，他憑著記憶找到那間吉拿圈專賣店，幸運的是，前面只有一組排隊的客人。

他走進隊伍，抬頭打量菜單。

周芍回到A市，拖著行李箱轉乘地鐵前往商場。她到達星辰百貨的第一件事，不是去找楊嘉愷，而是替小鹿跑腿。

小鹿最近有了一個新的曖昧對象，下星期就是這位曖昧對象的生日，小鹿在網路上找到一款成對的戀愛御守，想買來送給對方，當作生日禮物，不料，該御守實在太過熱銷，網路上暫時沒有庫存，致電店家後，被告知星辰百貨的實體櫃位有少量現貨，於是小鹿便請託周芍代爲購入。

由於是人氣商品，店裡已經剩不到幾組，周芍眼明手快地找到小鹿指定的款式後，走到櫃檯結帳。

女店員替周芍結帳時，親切問道：「店裡現在有代寫日文祝福小卡的活動，請問是否需要這項服務呢？」

由於身後還排著其他等候結帳的顧客，周芍便和店員表示想先打個電話確認，稍後再過來。

她提著裝有戀愛御守的小包裝袋，到店家外頭打電話給小鹿。對方或許是正在忙，電話遲遲沒有被接通。

此時，在斜對面買完冰淇淋吉拿圈的楊嘉愷，眼尖地發現了周芍的身影，見她來回張望，似乎正在等待電話被人接通，便下意識拿出手機看了一眼。

電話不是打給他的。

他默默關掉手機螢幕，邁步朝她走去。

周芍的餘光瞥見有個身影朝自己走來，定睛看了看，一星期不見，他依舊是那副萬年冰山臉，又或者說，因爲不明原因，臉又更臭了一點。

周芍取消通話，點開通訊軟體，把剛才店員的問題轉達給小鹿後，才關上手機，看向楊嘉愷手裡的吉拿圈，「你去買了吉拿圈？」

楊嘉愷的目光在她的手機上停留了一會，幾秒鐘後，若無其事地收了回來，遞出手裡的吉拿圈，「嗯，妳上次不是說想吃？」

周芍接過吉拿圈，深怕自己在享用吉拿圈的過程中會弄髒手上的禮物袋，於是將禮物袋遞給楊嘉愷，「那你幫我拿一下這個。」

楊嘉愷伸手去接，「這是什麼？」

周芍咬下一口酥脆的吉拿圈，用手指抹了一下嘴角，「戀愛御守，是一對的。」

從女朋友手中接到了精美的包裝袋，內容物還是成對的戀愛御守，他便理所當然地以爲這禮物是爲自己準備的。他拿起包裝袋端詳了一會，正要拆開上頭的金色緞帶時，周芍瞠大雙眼，驚恐地問道：「你幹麼開它？」

男人聞聲，停下手上的動作，「不能現在開？」

被這麼反問，周芍也有點茫然，和他對視數秒後，才意識到是自己的行爲讓他產生了誤解。

「你誤會了，這個不是要送你的。」

楊嘉愷拿著禮物袋的手往下放了些，抿著唇遲遲沒吐出一個字。

周芍沒留意到他的異狀，左顧右盼後，提議道：「我們要不要先去看你的行李箱？是在哪個樓層？」

「出來一下。」楊嘉愷聲音低啞，一手拖走她放在身邊的行李箱，一手牽起她空著的手。

兩人位在三樓，這層樓正好也是摩天輪所在的樓層，楊嘉愷牽著周芍一路往露天廣場走了出去。

露天廣場的星辰摩天輪正緩慢轉動著，絢麗的燈光時不時變換顏色，在黑夜的襯托下顯得更加迷人。

六月的夜晚，室外有些悶熱，周芍手中的冰淇淋正在急速融化。他走得很快，像是趕著去某個地方處理什麼急事。

「我們要去哪裡？」周芍終於感覺到他有點不對勁，忍不住問。

「找個安靜的地方談一談。」

談一談。

那三個字彷彿在周芍耳邊一遍又一遍地重複播送，讓她有些發怔。

驟然間，她腦中閃過一個念頭，他會不會是想告訴她，彼此冷靜的這一個禮拜，他思考了很多事情，包括兩個人原生家庭的差異，他母親對她的看法，兩人之後要面對的一萬多公里……最後，他終於得出結論，認爲他們不適合繼續在一起了。

周芍的喉嚨有些發緊，想說什麼，卻什麼都說不出來，恐懼化爲溼熱的淚水湧上眼眶，模糊了他的背影。

兩人走到一處較爲隱密的角落，周芍趁著他回頭前，用拿著吉拿圈的手胡亂擦了一下眼淚，杯身稍稍一偏，有股冰涼的寒意襲上前額。

「好了，就在這說吧。」

楊嘉愷在某個花圃前站定，一轉身，便看見她頭上的幾撮瀏海沾到了冰淇淋。他的眉頭皺得更緊了，「妳是怎麼吃到頭上去的？」

周芍一陣窘迫，下意識想逃離他，「我去廁所用水洗一下。」

正當她想繞過楊嘉愷時，對方卻先一步攔住了她的去路，說道：「不要再躲了。」

周芍低頭看著地上，呼吸漸漸急促，不安感到達了巔峰。

下一秒，楊嘉愷抱起她，周芍瞬間被嚇得花容失色。

他將她放上一旁的石磚花壇。周芍坐定後，雙腳懸空，手裡的冰淇淋沿著杯緣流至手上，已經融化得差不多了。

楊嘉愷從斜背在胸前的小包包裡拿出一包溼紙巾，周芍全程靜靜地看，伸手去接他抽出來的溼紙巾時，他卻忽略她的舉動，拿著溼紙巾往她前額一頓胡亂地擦。

周芍被這粗魯的手法嚇得閉上了眼，瀏海也在瞬間亂成一團。

他拿走她手裡的杯子，放至一旁，抓著她的手，用溼紙巾一根手指一根手指仔細地擦拭。

周芍看他低頭專注的模樣，鼻子忽而間一酸，「你怎麼會隨身帶著溼紙巾？」

「帶杜宇葳出門的時候都會用到，久了就一直帶在身上。」他頭也沒抬地說。

「喔。」周芍不知道該說什麼了。

「喔屁。」

大概是太久沒見了，空氣中總蔓延著一股尷尬的味道。周芍接過溼紙巾後，替自己把另一隻手也擦了擦，不曉得這詭異的氣氛還要持續到什麼時候。

等她默默地把十根手指都擦完了，還是沒聽見他開口講一個字。周芍心裡覺得奇怪，抬頭看他時，發現他也正注視著自己。

「我們聊一聊。」他說。

周芍深深吸了口氣，知道自己躲不了了，若有若無地點了點頭。

「能不能跟我說妳最近在煩惱什麼？」他伸手將她的瀏海撥了撥，卻怎麼撥都撥不整齊，「妳現在的感受是好是壞，妳在害怕什麼，不要隱瞞，也不要騙我。」

周芍低著頭不說話，認眞地把他說的每個字都記在心上。

安靜了良久，他才再度開口：「是不是因爲聚餐那天，我媽沒說一聲就出現了，讓妳覺得壓力很大？」

她開始找理由避不見面，似乎是那場聚會之後的事，這是他能想到的唯一推測。

周芍握緊雙手，不知道該如何回應他的疑問。

等不到她的答案，加深了他的心慌。

「妳說點什麼吧，一籌莫展，讓我覺得自己很無能。」

楊嘉愷沉靜的面容，此刻染上了挫敗的顏色。

她清楚地看見他眼眸裡的光芒漸暗，那個總是意氣風發的少年，第一次放低了姿態，對於自己的挫折絲毫不加以掩飾。

直到那一刻，周芍才意識到自己單方面逃避溝通的行爲有多麼自私。

她想起雞蛋糕伯伯曾經說過的話，即便是關係再親密的兩個人，也無法完全站在對方的角度，替對方著想，正因如此，才需要坦白地說出自己的需求，讓對方有機會在關係中做出調整與改變。

「我只是怕你知道，我其實很需要你。怕你跟我相處久了，會發現我其實很糟糕，我很多事情都做不好，我總是讓人失望。」周芍咬了咬唇，卻沒忍住眼淚。

「你身邊有很多愛你的人，有很多優秀的人，看著你在所有關係裡游刃有餘，我卻連跟我媽的關係都協調不好。」她笑了一下，眼淚卻掉得更加猖狂，「我覺得自己不好……很不好，想把破碎的自己一片片拼好，完整地去愛你，可是我能給你的東西太少了，怕你看見我狼狽的樣子，怕你對我厭煩。」

眼淚一個勁地掉，周芍已經泣不成聲，斷斷續續地說：「你總是知道我需要什麼，那些對你來說輕而易舉的事，對我而言很難，我猜不到你想要我怎麼做。」

看著周芍淚如雨下，楊嘉愷從包包裡拿出一包面紙，像對待小孩子那樣，用面紙捏住她的鼻子，「先擤鼻涕。」

周芍很聽話，使勁擤鼻子，逗得他笑彎了眼眸。

她有好久沒看見他笑了。

周芍把擤完鼻涕的面紙揉成一球，垂著腦袋說：「其實，有一間影視公司拒絕了我的實習申請，另一間影視公司到現在還沒有下文，我怕你知道了，會覺得我很遜，所以才一直躲著你。」

「我什麼時候說過妳很遜？」

「你只是不說而已，就連之前線上筆試的時候，答案都是你幫我想出來的。我也想過，就算我眞的進了這個產業，或許也走不久。」

楊嘉愷的臉色驟然一沉，直覺認爲這不是她的眞心話，更大的可能性是，有誰動搖了她的想法，「這些話妳是聽誰說的？」

「我媽說如果我堅持做電影，只會走在功不成名不就的道路上，最後還是必須向現實低頭。我好怕她是對的。」

周圍又安靜下來。

周芍的呼吸漸漸變得急促，在自我揭露了這麼多以後，她怕他會覺得，要遷就這樣的她實在是太累人了，然後，他會開始找各種藉口疏遠她，他們之間的距離將越來越遠。

周芎被心中的恐懼吞噬，連帶著聲音都有些發顫，「你是不是討厭我了？」

「沒有。」他沉聲說，「不要亂想。」

他抬頭看了一眼正在轉動的摩天輪，示意她看過去，「上次坐摩天輪的時候，妳跟我說了什麼，自己都不記得了？」

周芎循著他的視線轉過頭去，看著摩天輪不發一語。

「在追尋夢想的路上，會有人質疑妳做不到，他們會用世俗的標準評判妳的理想，但這是妳熱愛的事情，它需要妳挺身而出。妳不是這麼和我說的嗎？」

周芎的眼淚在那一瞬間奪眶而出。

深陷在自我懷疑的泥沼裡，比起他人給予的支持與鼓勵，她最需要的，或許是自己曾經深刻相信的，關於理想該有的樣子。

她需要被自己拉一把。

周芎臉上淚痕交錯，盡情宣洩了一會才冷靜下來。

「對不起，我躲起來的時候，是不是讓你很無助？我以後不會讓你一個人胡思亂想了。」

周芎想起自己半夜沒接到的那一通電話，她應該要是最捨不得他難過的人才對。

「是嗎？」

「嗯，我捨不得你難受。」

看著她坦率的模樣，他無聲地勾了勾嘴角，他的周芎好像回來了。

「來不及了，我現在很難受。」

周芎抬起頭看他。

「妳買那個戀愛御守到底是想送誰？」

他的語氣是毫不修飾的……不爽。

周芍愣了半晌，邊擦眼淚邊解釋：「那個不是我要送人的，我是幫我堂妹小鹿買的，她要送給一個喜歡的男生……」

她話還沒說完，楊嘉愷便雙手捧起她的臉，用姆指用力抹去她臉頰上的淚水，「那妳剛剛在那間店外面，是在打電話給誰？」

周芍想了想，艱難地說了小鹿的名字，但聽起來像「朽鹿」。

楊嘉愷鬆開手，終於放下心中的石頭，「以爲妳移情別戀了。」

「怎麼可能？」周芍很意外他居然這樣懷疑她，「在很多事情上我都很依賴你，有時候我會想，如果你先走了我怎麼辦？雞蛋糕伯伯說過，他很慶幸是他老婆先走，他老婆要是沒了他什麼都做不好……」

「妳現在是在詛咒我嗎？」

「我哪敢……」

楊嘉愷拿她沒轍，想起她剛才說過的話，「妳剛剛是不是說，我身邊有很多愛我的人？」

周芍不知他爲何突然問起這個，一想到自己剛才哭得那麼沒形象，就不是很想回憶起來。

「要是我死了，還有她們會愛妳，這樣可以嗎？」

他俯低身子，將她攬進懷裡，按著她的後腦勺，聲音放得很輕很輕。

「不完整也沒關係，妳缺少的東西，我都給妳。以後，我愛的人，也都愛妳。」

周芍無法看見他此刻的表情，只覺得那句話在她耳邊停留了好久好久。

「聽懂了就說好。」

周芍在他懷裡點了點頭，啞著嗓子說：「好。」

買完行李箱後，兩人離開星辰百貨，到文成路上吃海南雞飯。

楊嘉愷在研究菜單的時候，周芍時不時看向桌子旁邊那個蓋著防塵套的二十八吋行李箱，對於他要前往一萬多公里外的國家展開新生活，有了一點眞實感。

分離在即，一想到自己從沒想過爲他準備餞別禮，周芍頓覺有些慚愧，「我想送個禮物讓你帶去美國，你覺得好不好？」

「妳要送我什麼？」他的目光從菜單上抬了起來。

「我還沒有想法，你想要什麼？」

與其最後送了他完全用不到的東西，周芍更傾向一開始就先問清楚他需要什麼。

楊嘉愷偏頭想了下，接著下巴一抬，示意她看向桌子旁的那袋御守。

「想要那個。」

周芍隨著他的視線望去，沒想過他會對這種可愛的小東西感興趣，聲音染著幾分詫異，「戀愛御守？」

「嗯。」他低頭畫記菜單，補充道：「要妳親手縫的。」

周芍微微張著嘴，還沒反應過來，他再一次抬頭對上她的視線，「怎麼了？妳高中的時候不是縫過很多個像這樣的御守，還一一送到了不同的男生手上？」

年少時期的往事，伴隨著他的嗓音逐漸清晰，周芍感覺自己像是被扣上了一頂用情不專的大帽子。

「我那時是爲了要賺零用錢才答應幫那些女生代工的。」

「是嗎？那妳總共賺了多少？」

「就一點點吧，那又不是重點。」

楊嘉愷也不打算追問，輕描淡寫地說：「嗯，重點是妳縫了很多個御守給別的男生，喜歡的男生卻一個都沒有收到。」

「我那時候不想讓你發現我喜歡你啊。」周芍很無奈。

「妳怎麼知道我沒有發現？」

周芍嚇得嘴角一抖，「……難道你其實有發現？」

他盯著她笑，空氣停滯了數秒後，才模仿她的語氣說：「那又不是重點。」

周芍有時候眞的很疑惑，自己怎麼會喜歡上一個……這麼欠揍的人。

餐點送上來後，兩人的話題轉至下個月楊嘉愷到美國後的計畫。

上次和他的家人聚餐時，周芍從李珉芝和楊若佟的口中得知，楊嘉愷的父親目前人在美國做生物醫學研究，因此他下個月會先到父親所在的城市待上兩個月，等到秋天開學時再回洛杉磯。

「對了，一直沒有聽你提過，你爸爸是個什麼樣的人？」周芍嘴裡吃著雞肉，隨口一問。

「就是個信用破產的科學家。」提及父親，他神色平靜，言簡意賅。

周芍很納悶，正想繼續問時，手機螢幕忽而一閃，她探頭去看，發現信件匣裡出現了新的通知，寄件單位是「鋒芒影視」，標題寫著「大學生實習錄取通知」。

確定出現在眼前的不是幻覺後，周芍才趕緊點開那封信。

親愛的周同學您好，鋒芒影視很榮幸在今年夏天邀請您成爲我們的一分子，更多暑期實習的報到流程與相關資訊，請向下查閱……

周芍迅速地把信件瀏覽了一遍，頓時覺得人生真是瞬息萬變，她剛才還在百貨公司裡哭得像是全世界都背棄了自己一樣，沒想到才經過短短幾個小時，她就收到了錄取通知信。

在外，周芍習慣隱藏自己的情緒，她默默地放下手機，繼續吃飯。

「怎麼了？是誰的訊息？」

「另外一間影視公司寄來的信，我被錄取了。」周芍咀嚼著嘴裡溫熱的米飯，平鋪直敘。

見她的反應不像是收到期盼已久的錄取通知該有的樣子，他放下筷子，問道：「怎麼看起來一點也不高興？」

「這種事也不用特別高興吧？」周芍喝了一口湯，催促他：「快吃吧，店家已經快要打烊了。」

當前的時間是八點半，這間餐廳只營業到九點，心細的周芍自從餐點送上來後，就默默加快自己用餐的速度。

「那什麼事才值得高興？」他拿走她手裡的湯，反問。

周芍眼睜睜看著自己的湯被搶走，怔怔地看向他。

「這是妳努力很久才得到的結果，值得開心一下。」

周芍被他認真的模樣逗得啞然失笑，「知道了，我們先快點把飯吃完，回家以後再開心。」

「回家以後再開心？」他尾音上揚，重複她的話。

周芍咀嚼食物的動作慢了下來，覺得自己無心的話一到了他口中，就延伸出另外一種隱喻。

「妳怎麼老是喜歡講一些讓人沒辦法專心吃飯的事情？」

「我哪有啊？我明明就在講很正常的事情。」周芍很無辜，理直氣壯地反問：「回家開心怎麼了？哪個部分說得不對？」

「沒有不對啊，對極了。」楊嘉愷眼底的笑意未退。

周芍咬著筷子，總覺得他看她的眼神還是很不對。

見她不認眞吃飯，楊嘉愷反過來催促：「想什麼？吃快點，這樣才能早點回家開心。」

周芍眞的很納悶，自己爲什麼會喜歡這麼欠揍的人……

✦

夜幕靜悄悄地籠罩著整座城市，此時已過午夜，周芍強撐著沉重的眼皮，終於縫完手中的御守。

那是一個用昭和花紋布料縫製而成的平安御守，藏藍色與橘紅色相間。

凌亂的桌面上滿是線頭以及細碎的布屑，周芍抬起頭，瞥了一眼目前的時間，十二點四十分。

她用手機設了一個一小時後響鈴的鬧鐘，把握一分一秒，火速鑽進被窩裡補眠。

一小時後，響亮的鬧鈴聲劃破死寂的夜，周芍從夢中驚醒，關掉鬧鈴，起身到浴室洗臉，接著動作迅速地返回書桌前，一手抓起鑰匙，另一手抓起御守，匆匆地鎖上門後，三步併作兩步地跑上樓。

時機很剛好，她一到三樓，便看到大門被緩緩地推開，楊嘉愷拖著兩個行李箱走了出來。

一看見她的身影，他愣怔須臾，接著才問：「怎麼還沒睡？」

楊嘉愷前往美國的班機在清晨五點起飛，今天秦小希提前和她哥哥借了車，要載他去機場。無奈周芍八點要到影視公司報到，兩人很早便達成了她無法前往送機的共識。

「有個東西要親自拿給你。」周芍依依不捨地看了眼那兩個行李箱，遞出手中的御守，「你之前說想要的御守，我縫好了。」

楊嘉愷接過那個只有掌心大小的御守，上頭用線縫著四個小字——平安御守。

理解她的用意後，他先是一笑，才問：「怎麼不是戀愛御守？」

「你要飛到那麼遠的地方，沒有什麼比平安更重要的。」周芍慢吞吞地說。

楊嘉愷小心翼翼地把御守收進了背包，「回去睡吧，不是要早起？」

周芍推走其中一個行李箱，朝電梯走去，「小希學姊到了嗎？」

「嗯，在樓下等。」

「那我要不要先去超商買杯咖啡給她？」周芍走到電梯前，點亮一旁的按鈕，自顧自呢喃：「開夜車應該會很想睡。」

楊嘉愷拖著行李箱邁步跟上，耳邊傳來滾輪滑動的聲響。

周芍的視線停在緊閉的電梯門上，又說：「或是我之後請她吃飯？當作感謝她送你去機場。」

楊嘉愷在她身後停下腳步，仍然沒給出任何回應，周芍以為他沒聽見她的提議，轉過頭，被他抱了個滿懷。

擁抱持續了很長的時間，身旁的電梯門開了又關，周芍被這個擁抱弄得有點鼻酸，小聲提醒他：「電梯要跑掉了。」

「不會，這時間大家都睡了。」

周芍「喔」了一聲，呆呆的讓他繼續抱著。

過了幾秒鐘，周芍又說：「小希學姊在等了。」

她已經在腦海中模擬過數遍兩人分離時候的場景，但這一幕眞實上演的時候，她還是有些不知所措。

見他不爲所動，周芍靈光一閃，看向他身後的樓梯間，裝模作樣地對著空氣喊了一句：「小希學姊來了。」

本以爲這個小伎倆可以騙到他，豈料他仍不動如山，周芍感到有點挫折，「你怎麼無動於衷？」

「秦小希剛剛說她會晚十分鐘到。」他這才鬆開了抱著她的手。

「你剛剛不是說她已經在樓下了？」

「騙妳的，想讓妳早點回去睡。」

言下之意就是，他不想讓她下樓陪他等，才說了那樣的謊。

兩人在一起以來，周芍雖然總是吵不贏他，也常常被他欠揍的個性氣得牙癢癢，但是更多時候，他都用行動證明了，她是被他好好放在心上的。

楊嘉愷剛想去按電梯旁的按鈕，便被周芍先一步抱緊。

他先是一愣，才輕輕拍她的背，「剛剛不是嫌我抱太久了？」

「我會想你的。」周芍用力收緊了手，把他抱得更緊，「我會很想很想你，也會好好生活，你要按時吃飯，要常常打給我。」

「嗯，還有嗎？」

「還有，要平平安安地回來我身邊。」

第十章　心之所向

暑期實習正式開始後，周芍被安排進編導組。她多數時候都在替公司寫迷你劇集的劇本，偶爾則要支援某些網路廣告的創意發想及分鏡撰寫。

夏天結束後，日子進入新學期，周芍系上實務課的比重又加重了些，加上有畢業專題在身，整個大三上學期，她都在熬夜剪片的路上疲於奔命。

半年在轉眼間一閃而逝。

午夜時分，周芍將行李箱攤在地上，一邊低頭整理衣物，一邊和視訊螢幕另一頭的男朋友聊天。

洛杉磯當前是清晨七點，楊嘉愷坐在飯廳吃早餐，手機架在一旁和她閒聊。

冬天的衣服本來就厚，周芍已經快把行李箱塞滿了。她苦惱地把東西放進去又拿出來，一下往行李箱左邊塞，一下往右邊塞。

兩人異地戀的這半年，秦小希只要有空就會約周芍出來吃飯，在得知周芍沒有打算參加班上的畢業旅行後，興沖沖地說自己二月分要和江敏皓去韓國玩，如果她不介意的話就一起來。

周芍思來想去，覺得自己一個人去當他們的電燈泡實在不太好，最後拉了王覓陪她一起去。

「我沒想過第一次出國，居然會是跟你的朋友們。」

聽見她的話，楊嘉愷明顯僵了一瞬，半晌後，冷笑著說：「我跟江敏皓好像不是朋友吧？」

周芍先是呆呆地「啊」了聲，接著把視線轉向別處，故作思考的模樣，「差點就忘了，嚴格來說，你們算是昔日的情敵。」

沉默在兩人之間蔓延，下一秒，楊嘉愷笑了，「照妳這樣說，我跟妳不也是？」

「我？」

「妳高中的時候不是說妳喜歡秦小希？」

周芍眞心好奇，她當年隨口撒的謊，他究竟還要記多久？

「秦小希好像到現在都不知道自己男女通殺。」他悠哉地繼續說。

話音剛落，楊嘉愷的身後走來另一道身影，周芍定睛一看，認出那人是林禹。

林禹捧著馬克杯湊上前，「你們在聊什麼？我怎麼好像聽見秦小希的名字？」

「在說她高中的時候喜歡秦小希。」

「我說的明明是小希學姊當時很照顧我，我很欣賞她！」周芍簡直想順著網路線過去掐死楊嘉愷。

好在她反應快，林禹沒察覺哪裡不對勁，看向楊嘉愷，「對了，晚上我會邀朋友來家裡玩，大概七、八個人吧，跟你說一聲。」

「知道了。」

兩人接著又講了幾件事，才結束了對話。林禹回房間前，不忘和周芍道別，「出去玩一切小心，衣服記得多帶點。」

「好，學長掰掰。」周芍乖巧地對著螢幕揮了揮手。

林禹回房間後，飯廳又再次剩下楊嘉愷一個人。他喝了一口熱可可，瞥了一眼視訊畫面，方才散落一地的物品全被周芍收拾乾淨了。

「行李整理完了？」

周芍把行李箱的拉鍊拉上，看上去還在氣頭上。

「我要準備去機場了。」她的語氣冷冰冰的。

準備關掉視訊鏡頭時，楊嘉愷冒出一句：「到韓國的時候跟我說一聲。」

周芍朝他扮鬼臉，「不要。」

「下飛機就跟我說。」

「不要。」

「穿多一點。」

「再見。」

周芍說完便眞的把電話掛了。

通話結束，飯桌前的楊嘉愷盯著手機螢幕看了一會，直到螢幕轉爲黑畫面，才從螢幕上的倒映看見自己上揚的唇角。

他把手機向下一蓋，繼續吃早餐。

韓國之旅第一天，和王覓睡同一間房的周芍在睡夢中被對方叫了起來。

她瞇著眼，拿起床頭櫃的手機一看，時間剛過上午十點。

「我們早上不是沒有排行程嗎？我想再睡一會。」周芍意識迷濛，話說得含糊不清，又縮回溫暖的被窩裡。

一行人搭的是凌晨的班機，順利抵達飯店已經是早上七點的事，周芍一沾上飯店的床，便累得不省人事，眼下才睡三個小時又被王覓喚醒，都快哭出來了。

「有間我很想吃的咖啡廳叫『貝果博物館』，就在飯店附近，太晚去就吃不到了，妳快起來！」

王覓利用各種手段糾纏周芍，試圖把她從被窩裡拖出來。

就在周芍即將跌進夢鄉之際，王覓爬上她的床，奮力一跳，把她的床當彈簧床玩。

「快起床！都來到這裡了，只顧著睡覺多可惜！」王覓邊跳邊說。

周芍順著力道，小幅度地從床上彈了起來，上上下下幾次後，頭都暈了，只好連連求饒：「好了、好了，妳別跳了！我起來就是了！」

首爾今日的氣溫都在零度以下，周芍的脖子被圍巾緊緊包覆著，雙手藏進羽絨大衣的口袋裡，一臉昏昏欲睡地走在街道上。

「跟我預期的一樣，號碼牌果然已經發完了。」王覓說這句話的時候，呼出了一團白霧。

到達貝果博物館，兩人排在隊伍末端，王覓踮起腳看前方排隊的人潮，「不過幸好現在不是大熱天，這種天氣要我排一、兩個小時都不是問題。」

「一、兩個小時？」周芍懷疑自己沒睡飽，導致聽力也不好了。

「對啊，這間分店生意很好，號碼牌通常在十點前就會發完了，剩下的都是現場排隊。」王覓低頭滑手機，找到官方的菜單後，將手機遞給周芍，「妳先看看妳想吃什麼口味。」

官方菜單上只有韓文和英文，周芍憑著韓文下方的英文翻譯選了幾樣感興趣的。王覓湊了過來，說道：「聽說抹醬系列很受歡迎。」

與此同時，她的手機跳出了一則訊息。

媽咪：「在國外一切小心，飲料一旦離開視線就不要碰了。」

兩人同時看見那則訊息，周芍將手機還給王覓，「妳先回覆她吧。」

王覓接過手機，打了一通電話和母親報平安。周芍在一旁發呆，原先盤旋的睡意在吹了一會的冷風後也漸漸消散，意識明朗了許多。

貝果博物館的外牆是石磚牆，裝潢營造出一抹濃濃的歐式風情，空氣中瀰漫著烤麵包的香氣。

周芍透過店家的落地窗看向裡頭，低矮小巧的空間精緻而溫馨，木地板與木製麵包架爲這間店增添幾許鄉村氣息。

「妳需要給家裡的人報個平安嗎？」

周芍的思緒在聽見王覓聲音的那一刻收了回來。

「我剛下飛機的時候就傳訊息給我爸了。」話至此，周芍才想起除了周盛之外，好像還有另一個人在等她的消息。

周芍拿出手機，點開她和楊嘉愷安安靜靜的聊天室，在前一天晚上那通視訊電話後，她沒再發訊息，他也沒主動關心。周芍莫名感到一陣失落。

她很快地把手機收了回去，想起王覓方才和她母親的談話，王覓向她的母親承諾，會買她愛吃的炸紫菜酥和韓式拌麵回國。

「妳跟妳媽媽感情眞好。」周芍隨口一說。

「也不是一直都這樣。」王覓笑了笑，「我小時候是個壞孩子，現在懂事了，才慢慢想要彌補，想要加倍對她好一些。」

王威綸發病那年，王覓只有八歲。

昂貴的醫療花費讓家中的經濟狀況在一瞬間跌入谷底。逢年過節，當同齡孩子都在穿新衣、買新鞋的時候，王覓只能撿親戚小孩不要的衣服穿。

在街上看見喜歡的裙子時，王覓不敢要求母親買給她，因為哥哥生病了，她必須懂事一點。

王威綸在醫院做化療的那一段時期，父親一天兼兩份工，沒日沒夜地賺錢，母親時常要留在醫院陪病，於是王覓便被送到了阿姨家中寄養。

呂俞萍時常叮囑王覓，要她用功念書，因為家中沒有閒錢可以讓她補習，要她乖乖聽阿姨的話，人家煮什麼就吃什麼，不能夠挑嘴，要主動幫忙做家務，體貼的小孩才得人疼。

王威綸生病後，王覓每年都把第三個生日願望留給哥哥，希望他可以早日康復。生病的那段期間，王威綸的身體狀況時好時壞，生理的不適影響心理，導致他的性情總是陰晴不定。

出於愧疚，兒子的一切需求，呂俞萍都盡全力滿足。某日，王覓放學後，被阿姨接到了醫院探病，當時她看見哥哥的病床旁，有成堆的遊戲機。

那一瞬間，王覓內心有股怪異的感受，對於眼前這個奪走了母親所有注意力和關愛的哥哥，在憐憫之餘，也產生了一絲忌妒。

哥哥說想吃葡萄的時候，媽媽會立刻到醫院樓下去買，而那時寄人籬下的王覓，連不到十塊錢的養樂多都不好意思開口請阿姨買。

她要聽話，要善解人意，要會做家務，要用功讀書，而生了病的哥哥，媽媽只要求他健康就好。

實在太不公平了。

十歲那一年，王覔偷偷許下了一個心願——如果哥哥可以死掉就好了。

某一天，呂俞萍沒睡好，哭了一夜。

王威綸百思不得其解，直到王覔出現在病房時，一切才瞬間有了頭緒。

他趁呂俞萍不在的時候，決定跟妹妹來一場久違的兄妹談話。

「王覔，妳過來。」

此時王覔吃著手中的蔥油餅，專心地看著電視裡正在播放的動畫，沒聽見王威綸的呼喊。

王威綸拿起一旁的遙控器，將電視關上。

劇情正播到精彩處，王覔瞪他，不耐煩地道：「幹麼關掉？我還在看。」

「過來，我有話要問妳。」

王覔百般不情願地往病床走了過去，「幹麼啦？有屁快放。」

王威綸對她散漫的態度相當不滿，用力推她的太陽穴，「站好，才幾歲，跟太妹一樣。」

王覔拍掉他的手，頂嘴道：「你管好你自己就好了！」

「妳是不是跟媽媽說了什麼？」

不知何時開始，王覔彷彿受了什麼刺激，搖身一變，成了不良少女。王威綸見狀，便拿出哥哥的威嚴，親自管教妹妹一番。

被問及此事，王覔神色慌張，像個犯了錯的孩子，「媽媽說了什麼嗎？」

「沒說，但是哭了一晚，是不是妳搞的鬼？」

「關我什麼事？你又知道是我！」王覓跺腳，不甘示弱地回嘴。

「因爲不是我啊，我昨天很乖。」王威綸又打了下她的頭，「妳再不說，我就去問俞斐阿姨。」

「妳傳了什麼？」

「我只是用阿姨的手機傳了一則訊息給媽媽而已！」王覓揉著腦袋。

見王威綸神情凝重，嚴肅地盯著她瞧，王覓瞬間就沒了氣勢，「我才不要說，說了你又要打我。」

「妳眞的是太久沒被我揍。」王威綸一腳踢開被子，作勢要下床揍人。

「我又沒怎樣！我只是問媽一個存在我心中很久的疑惑而已！」

「快說！」王威綸沒好氣地喊。

「就……我問她『是不是只有我也生病了，妳才會像愛哥哥那樣愛我』？」

王覓一說完，害怕地閉上了眼，預期哥哥會給自己一頓皮肉痛。

然而，王威綸奇蹟似地沒有發火，而是若有所思地坐回病床。

王覓慢慢睜開一隻眼，覺得哥哥不說話的樣子更加可怕，「……你幹麼不說話？」

「吃妳的蔥油餅，不要跟我講話。」王威綸故意不看她，把頭轉向窗邊。

「你很奇怪欸，你自己還不是常常讓媽媽傷心，我也才第一次而已。」

「妳不能好的都不學只學壞的啊！」王威綸轉過頭來吼，氣得口水四濺。

王覓嫌棄地用手抹了抹臉，也吼了回去：「你有什麼好？你從小到大就是個壞榜樣啊！成績吊車尾，在學校蹺課打架，花光家裡的錢，只會使喚媽媽做這個做那個的——」

「對啦！就是做人太失敗所以報應來了，已經快要死了，這樣妳還想跟我一樣嗎！」

王威綸吼得很大聲，王覓僵在原地一動也不動，良久，兩行淚水從眼角流了下來。

王威綸天不怕地不怕，唯一怕的就是女孩子在他面前哭。他抓了抓頭，依然撂著狠話，但語氣明顯放軟了些，「欸……妳哭屁喔？不要以為哭了我就會放過妳喔……」

女孩的眼淚越掉越凶猛，像是再也鎖不緊的水龍頭，「你不會眞的死掉吧？我都已經退讓這麼多了，你怎麼可以死掉……」

王威綸從床頭櫃上的面紙盒中，一連抽了幾張面紙，說道：「講不贏就哭！妳很卑鄙欸！」

「我不要裙子也不要新鞋子了，我不會再跟媽媽說氣話，你可不可以快點好起來？」王覓淚如泉湧，仰頭大哭，「我不會再亂許願要你死掉了！」

「妳就眞的這麼希望我去死啊？」王威綸感到一陣荒謬，笑了出來。他把王覓抓過來，將面紙塞進她手裡。

「第三個願望說出來就不會實現了，我說出來了，所以你不要死……你還欠我裙子跟新鞋子，你長大了，賺錢買給我。」小女孩抽抽噎噎地掉著淚，伸手扯他的病服，「好不好？」

✦

王威綸離開的那年只有十七歲。

當身邊的親戚們一臉哀戚地握著呂俞萍的手，要她節哀順變，安慰她王威綸已經無病無痛地去了更好的地方時，王筧盯著黑白相片上少年爽朗的笑顏，只覺得那是哥哥的惡作劇。

王威綸走後，一家四口變成了一家三口，飯桌上永遠空出一個位子。

王筧知道，當時爸爸下了班後，總會坐在車子裡抽上好幾根菸，直到收拾好情緒，才假裝若無其事地返家。

她的房間緊挨著哥哥的房間，因此她半夜總能聽見媽媽走進去，在裡頭枯坐一夜，待到天亮才離開。

大人們用自己的方式默默地消化這份難以平復的悲痛，日子像是從此進入了無光的黑夜。

某天傍晚，王筧背著書包走進飯廳，發現飯桌上擺滿了一桌豐盛的佳餚，大多都是王威綸愛吃的東西。她疑惑地轉頭看向正在切菜的母親，「爸爸今天不是加班不回來吃飯嗎？爲什麼有這麼多菜？」

「今天有客人要來家裡。」呂俞萍的聲音聽上去心情很好，回頭叮嚀女兒：「在飯煮好前，妳先去把作業寫一寫。」

家中門鈴被按響的那一刻，王筧正坐在客廳的小矮凳上，倚靠著茶几寫作業。

「筧筧啊！客人來了，妳去幫媽媽開門，別讓人家乾等。」母親的叫喚聲從廚房裡傳了出來。

王筧應聲答好，踩著拖鞋上前應門，想看看究竟是哪位尊貴的客人來到她家。

門外站著的少年，右耳上有一個黑色耳釘，校服外套微微敞開。王筧仰起頭，和他四目相對。

他看上去年紀跟哥哥差不多大，應該不是母親的朋友。王筧從未見過這個人，心中多了一絲防備，一對大眼睛看著他不說話。

少年見她半個身子都躲在門後，朝她一笑，「妳就是王筧？」

這個大哥哥居然知道自己的名字，王筧有些手足無措，回頭喊媽媽。

呂俞萍估計是正在忙，沒辦法抽空前來，王筧等了一會沒看到母親，只好又看了看他，在心中分析著讓這個人進家門究竟有沒有危險。

楊嘉愷見她有些畏懼自己，彎低身子，說明自己的來意：「妳哥邀我來妳家吃飯，不信的話，妳去問問妳媽媽。」

「我哥已經不在了。」王筧盯著他純白的制服襯衫，口氣平淡地說。

「我知道。」他扯了扯唇角，「但我的臉皮比較厚，所以還是來了。」

自那以後，戴著黑色耳釘的大哥哥時常來家裡吃飯。

有時候，他只是靜靜地坐在椅子上動筷，有時候則是會和他們分享一些和哥哥有關的往事。

王筧看得出來，這個大哥哥待在他們家的時候，其實也很不自在，但他卻像是守著什麼承諾一樣，依舊每過一段時間就會來按她家的門鈴。

那時王威綸剛走不到一年，呂俞萍處於相當脆弱的時期，只有楊嘉愷出現的時候，她的臉上才會浮現一絲欣慰。

小學五年級的數學，有一章專門在學習「體積與容量」，那是讓王筧感到最頭疼的一章。

有一回楊嘉愷吃完晚飯後，正要離開王筧家時，瞥見坐在矮凳上的王筧都快把數學簿擦破了，蹲下身關心，「算不出來？」

女孩嚇了一跳，伸手擋住寫到一半的算式。

「我可以教妳。」

「不用了。」呂俞萍和她說過，要她別給人添麻煩。

「我只講一次，一次還學不會就不教了。」

他拿起另一張矮凳坐下，將數學簿往自己的方向轉了過去，「過來這邊。」

王覓只好慢慢挪動到他的那一側。

楊嘉愷隨手拿起她鉛筆盒裡一枝有著小白兔圖案的自動鉛筆，接著放慢語速念了一遍題目給她聽。

期間，王覓心不在焉地盯著他右耳上的耳環，「哥哥，你為什麼只有一個耳洞？」

「穿完一邊發現很痛，就不想穿另一邊了。」

他似乎不是第一次被問這個問題，答得很順口。

「你是在騙小孩吧？」王覓不信。

楊嘉愷敲了下作業簿，「專心看題目，知道這題在問什麼嗎？」

「哥哥，你喜歡來我家吃飯嗎？」

「還可以，怎麼了？」

「騙人，你跟我媽媽都快沒話聊了。」

他被她的話惹得笑了起來，「妳到底想說什麼？」

「我有點想我哥了。」女孩扁著嘴說。

楊嘉愷盯著她看了一會，也想起記憶中那個光芒恣意的少年，輕聲說：「嗯，我也想他。」

王覓慢慢卸下心防，覺得眼前這個大哥哥是個可以分享心事的對象，「我可以跟你說個祕密嗎？」

「說吧。」他放下手中的數學簿，將身子轉向她。

「我本來想著，等我哥病好了，要拿不會寫的作業去煩他，過不了的遊戲關卡，想叫他幫我過，這些話我不知道能跟誰說，跟我媽說的話，她會哭的……我很想我哥的時候，都只能忍著。」

女孩低頭把玩手指，說著說著就哽咽起來，「以後我想他的時候，可不可以跟你說？」

這是在王威綸的告別式之後，王覓第一次因爲想念哥哥而哭。

楊嘉愷把茶几上的面紙盒抓了過來，「嗯，妳要是想他了，就跟我說，別把妳媽弄哭。」他從面紙盒裡抽了幾張面紙，垂著眼說：「以後作業不會寫就來問我，過不了的遊戲關卡，我幫妳過。」

王覓低著頭擦眼淚，他沒聽見她的回覆，又問了一次：「好不好？」

✦

身處在韓國的街道上，在一個和這段往事完全不相關的城市裡，此刻的周芍卻因爲王覓的一字一句，而非常非常想念那個遠在天邊的男朋友。

王覓從回憶中回過神來，發現周芍的心思早已不知神遊到哪裡去了。她在她眼前揮了揮手，「妳不會是張著眼睛睡著了吧？」

「我想他了。」周芍雙眼無神，飢腸轆轆，說起話來也有氣無力的。

一想到在認識楊嘉愷的這件事上，王覓稱得上是大前輩，她突然來了興致，「對了，楊嘉愷國中時給人的感覺怎麼樣？像不像不良少年？」

「沒見過，我第一次見到他的時候，他都高一了。」王覓擺了擺手，「他高一那時跟現在比起來親切多了，可能是看我當時年紀小吧。」

「有時我挺羨慕妳和小希學姊的，妳們見過他年少時期裡，無數個我沒見過的樣子。」周芍莫名感嘆起來。

「這哪有什麼？妳以後還能見到更多除了妳以外，他不給任何人看見的樣子呢。」周芍的腦子打了結，「什麼意思？妳講話好像在繞口令。」

「聽不懂？」王覓被她純眞無邪的模樣搞得慚愧起來。

此時，兩人的手機同時震動，她們不約而同低頭查看。

新訊息來自韓國之旅的四人群組。

江敏皓先是發出了一張貝果博物館的全品項菜單。

幾秒鐘後，又發出另一則訊息。

江敏皓：「有人醒了嗎？我可以幫忙買早餐，直接說妳們要什麼就好。」

周芍和王覓同時睜大眼睛，相互交換一記欣喜的眼色。

「敏皓哥居然在店裡了！他是多早起來領號碼牌啊？根本沒睡吧？」王覓一邊驚呼，一邊飛快地在輸入欄裡敲下自己想要的餐點。

江敏皓提著外帶餐盒出來的時候，周芍和王覓看向他的眼神，彷彿像是看見救世主一般。

周芍等了很久都沒看見從貝果博物館裡走出來的秦小希，「小希學姊呢？沒有跟你一起來嗎？」

「想讓她睡久一點，所以沒叫醒她。」

聞言，周芍和王覓同時有種被強塞了一口狗糧的滋味。

男人將手裡的其中一個提袋遞了出去，柔聲說：「這一袋是妳們的，點一下有沒有少了什麼。」

「謝謝學長，這樣一共多少錢？我給你。」周芍連忙從背包裡拿出錢包。

「不用了，請妳們吃，先回飯店吧，這個冷了就不好吃了。」

周芍一邊道謝一邊接過那袋冒著香氣的貝果。

江敏皓往飯店的方向快步前進，雖然嘴上不說，但王覓和周芍都看得出來，他心心念念著單獨留在飯店裡的秦小希，趕著回去讓女友吃到熱騰騰的早餐。

「我覺得男朋友就是要找敏皓哥這種的。」王覓看著江敏皓的背影，附在周芍的耳邊說。

「怎麼說？」周芍已經拿起其中一顆貝果吃了起來，溼潤綿密的口感在她的嘴裡慢慢化開。

「一大清早頂著寒風幫女朋友買早餐，還連同行的朋友都一起照顧到了。女朋友不在的時候，幾乎不和異性多說一句廢話，這是教科書等級的範本。」王覓邊說邊搖頭，連連讚嘆。

「不過說眞的，他也走太快了吧？」

江敏皓不知不覺間已經和兩人拉開了一段距離。

「小希學姊不在視線範圍內，感覺他有點不安。」周芍嚼著貝果，悠悠地分析。

「妳把他形容得好像一隻大狗。」

周芍吃到一半，才想起自己忘了某件事。她拿出手機，以藍天爲背景，幫被咬掉一半的貝果拍了張美照。

王覓聞到香噴噴的麵包香，肚子咕嚕咕嚕叫，俯首去翻掛在周芍手腕上的提袋，發出窸窸窣窣的聲響，「我也要吃。」

周芍將剛剛拍的貝果照發給楊嘉愷，當作是遲來的報平安。

周芍：「韓國很冷，我正在走路，這是敏皓哥請吃的早餐。」

周芍又咬了一口貝果，靜待他的回覆。

過了片刻，他只丟了三個字過來。

楊嘉獎：「敏皓哥？」

周芍沒有立即意識到事情的嚴重性，數秒後才感覺背脊慢慢涼了起來。

都怪王覓在她耳邊左一句右一句敏皓哥地喊，害她順手就打了上去。

周芍一方面覺得應該趕緊更正自己的措辭，一方面又覺得逗他挺有意思的，想看看若放著不管，他會有何反應。

周芍這邊一直沒有回覆，另一頭也安靜下來了。

她決定讓火勢持續延燒一下。

周芍：「我鑑定過了，敏皓哥是教科書級別的男朋友。」

✦

三清洞周遭有著許多特色文藝小店，藝術氣息濃厚，時不時還能看見一棟又一棟古色古香的韓屋。沿途有不少觀光客穿著韓服走在街上，歡聲笑語流淌在耳邊。

在冬天的浪漫濾鏡下，就連佇立在街邊的一整排枯樹也別有一番韻味。

周芍精神抖擻地四處張望，渾然沒了早上累得像一條蟲的模樣，雙眼像快門一樣拚命地眨，深怕恍神漏掉任何一個角落，都將成爲心中大大的遺憾。

途經一間文青手繪小店，牆上貼滿了可愛吸睛的人像速畫，店內的藝術家正在替客人進行人像繪製，秦小希對此相當感興趣，拖著江敏皓一起進去體驗。

等待他們的空檔，周芍和王覓到附近的選物店閒逛。

王覓在一處擺放著精美陶瓷盤的架子前駐足許久，每拿起一個小碗就問周芍好不好看，周芍說好看，王覓又放了回去，再拿起另一個小碟子，問周芍好不好看，周芍說好看，王覓又拿起另一個點心盤……兩人就這麼來回重複了幾次。

逛了一會後，周芍對王覓說：「我去隔壁的香水店逛一逛。」

才踏進店裡，高雅的木質調香氣便撲鼻而來，窗外的陽光靜悄悄地在店內流動。

周芍被一款琥珀色的香水吸引，在手腕上試了試，味道是淡淡的中性香。她瞥了一眼價格，上頭寫著二十萬。她先是被那麼多個零嚇了一跳，接著故作鎮定地在心裡安慰自己，那是韓幣，還沒換算！豈料她換算成台幣後，發現還是很貴，最後一溜煙地離開了那間店。

周芍走出來之後，頻頻回頭看那間香水店，有些依依不捨。最後她舉高手機，將鏡頭對準了極具設計感的店家招牌，接連拍了幾張，做爲到此一遊的紀念，再隨手挑了一張傳給楊嘉愷。

她發完那張照片後，有人從身後拍她的肩，周芍一回頭，見王覓兩手各拿著一個吉拿圈，「妳要草莓口味還是巧克力口味？」

「草莓的。」周芍接過吉拿圈，覺得它的包裝很眼熟，定神一看，發現這正是楊嘉愷之前在星辰百貨時，買給她吃的那個牌子。

一旁的王覓邊吃吉拿圈邊感嘆，半天還沒過去，單日熱量已經爆表了，回國後要積極實施減肥計畫。

周芍盯著手裡的吉拿圈沒應聲，腦中不只一次浮現這樣的念頭——這個城市很美，食物都很美味，好想和他分享。

下午，一行人前往某間知名的蔘雞湯老店享用午餐。

店家是傳統韓屋建築，走進店內，有種時光交錯之感。

店員在主菜送來之前，先送上了熱茶以及人蔘酒。

桌上放著可以免費吃到飽的泡菜以及醃蘿蔔。秦小希吃醃蘿蔔吃得津津有味，正想拿人蔘酒來喝時，江敏皓一手蓋住杯口，「先別喝。」

「爲什麼？」

「酒味很濃，加進蔘雞湯裡提味就行了。」

秦小希骨子裡有著叛逆的因子，不讓她做的事情，她就越是想挑戰，「我喝一小口就好。」

見她堅持，江敏皓也不再阻攔，慢慢把手移開。秦小希捧起杯子，淺嘗一口，很快便被苦得臉一皺。

「跟妳說了還不信。」他輕笑一聲，眉目間盡是寵溺。

周芍和王覓坐在最佳搖滾區，親眼見證了什麼叫做舉手投足都是愛的表現。

「蔘雞湯怎麼還不來？我吃狗糧都快吃飽了。」王覓朝廚房的方向探頭。

餐點送上來後，秦小希迫不及待地夾了塊雞肉吃，小雞的肚子裡塞了軟呼呼的糯米，吸飽了香濃的湯汁，每一口都是滿足。

「好好吃！謝謝我媽把我生下來。」秦小希已經開始胡言亂語。

周芍一口一口喝著熱湯，在冷冷的天裡，身子慢慢暖和起來，那一瞬間，她想起出發前曾有個人叮嚀她要穿多一點。

思及此，她拿起手機拍下碗裡的蔘雞湯，再次將照片傳給楊嘉愷。

此時，她才發現先前傳的幾張三清洞的街景照，截至目前都還沒被對方讀取。

周芍在心裡換算韓國和洛杉磯之間的時差，目前他那邊大約是晚上十點，按理來說應該還沒睡。

她想起出國前和楊嘉愷的那通視訊電話，當時林禹說，晚上會邀請朋友來家裡玩。

或許他正忙著社交，沒空看手機。

周芍往上滑動對話視窗，視線突然在「我鑑定過了，敏皓哥是教科書級別的男朋友」那則訊息停住。

這則訊息是有被楊嘉愷讀取的，但他沒有給予任何回應。

接著，周芍的腦中湧入了另一個猜想——莫非，是她玩笑開得太過，真的惹他不高興了？

應該……不至於心眼這麼小吧？

用完餐後，幾人到附近的北屋韓村走馬看花。四人都是第一次來韓國旅行，看什麼都新鮮，看什麼都好拍，走走停停地耗掉了一個下午。

由於午餐吃得晚，幾人到了晚餐時間都不覺得餓，加上他們下榻的飯店樓下就有一間二十四小時營業的超市，半夜也不怕沒東西吃。

前一晚沒什麼睡，隔天還有一天的行程，四人很快達成共識，早早回飯店休息，養精蓄銳。

晚上，周芍吹完頭髮就往床上一躺，見一旁正在充電的手機跳出一連串的訊息，她立刻從床上彈了起來，拿起手機一看。

小鹿：「姊，韓國好玩嗎？」

小鹿：「我聽同學說韓國有一間很好吃的醬蟹老店，此生不去吃會後悔！」

小鹿：「她還說是在地人推薦給她的。」

小鹿：「妳等一下，我找那間店的資訊給妳。」

周芍木然地看著一則一則向上跳的訊息，決定稍晚再回覆，便退出了聊天室。鬼使神差地，她又點進楊嘉愷的聊天室，發現自己傳出的訊息依然呈現未被讀取的狀態。

目前洛杉磯當地時間已經是凌晨了，也就是說，他直到睡前也沒有看她的訊息？

王覓正在往行李箱裡翻找東西，弄出一陣不小的動靜後，轉頭看周芍，「我帶了一些面膜來，妳要不要一起敷？韓國的空氣眞的好乾。」

周芍愁眉苦臉地看向王覓。

「妳幹麼一臉哀怨的樣子？」

「楊嘉愷突然消失了。」

王覓拆面膜的動作停了一下，拿起放在床上的手機看時間，「洛杉磯現在應該是凌晨四點吧？」

王覓起身走到周芍床邊，把其中一片面膜給她，「不要胡思亂想，他只是在睡覺。」

「但是他在更早之前就不理我了。」周芍從床上翻起身子，動手去拆面膜。

「可能在忙吧。」王覓把面膜貼到臉上，聲音聽起來模糊不清。

「可是他是在我誇完江敏皓後才不理我的。」

王覓正在整理枕頭的動作忽而間一停，發覺案情似乎不太單純。

「妳怎麼誇敏皓哥的？」

周芍將面膜往臉上貼，冰涼的觸感凍得她眉毛一皺，她彎身把面膜的包裝紙丟進垃圾桶，躺回床上，蓋好被子，「妳說他是教科書級別的男朋友，我把話原封不動地轉達出去了。」

王覓倒抽一口氣，原先醞釀好的睡意瞬間一掃而空，「妳有跟他說那句話是從我嘴裡說出來的吧？」

「沒有。」

「那妳……」王覓頓時支支吾吾，「妳忘了敏皓哥追走了他喜歡很多年的女生嗎？」

在面膜底下，周芍的表情很祥和，內心卻因爲王覓的話被搞得心亂如麻。

「我只是想氣他一下，看他會有什麼反應。」

「啊……」王覓試圖表現出理解她的樣子。

「那他現在……」她糾結著該如何表達得婉轉一點，思來想去仍是徒勞，最後只說：「應該氣死了。」

✦

清晨飄了一場短暫的雪，昨日的情景再度上演，一大清早，王覓又在周芍的床上蹦蹦跳跳，「快點醒醒！窗外超美的，白茫茫的一片，妳快起來看！」

周芍用棉被掩住自己的頭，在朦朧的意識中垂死抵抗。

洗漱完畢，周芍在王覓的催促下整裝。早已完妝的王覓為她解說今天的行程：「我們先去一家旅遊版上推薦的咖啡廳吃早餐，再跟小希姊他們會合一起去南山首爾塔，下午再去市區的汗蒸幕休息。」

周芍將背在身後的包包轉過來檢查，確認東西都帶齊了，才又把背包的拉鍊拉上。

「嘉愷哥回訊息了嗎？」王覓看周芍把手機掛在脖子上，突如其來地問道。

聞言，周芍拿起手機看了一眼，聊天視窗裡仍然一點動靜也沒有。

她半張臉都埋在圍巾底下，搖了搖頭。

「那妳要不要跟嘉愷哥說妳昨天只是在開玩笑？哄他一下，讓他別生氣了。」王覓提議道。

「哄他一下？」

「嗯，就撒個嬌啊！我錯了！別生氣，你最好了，這樣。」

周芍頭皮一陣發麻，光是在腦中勾勒那幅景象都覺得可怕，「我覺得我要是這麼說，他可能只想揍我。」

「那怎麼辦？妳打算一直放著不管？」

周芍彎下身子穿鞋，語氣平穩，像是一切都在自己的掌控中，「我就繼續報平安啊，每到一個景點就拍照傳給他，直到他願意回訊息為止。」

整個上午，周芍傳了幾十張照片給楊嘉愷，擺盤精美的早餐、路上買的熱拿鐵、屋頂上的積雪、銀白色的街景、從高空纜車向外看出去的美景、秦小希和江敏皓在低溫中依偎著前進的背影……

無奈的是，那些照片都沒能換來他的回覆。周芍的腦袋開始上演各種小劇場，懷疑他的手機是不是出了問題，又或者是他出了什麼意外，內心一陣亂糟糟的。

下山後，幾人緩慢地往汗蒸幕前進，趁著轉乘地鐵的時候，周芍又給他發了一條訊息：「你是不是生氣了？」

抵達汗蒸幕，領完更換的入場衣物後，男女各自前往不同區域泡湯。

坦誠相見這種事實在是很尷尬，周芍原先沒有計畫要泡澡，想直接換上衣服到大廳去做桑拿，但秦小希說花了門票錢就要物盡其用，王覓也在一旁附和，說泡湯可以促進血液循環，加速皮膚新陳代謝，養顏美容，不泡可惜。

周芍後來被兩人架進去，硬著頭皮在浴池裡撐了三分鐘，忍到不能再忍，才匆匆逃離，獨自前往更衣室。

周芍換好衣服，拿著手機前往大廳，某人終於在十分鐘前回了訊息。

楊嘉獎：「沒有生氣。」

和周芍洗版式的照片跟訊息相比，他簡短的回覆顯得特別冷酷。

周芍反覆讀著那幾個字，無論怎麼讀都覺得冷冰冰的。

汗蒸幕大廳的裝潢是海島風格，暖氣開得強，體感瞬間進入夏天。大廳裡來來去去的人們穿著制式的短袖短褲，有幾個孩子將毛巾摺成羊角造型，戴在頭上跑來跑去。

周芍行經一個又一個寫著不同溫度的汗蒸房，在轉角處繞過一片青蔥翠綠的植栽牆後，走到一處較空曠的角落。

明黃色的暖陽斜映在一排藤椅上，她正猶豫著要不要給他發一則語音訊息時，他又傳了訊息過來。

楊嘉獎：「剛剛去吃飯了。」

周芍無法單從字面看出他現在的心情如何，乾脆打電話過去。

等待電話接通的時間，周芍研究著大廳動線，跟著地圖指示往販賣部走。

電話因爲無人回應而自動斷了線。

周芍肚子餓了，思考能力跟著下降，決定先買點東西墊墊胃。據說來到韓國汗蒸幕必吃的東西就是甜米露和烤雞蛋，周芍點了一份套餐，拿著托盤找了個曬得到陽光的躺椅坐下。

她嘗了一口甜米露，清爽甘甜的麥芽香滑過喉嚨，異常醒腦。

有個人影往周芍身邊的空位坐下，她沒多加留意，拿起手機在四人群組裡發了訊息，告知其他三人自己目前的位置。

周芍傳完訊息，又點進楊嘉愷的聊天室，對著他最新的一則訊息「剛剛去吃飯了」糾結許久。

他消失了二十幾個小時，唯一的解釋就是去吃飯了？

周芍：「跟誰吃飯？」

周芍：「林禹的那群朋友嗎？」

周芍：「有女生嗎？」

「妳是來韓國玩的嗎？」

周圍的人都講韓文，突然冒出了一句周芍聽得懂的中文，她先是一怔，接著循著聲源轉過頭去。

眼前的男生有著一對單眼皮和小眼睛，看上去年紀和她差不多大，此刻正對著她笑，露出了一對虎牙。

「有事嗎？」周芍眼下正覺得煩躁，口氣連帶著有些冷漠。

「我朋友都還在泡湯，我覺得無聊，妳要不要跟我玩個遊戲？這遊戲很簡單，猜拳贏的人可以拿雞蛋敲對方的頭。」他把自己的托盤移到周芍的桌上，算了一下雞蛋的總數，「這裡一共有五顆。」

周芍盯著雞蛋看了半晌，直截了當地說：「不好意思，你找別人和你玩吧，我沒興趣。」

「閒著也是閒著，就當交個朋友嘛，一局就好？」

對方被拒絕不僅沒有感到難堪，反而加強了攻勢。

「現在眞的不方便。」

「妳要是忙的話，我在這等妳忙完。」他一副打算就此賴上她的姿態。

周芍對這種天生臉皮很厚的人實在是沒轍，嘆了一口氣，「你剛剛說一局對吧？一局之後你就可以還我寧靜了嗎？」

「哇，好直接，我有點受傷。」他浮誇地按住自己的心臟。

「是不是這樣？」周芍又問了一次。

對方往前坐了一點，拉近兩人的距離，「如果妳對我很反感，妳也可以起身走開，但妳沒有，我是不是能理解成……妳並不排斥跟我當朋友？」

周芍發覺這人不只臉皮很厚，還有點自戀，像是從未踢過鐵板。

「這個位子是我先來的，爲什麼是我要走？」周芍覺得自己快要達成在國外和陌生人吵架的成就了。

對方嘴角的幅度又更大了些，「妳就是嘴巴上說不要，身體卻很誠實的那一類人，剛剛這些時間都夠我們結束一局了。」

這一刻，周芍腦中只剩下一個念頭——想拿雞蛋狠狠砸這個人。

「好吧，就玩一局。」

「我不會手下留情喔！」他和她對視了幾秒，接著做出準備猜拳的預備動作，喊道：「剪刀、石頭、布！」

剪刀對上石頭，幸運女神沒有站在周芍這邊，她輸了。

周芍只想趕緊打發他，將瀏海向上一撥，露出光亮的額頭，「快敲吧。」

虎牙男從盤子裡拿起一顆雞蛋，蓄勢待發，「妳先把眼睛閉上。」

周芍閉上眼睛，眼前什麼也看不見，無形中加深了恐懼，她的眉頭緊緊皺起，等待痛感來襲。

「準備好嘍！三、二、一！」

被敲擊的當下，並不如預期的痛，回過神來，周芍才發現有隻大手緊緊地覆在自己額前。

她睜開眼，只見虎牙男手裡握著敲碎的雞蛋，詫異地看向她身後。

「下手太重了。」低沉的聲音從周芍的身後傳來。

她瞠大雙眼，猛地回過頭去。

楊嘉愷面色陰沉，垂眼甩了甩手，幾片細小的蛋殼隨之飄落在地。

「要是敲笨了，我會很困擾。」

周芍錯愕地盯著楊嘉愷看了好久好久，久到虎牙男都被同行的朋友們叫走了，她還沒把注意力從他臉上挪開。

她想伸手捏一捏他的臉，看看他究竟是眞的還是假的。

太久沒見到楊嘉愷，她都忘了他有那麼高，他的右耳又重新戴上了耳環，頭髮也長長了一些。

楊嘉愷走到她身邊的躺椅坐下，拿起周芍盤子上的雞蛋，撥乾淨後沾了沾小碟子上的鹽巴，極其自然地往嘴裡送。

她的目光移至他握著雞蛋的手，指骨處有一抹淡淡的紅，應該是剛剛幫她擋雞蛋的時候留下的。

楊嘉愷看著被咬了一口的雞蛋，像是在想些什麼，過了片刻，雙眸一抬，對上她的視線，似笑非笑地說：「敏皓哥？」

周芍還在思考他出現在這裡的原因，沒反應過來，「什麼？」

他輕扯著唇角，又說：「教科書級別的男朋友？」

昨日的記憶在頃刻間湧現，周芍想起自己開的那個玩笑，有種被秋後算帳的味道。

「喔，那個啊……你不會當眞了吧？」周芍趕緊賠笑臉，呵呵傻笑，心想這人飛了一萬多公里，不會就爲了來揍她一頓吧？

「你手痛不痛啊？都紅一塊了，我幫你揉一揉。」周芍把他的手抓了過來，一個勁地揉，揉著揉著，又把甜米露往他推了過去，深怕誠意不夠到位，「這個你也拿去喝吧，只吃雞蛋你不覺得口渴？」

楊嘉愷什麼都不說，笑眼澄澈地看著她忙東忙西，當個被伺候的大爺。

兩人相隔半年再見，有著說不上來的尷尬，周芍沒想過自己會在穿得這麼樸素的時候碰見他，她現在是素顏，還光著腳，隱約有些不自在。

楊嘉愷此時注意到周芍剛才傳給他的那三則訊息，覺得挺有意思，一一讀了出來：

「跟誰吃飯？林禹的那群朋友嗎？有女生嗎？」

周芍嘴角一陣翕動，想解釋又不知如何解釋。

「哎。」他裝模作樣地嘆了口氣，放下手機，「做賊的喊抓賊。」

「……我又沒有做賊。」

「坐了十幾個鐘頭的飛機，累都累死了，還被誤會是在花天酒地。」他裝得一副心寒的樣子。

「我又沒說你在花天酒地……」被他塑造成壞人的周芍很無辜。

像是覺得鬧夠了，他唇角輕輕一勾，「韓國好玩嗎？」

周芍扁著嘴，搖了搖頭，耷拉著腦袋，「我的心在你那裡，玩得一點也不踏實。」

她下意識脫口而出，聽見自己的聲音時，才發覺這句話非常值得害臊。

「是嗎？」他倒是很平靜，拿起最後一顆雞蛋，敲了下桌面，慢慢撥了起來。

周芍丟出了一顆巨大的示愛炸彈，卻被他完美地躲過，內心一陣空虛。

「你的反應好平淡。」周芍看著他撥蛋殼。

「我們還在外面，」他視線低垂，嘴角動了動，想笑卻又忍住，「妳能不能收斂一點？」

周芍拿不準他究竟是故意耍嘴皮子，還是真的害羞，看著他那副賤賤的模樣，就想和他唱反調，「當地人又聽不懂我們說什麼。」

「那妳說一點他們聽得懂的。」

順著他的提議，周芍腦中冒出韓劇裡那句耳熟能詳的「我愛你」，想都沒想就說：「莎朗嘿呦。」

下一秒，她很驚奇地發現，某人居然臉紅了！

「你現在是在害羞嗎？」周芍不敢相信自己的眼睛。

他抬起手臂擋臉，叫她閉嘴，周芍起身去抓他的手，「你別擋啊！我不能錯過世界第八大奇蹟啊。」

她湊上去，他順勢把她往懷裡拉，很快在她臉上親了一下，兩人重心不穩，在躺椅上弄出了一陣騷動，周圍不少人都把目光投了過來。

周芍感覺自己的臉不停冒著熱氣，像蒸熟的包子。

楊嘉愷這次飛來韓國並非臨時起意，而是早有計畫。

幾個月前，秦小希幫大家訂好機票後，也把航班時間跟行程給了他，讓他另外安排時間飛過來跟大家會合，這事除了周芍以外，其餘三人都知曉。

泡完澡的秦小希和王覓此時正躺在附有電視機的高級躺椅上放鬆筋骨。王覓盯著電視螢幕裡播放的《魔法公主》，得意地說：「多虧有我，才讓這次的驚喜更加成功了。」

「怎麼說？」秦小希找不到想看的電影，不停滑動著螢幕上的片單。

「嘉愷哥搭飛機的那段時間，周芍以爲他生氣不理她了，我就抓住機會煽風點火。」

「難怪周芍整個早上都魂不守舍的，原來妳是罪魁禍首。」

兩人談論到一半，江敏皓端著煮好的泡麵朝秦小希走了過來，叮嚀道：「吹涼再吃。」

秦小希聞到泡麵香，立刻眉開眼笑，欣喜地接過泡麵，「謝啦。」

王覓觀察兩人的互動，吃著手裡的小零食，又說：「我晚上想去吃當地有名的活章魚，妳敢吃那個嗎？」

秦小希立刻搖頭，擺出一個極度惶恐的表情。

她的反應全然在王覓的預料中，王覓笑著將姿勢調整成舒適的躺姿，繼續看電影。

「妳可以問問周芍，說不定他們感興趣。」秦小希一邊吹涼熱湯一邊說。

「他們都那麼久沒見了，我還是識相點吧，自己一個人去晃晃也滿有意思的。」

第十一章　掌心的名字

楊嘉愷抵達韓國的時候已是凌晨，便捨棄了住飯店的選項，直接前往汗蒸幕休息，安排隔日再入住周芍他們下榻的飯店。

離開汗蒸幕時，楊嘉愷向櫃檯取回了寄放的行李，和周芍一起搭地鐵去飯店辦理入住手續。

出地鐵站後，兩人經過一間大型藥妝店，周芍說想買幾片面膜，進去逛了一圈。期間，楊嘉愷接到一通楊若伶打來的電話。

周芍挑了幾款面膜放進手提籃，聽見他的幾句應答，推測楊若伶似乎是想託他買某樣東西回去。

「不知道，我有看到再買吧。」他明顯打算結束通話。

周芍見狀，主動湊過來，對著電話另一頭說：「姊姊好，我是周芍。」

楊若伶聽見她的聲音，讓楊嘉愷把手機轉交給周芍。周芍接過電話後，主動說：「我們正好在藥妝店，妳想要什麼，我可以幫妳找。」

楊若伶說了某個只在韓國限定販售的身體乳液。

「好，知道了，我現在去找。」

楊嘉愷將這一幕收進眼底，莫名覺得有趣，緩步跟在她身後。

周芍最後在該品牌的專屬櫃位找到了那款乳液，架上一共有三種香味。

「香味分別是玫瑰、櫻花和茉莉，妳喜歡哪一個？」

「妳能幫我試一下嗎？挑妳覺得好的那個就行。」楊若佟說。

「好，妳等我一下。」

她拿起其中一條試用品，由於包裝設計是條狀的，周芍無法單手旋開瓶蓋，抬頭看楊嘉愷，「你幫我開。」

楊嘉愷轉開瓶蓋，把她的手抓了過去，擠了一小坨在左手背上，用指腹慢慢搓勻。

她靠近聞，櫻花的香氣盈滿鼻腔，味道有些甜膩，搖了搖頭，說：「試試下一個。」

他拿起第二條試用品，在她右手背上重複一遍剛才的動作。周芍仔細一聞，濃郁芬芳的玫瑰香，帶點成熟魅力的氣息，是她喜歡的香味。

縱使心裡默默有了分數，周芍仍想把最後一個香味試完。她垂下眼，發現自己露在外面的肌膚所剩不多，想把羽絨外套的袖子向上捲，卻因爲穿得太厚而失敗了。

周芍想叫楊嘉愷塗在自己手上，一抬眼，就見他彎低身子，輕指著側頸，「接下來聞這裡。」

周芍看他笑得不懷好意，只覺得這人又在出主意整她了。

他大概覺得，以她的性格，不會在大庭廣眾下做出這般親暱的舉動，才敢明目張膽地挑釁她。

周芍摸清了他的套路，決定正面迎戰。她踮起腳尖，兩人的距離急速縮短，她的鼻尖擦過他頸部的肌膚，幾乎把臉貼在他的脖子上。

沐浴露的清香撲上鼻尖。

周芍腦子一熱，吸了吸鼻子，沒有聞見預期中的茉莉花香味。

意識到不對勁，她向後退了回去。

他低下頭，悶聲笑著，連帶肩膀都一顫一顫的，末了，才抬起左手，將手背貼近她的鼻尖，「騙妳的，是這裡才對。」

到了飯店，周芍陪著他辦完入住手續後，兩人一起進了電梯。

她被外頭的低溫凍得神情呆滯，搭電梯的時候安靜了一會，才突然問：「你跟我們是同一天離開韓國吧？」

「嗯，怎麼了？」

周芍「喔」了一聲，才想到忘了確認另一件重要的事，「你也是要回台灣對吧？」

他失笑，「不然呢？我要回家過年啊。」

「嗯，也對。」周芍把臉埋回圍巾裡，把笑容也一起藏了起來。

周圍又安靜下來。

他低頭掃了一眼周芍拎在手上的小包裝袋，裡頭裝著楊若佟的那條香水乳液，伸手去拿，「放我這吧。」

周芍搖了搖頭，「我想親自拿給你姊姊。」

他揚起眉，想起周芍上次和自己家人吃飯的時候，緊張得坐立難安的樣子，有些出乎意料，「不會覺得不自在？」

「確實有一點。」周芍老實地說，「但我想慢慢學習。」

「學習什麼？」

「愛屋及烏。」

此時，周芍住的樓層正好到了，她想回房間補妝，順便拿行動電源。

「我回房間一下，半小時後，我們在大廳集合？」

「先等等。」他的手在外套口袋裡摸了摸，拿出一張房卡給她。

周芍看著那張房卡，遲遲沒伸手接，「給我這個幹麼？」

他唇角淺淺彎了一下，意味深長地說：「妳說呢？我給妳這個幹麼？」

晚上，兩人去吃小鹿推薦的醬蟹老店。

由於是在地名店，加上他們到的時候正好是用餐時段，因此兩人在現場等了一會才入座。

店裡最推薦的招牌菜是哪一道，小菜該怎麼點，正統的醬蟹吃法，周芍都一一做了功課。

楊嘉愷看她一副胸有成竹的樣子，便將點菜的任務交給她，只提了一件事，「我不吃生食，另外點一道清蒸的，其他隨便妳點。」

餐點送上來後，周芍戴上手套，抓起招牌醬蟹吃了一口，立刻雙眼放光，連連讚嘆：「我回國後一定會想念這個味道。」

她把白飯塞進蟹殼裡，將白飯和裡頭的醬汁攪拌均勻後，把吸附了醬汁的白飯捏成海苔飯捲，一口塞進嘴裡。

楊嘉愷喝著海帶湯，見她狼吞虎嚥，微微蹙眉，「生的東西不要吃這麼急。」

周芍分心地應了聲，依舊吃得津津有味。

她放在桌上的手機此時震動起來，探頭去看，是洪惠雪打來的視訊電話。

周芍手上正抓著蟹腳，懶得脫手套，用眼神示意他，「是一個跟我很親的阿姨，你幫我接一下。」

楊嘉愷替她接通後，洪惠雪見螢幕這頭出現的人不是周芍，愣了一下。

楊嘉愷簡單介紹了自己後，才說：「我現在把鏡頭轉給她。」

未料正想切換鏡頭時，洪惠雪突然驚呼一聲，「哎呀！你就是周芍從高中時期就喜歡的學長啊？」

周芍啃著螃蟹肉的動作停了一下，急忙抬起眼，這男人果然在笑！

「阿姨！妳別亂說話。」周芍只能在鏡頭外抗議，「你快把畫面切過來。」

「別別別，別切！讓阿姨跟妳男朋友聊一會。」洪惠雪笑得慈祥和善，眞的就和他聊了起來，「韓國冷不冷啊？你們在吃晚餐啊？都吃些什麼？」

「阿姨，妳不是打來找我的嗎？」周芍一邊脫手套，一邊乾著急，「妳跟我聊啊！」

「阿姨平時要跟妳聊天還怕沒有機會嗎？妳吃妳的飯，阿姨有好多問題要問妳男朋友。」

周芍拿她沒轍，只好戴回手套，和楊嘉愷解釋：「她是惠雪阿姨，我爸的朋友，從我小的時候就很照顧我。」

「對對，周芍這個孩子，我從她小的時候看到現在，性格好又上進，還很懂得替爸爸分攤店裡的事。」

「嗯，我知道。」楊嘉愷只是笑。

周芍很尷尬，都快把手裡的蟹腳捏斷了，「阿姨，妳幹麼突然說這個……」

「所以啊，她媽媽的事你別見怪，她們母女已經很多年沒有來往了，上次是因爲她媽媽住院，周芍不好不去，相信你母親也是明理人……」

話題忽地轉至孫品嫻身上，男人明顯一愣，悄悄瞥了周芍一眼，看見她心虛地迴避他的視線，漫不經心地挖著蟹黃。

後來洪惠雪的店裡來了客人，這通電話便匆匆斷了。

孫品嫻是李珉芝的病患，這件事楊嘉愷是知情的，他不理解的是，周芍似乎打從心底認爲他的家人會因爲她是孫品嫻的女兒而改變對她的看法，甚至是不願意接納她。

他不曉得她一個人爲此煩惱了多久。

從地鐵站回飯店的這段路上，周芍表現得異常冷漠，情緒也有些低落。

楊嘉愷沉默了一會，試著用一些不相干的話題試探她的反應，「來韓國都吃了什麼好吃的？」

「我都有拍照傳給你。」周芍依然很冷淡，低頭看著路面，「你可以自己看。」

他無可奈何地笑了下，兩人走進飯店大門，她的腳步又加快了些。

「妳今年過年怎麼過？」男人沒有討好過人，此刻有種束手無策的感覺。

「和我爸過。」周芍的聲音很輕，幾乎聽不到。

「妳和妳媽過年的時候也不見面？」

周芍搖頭，走到電梯前，拿出房卡感應，電梯門一開，她便快速地走了進去，「我今天想早點休息了。」

楊嘉愷沒再說話。

抵達六樓，周芍走出電梯，他跟著她走了出來。周芍狐疑地看他一眼，「你走錯樓層了，你的房間在七樓。」

「有話和妳說。」

「我現在什麼話都不想說。」周芍頭也不回地往房間走。

走到六一五號房前，她迅速拿起房卡感應，卻遲遲開不了門。

男人斂起眼，拿走她的房卡，發現上頭顯示的房號數字是七〇三，「這張是我房間的卡。」

周芍頓悟過來，原來她拿成他給她的那張卡了，她懊惱地在門前翻起包包。

「周芍。」

她沒理他，焦急地找著那張消失的房卡，眉頭也皺得越來越緊。

「妳不想現在聊也行，回國後我們談談。」

周芍實在受不了了，抓著他的那張房卡，一鼓作氣往電梯的方向跑了過去，那股氣勢擺明了想將他甩在後頭。

他在原地愣了幾秒，才追了上去。

進了電梯，周芍按下七樓的樓層鍵，腳一軟，抱著肚子蹲下。

在電梯門關上的前一刻，楊嘉愷伸手擋住，見周芍蹲在地上，微微愣住，「肚子不舒服？」

「……沒有。」周芍把臉埋在雙膝間，大抵是覺得丟臉，一點也不想看他。

七樓一到，周芍等不及電梯門完全打開，從門縫溜了出去，像逃命似地跑到七〇三號房前，刷卡感應，開門、關門、拉上門鏈鎖。

所有動作一氣呵成。

她喘著氣向後退了幾步，下一秒，聽見門外傳來房卡感應的聲響。

楊嘉愷推開門，門卻隨即被門鏈鎖卡住，反應過來後，被她的舉動震驚到笑了出來，「妳現在是在幹麼？」

「你先在外面等我一下。」她的肚子不停絞痛著，眼下的情況讓她不得不先將楊嘉愷鎖在門外，「你進來我會很不自在。」

「鳩佔鵲巢啊？」他在門外笑了起來，「妳是不是真的把自己當王了？給妳房卡不是這樣用的。」

周芍正在脫身上的包包，因爲他的話，而有種自己眞的在劃地爲王的感覺。

周芍上完廁所後，腹部的疼痛也減緩了些。她走出浴室，背起包包，心裡想著等等該怎麼面對被她關在走廊上的人才好。

她走至門前，小心翼翼地拉開門鏈鎖，深吸一口氣後，秉持著伸手不打笑臉人的信念，決定先給他一個大大的微笑。

豈料，她打開門後，卻發現門外空無一人。

周芍左右看了看，四周都不見楊嘉愷的蹤影。

她搭乘電梯抵達一樓大廳，正想拿手機打電話給他時，便看見他坐在大廳休息室的沙發上，低頭玩著手機。

周芍走上前，往他身旁的空位坐，湊近一看，發現他在下西洋棋。

她不懂西洋棋的規則，看他隨意地移動棋子，也看不出他玩得好不好。

「你很厲害嗎？」

「妳指哪一方面？」他眉眼未動，只有嘴角輕輕上揚。

他那句話聽起來像是，不管妳問哪一方面，我都很厲害。

周芍默默把脖子縮了回去，「有沒有人跟你說過你很無賴？」

「還沒有人敢。」

周芍輕哼一聲，「我敢。」

他把手機收進口袋，手臂撐著沙發扶手，轉頭看她，「肚子不痛了？」

「我沒有肚子痛，我就是去洗了個頭。」

他聞言，側過臉，用鼻子輕碰了下她的頭髮，嚇得周芌屏住呼吸。

「還是很臭。」他說。

她抓過一綹頭髮，放在鼻子下嗅了嗅，「你少造謠。」

楊嘉愷向前彎低身子，把矮桌上的塑膠袋抓了過來，放到她腿上。

「這是什麼？」周芌好奇地去翻袋子。

「胃腸藥。」

「你剛剛去買的？」她心下一動。

「剛剛去偷的。」

周芌不知道該說什麼了，他對一個人好的方式總是又直接又不坦率，矛盾得可以，讓人想好好跟他道個謝都難。

「我們要上樓了嗎？」她想回房間卸妝了。

「再等等。」

「等什麼？」

「聊個天。」

周芌沒來由地尷尬起來，把腿上的塑膠袋打了個結後又解開。

「喂。」

「什麼？」

「妳高中的時候爲什麼喜歡我？」他眉梢微揚，話裡隱含著幾許囂張的氣焰。

他的語氣聽起來比較像是「說來聽聽啊」、「讓我笑一下」。

「跟你說了我有什麼好處?」

「好處很多。」

看在他剛剛被她鎖在門外，還願意吹著冷風去幫她買胃腸藥的分上，周芍覺得哄他開心一下也沒有什麼不行，「因爲你曾經幫我撕掉那張寫滿我媽壞話的海報。」

思緒在一瞬間拉回那個傍晚，他愣了一瞬，想不到當時的一個舉動，她居然惦記了這麼多年。

「你幫我撕掉那張海報，還顧及了我的感受，假裝你沒看見上面那些不堪入目的字眼，你只跟我說，因爲那張海報被貼歪了。」

周芍笑了笑，腦中浮現當年那個穿著高中制服的少年，突然很想回去抱一抱他，和他說謝謝。

「我那時就知道，你是一個很溫柔的人。」她微斂著眼，低頭把玩那盒胃腸藥。

楊嘉愷安靜了一會，接著才忽地起身，繞至她面前，坐在矮桌上，「把臉抬起來。」

周芍抬眼對上他的視線。

「大人之間的爭議不應該由下一代來承擔。」他輕輕地說，「這簡單的道理，高中時的我就懂了，妳覺得我媽一個五十多歲的人，怎麼可能不懂?」

周芍怔怔地聽著，知道他說這番話的用意，是爲了平撫她的擔憂。

「有件事妳不知道，」他抓了抓頭，一字一句還原當時的情景，「之前我媽聽見妳和妳媽在病房的談話後，說妳老是讓她想起自己的兒子，同樣固執不聽長輩的勸，卻又有股彷彿眞的能幹出點什麼大事的氣勢。她說這樣的人有骨氣，將來會成功。」

長期積累在胸口的一股鬱氣，在那一瞬間獲得了釋放，周芍有些難以置信，「眞的嗎？她眞的那樣說了？」

「嗯，最後再告訴妳一件事，」他輕捏她的臉，「我媽眞的很會看人。」

✦

韓國行第三天，一行人準備前往南怡島一日遊。

秦小希：「大家九點在大廳集合，再一起去坐接駁車。」

王覓：「我去附近幫大家買早餐，待會可以在車上吃！」

周芍起床時，在群組裡看見秦小希和王覓的訊息，簡單回覆後，便下床洗漱。

整裝完畢，她想起楊嘉愷並不在群組內，不曉得他知不知道出發的時間。她傳了個訊息問他醒了沒，見他遲遲沒回，決定直接上樓找他。

抵達他的房門前，周芍先是敲了敲門，在外頭等了一會，未獲回應，她拿起他給她的那張房卡，靜悄悄地感應進門。

她將頭探進室內，裡頭一片黑漆漆的，耳邊傳來暖氣運轉的聲響，窗簾下的縫隙微微透著早晨的日光。

這間房間的格局和樓下不同，周芍憑藉著昨日上來借廁所的印象，摸黑往床的方向靠近。

她躡手躡腳地繞到床邊，雙眼適應了黑暗後，偷偷探頭去看他的睡臉。

他向著窗戶的方向側睡，呼吸規律，只從棉被裡露出半顆頭。他睡著的時候，看上去特別好親近，也沒了平時那股狂妄的氣勢。

周芍不自覺向前跨了一步，由於動作使然，掛在脖子上的相機小幅度晃動，當她意識到自己靠得太近的時候，悲劇已然發生。

相機撞上他的前額，力道不大，卻足夠把他從夢中吵醒。男人皺著眉頭慢慢睜開眼，周芍嚇得重心不穩，往他身上壓了上去。

被壓在身下的人一陣死寂，周芍正想關心他還有沒有呼吸時，他探出手，不安分地在她胸前揉了兩下。

反應過來後，周芍漲紅著臉跳了起來，相機又一次往他前額撞了過來，這次撞擊力道很大。

周芍尖叫了兩次，一次是因爲被他偷襲，一次是因爲她覺得自己差點殺了他。

她臉上紅通通的，支支吾吾地說：「我們九點要從飯店出發，你再不起來我要丟下你了！」

楊嘉愷閉著眼，用手揉了揉前額，沒有說話。

周芍於心不忍，坐上床沿，代替他揉著，「對不起，我剛剛嚇到了，很痛嗎？」

「嗯。」他仍沒睜開眼。

周芍邊揉邊說：「但你眞的該起來了，不然這樣，你邊刷牙我邊幫你揉。」

他像是覺得她的提議很愚蠢，唇邊漫過一絲笑意，「那我換衣服呢？也幫我揉？」

周芍腦中浮現他所描繪的場景，臉不禁一熱，收回了手，「……你再這麼無賴我就不理你了。」

他笑了笑，翻身起床。

楊嘉愷習慣在出門前沖一次頭髮，吹整後還能稍微抓一下造型。

下床的同時，他將上衣脫了下來，扔至床上。

周芍微詫，正想轉開頭，又覺得機會難得，還是加減看一下。

他的幾根髮絲微微翹起，帶一點慵懶的氣息，眉眼間的倦意未消，正欲前往浴室時，忽地想起自己忘了某樣東西，又回過身來，單膝跪在床上，手伸過周芍眼前，往床頭櫃去取耳環。

周芍近距離盯著他刀刻般分明的側臉，腦子已經熱了起來，正想努力克制視線往下移動時，他轉頭看了看她，笑道：「是不是跟妳說過，好處很多？」

南怡島在首爾市的東北邊，是一座位於河川中的半月形小島嶼。接駁車抵達碼頭後，遊客們有兩種方式登島，其一是搭乘渡輪，其二則是乘坐高空滑索。

高空滑索，顧名思義，是將人掛在約莫二十六層樓高的滑索上，雙腳懸空，遠眺著春川湖前進，大概一分多鐘就能抵達島上。

周芍原先以為自己並不恐高，然而，當一行人買完票，搭乘電梯前往乘坐滑索的樓層時，看著不停升空的車廂，她的恐懼才漸漸變得清晰。

車廂內擠滿觀光客，時不時能聽見興奮的笑聲與雀躍的交談聲。

到達平台上方，工作人員正在為準備乘坐滑索出發的旅客進行詳細解說。秦小希像個好奇寶寶般上前偷看，再將自己蒐集到的情報帶回來和大家分享。

坐在等候椅上的王覓神色緊張，秦小希見狀，回頭看了一眼懸掛在滑索上的兩張座椅，見滑索一次能讓兩個人同時出發，她在心裡思考了一瞬，很快做出決定。

「王覓，等等我和妳一起坐。」

「什麼？」原先做好落單準備的王覓神情微訝。

「我們兩個一起坐就不可怕了。」

「那敏皓哥……」

秦小希眼眸一轉，跑去牽江敏皓的手，仰頭看他，「你一個人坐不會怕吧？你就算掉進湖裡也打得贏鯊魚。」

依照兩人的默契，江敏皓知道她心裡打的算盤，笑著捏了下她的臉，「別詛咒我，還有，湖裡沒有鯊魚。」

「可惜了，沒機會讓韓國女生見識你帥氣的英姿。」

幾分鐘後，工作人員走過來拉開封鎖線，示意下一組遊客往前。

「我們兩個先吧。」周芍毫不猶豫地抓起楊嘉愷的手往前走。

扣上安全扣環的那一刻，周芍內心已經崩潰了。

由高處向下看，是一片被陽光曬得波光粼粼的湖面。正值冬季，遠方的山頭不是翠綠色的，樹林略顯稀疏，樹叢間有皚皚白雪。

周芍無心觀賞風景，焦慮地緊抓著兩側背帶，雙眼閉得死緊，雙腳騰空讓她感覺相當不安。

坐在她身邊的楊嘉愷也扣上了安全扣環，見周芍百般害怕的模樣，忍俊不禁，「既然會怕，幹麼急著自告奮勇？」

「王覓更怕，我畢竟是姊姊啊！」周芍一副欲哭無淚的樣子，開始胡說八道：「我如果掉下去會怎麼樣？」

「會凍死。」

周芍氣得想瞪他，才一睜開眼睛又趕緊閉上，「你就只會說風涼話！」

工作人員推開兩側的閘門，耳邊傳來吱嘎的聲響，周芍有種要上斷頭台的感覺。

「怕什麼？我不是在這裡嗎？」楊嘉愷的聲音染著笑意。

周芍還沒來得及回話，工作人員一番操作後，「喀」一聲，兩人伴隨漸快的速度感向下墜。

冷風撲面而來，周芍尖叫連連，她叫得有多淒慘，旁邊的人就笑得多開心。

「把眼睛睜開！」他的聲音夾雜在呼嘯的風聲中。

「不——要！」

「張開眼睛，回去給妳獎勵。」

黑暗之中，他的聲音是唯一令她安心的存在。周芍慢慢張開眼，頃刻被眼前的美景震撼得說不出話。

陽光穿透雲層，斜斜潑灑下來，唯有睜開雙眼，才真正有了乘風飛行的感覺。那一刻，所有紛擾都煙消雲散，被風吹得凌亂的髮絲拍打著頰畔，湖面上有正在航行的渡輪，群山擁抱深藍色的湖水，美不勝收。

見她臉上終於有了笑容，他笑著說：「好好記住這一瞬間。」

她的滑行速度比他還慢，兩人的距離漸漸拉開。

冷風拂面，周芍定定地望著他飛越春川湖的背影，心裡想著，以後無論去到哪裡，只要身邊有他在，她可以什麼都不怕。

兩人登陸後，站在工作人員指示的警戒線後方，等待其他人。

幾分鐘後，王覓和秦小希也順著滑索溜了下來。所有人當中個子最小的秦小希，由於體重太輕，尚未到達平台就先被卡在了半途，最後只好由工作人員前去拉動繩索，緩慢帶回。

楊嘉愷毫不留情地爆笑出聲，秦小希懸掛在空中暴跳，「楊嘉愷你笑屁啊！」

周芍替秦小希打了他一下，隔著厚衣服，只起到搔癢的作用。

南怡島上白雪皚皚，像踏進了雪的國度，隨處可見林立的枯樹，自帶滄桑的美感。

接近午餐時間，一行人買了當地有名的糖餅和爐烤紅豆包子塡飽五臟廟。

「我等等想要租電動自行車環島一圈，你們兩組人馬看是要在這裡堆雪人，還是拍幾張《冬季戀歌》的唯美照，我就不攪和了。」王覔吃著熱騰騰的包子，一邊和楊嘉愷討論。

「自己一個人可以吧？」

「嗯，對了，你放假這段時間會來我家嗎？我媽上次帶了很多件手禮回來，說等你有空過來的時候，要拿給你。」

「我過年找一天過去。」

兩人達成共識後，王覔便自行脫隊，按照地圖指示的方向前往自行車租借站。

此時，周芍拿著一本導覽手冊朝楊嘉愷走了過來。她低頭翻著書頁，「現在是自由活動時間，小希學姊他們要去參觀羊駝牧場，你有沒有想去哪裡？」

「王覔說妳想要堆雪人。」

「我沒有啊。」

楊嘉愷戴著手套牽她的手，兩人經過廣場時，看見一群遊客圍在營火前，烤著棉花糖。

那幅畫面別有一番趣味。

「欸，你看，那些人在烤棉花糖。」周芍的語調聽起來躍躍欲試。

「烤完都是致癌物。」

周芍覺得這人很不解風情。「我們現在要去哪裡？」

到了一處積雪比較厚的地方，他才停下腳步，蹲下身來，「先堆兩個雪人再說。」

說完，他便動手開始堆雪人。

周芍愣住，隨後用相機將他堆雪人的畫面拍了下來，接著才學他蹲低身子，專心堆自己的雪人。

楊嘉愷走到一旁撿樹枝，回來的時候，見周芍在認眞挑揀石子，一副心無旁鶩的樣子，一個壞念頭在他心中油然而生。

周芍好不容易挑到滿意的石子，忽地一顆冰涼的球體砸上她的手臂，過了一會，她才從錯愕中回過神。

「打雪仗了。」他咧開嘴笑，話音剛落，又朝她丟了第二顆雪球。

周芍抬起手臂防禦，飛散的雪片在空中緩緩飄落，擋住這波攻擊後，她賣力地將腳邊的積雪搓成雪球，準備反擊。

「動作快點，我讓妳一球。」他的話裡染著笑意。

「那你站近一點，我手比較短。」

「自己過來。」

周芍笑著拿起一顆雪球追了上去。

談戀愛最美好的地方在於，四季更迭，兩人置身在相同的景色裡，一起看遍世間美景，一起做些無關緊要的小事，他在鬧，妳在笑。

✦

傍晚，一群人在南怡島吃完熱騰騰的春川炒雞後，才搭輪船返回京畿道，乘坐巴士回首爾市區。

返回飯店，洗完澡的王覓頂著一頭溼髮走出來，看見周芍坐在椅子上檢查相機裡的照片。

王覓拿著毛巾邊擦頭髮邊問：「有件事我挺好奇的。」

「什麼事？」周芍抬眼看她。

「我說這話不是要趕妳走喔，是眞心困惑，妳爲什麼不想上樓和嘉愷哥睡同一間房啊？」

周芍兩頰一熱，很快又把頭低了下去，想起楊嘉愷到韓國的第一天就將房卡給了她，房間的使用權在她手上，他不排斥她去，她不去，他也不勉強。

「我也不是沒想過，但不知道這樣好不好。」

「有什麼不好？你們是男女朋友耶，分房睡搞得像關係不和諧一樣。」

「我們沒有吵架。」周芍放下相機，轉身去翻一旁的行李箱，將裡頭的貼身衣物找了出來。

「我說的不是那一層關係……」

周芍似是沒聽懂她的暗示。

王覓覺得那是兩人的私事，也不方便追問，轉身吹頭髮去了。

周芍在浴室沖澡時，內心陷入了一陣交戰，今夜是在韓國的最後一晚，她沒有一刻不想上樓找他，另一方面，又覺得主動去找他過夜的行爲，不免令人浮想聯翩，按照他的個性，估計又要嘲弄她好久。

倏然間，思緒回到兩人上山賞櫻的那天，他曾在櫻花樹下變了一個小把戲，狡猾地誣賴她欠他一顆糖。

那顆糖她至今尚未還他，周芍靈機一動，決定以這件事爲理由去見他，剩下的，見機行事。

周芍洗淨一身疲憊，穿上睡衣後，再套了一件羽絨外套，到樓下二十四小時營業的超市買糖果。

她將羽絨外套的帽子罩在頭上，整個人像一隻蠶蛹，穿梭在超市的走道間。

零食包裝上都是韓文字，她看不懂，花費了一點時間，才終於在架子上找到袋裝的檸檬糖。

「哎呀，眞巧。」

身邊忽地傳來了一道男聲，周芍轉頭一看，映入眼的是昨日在汗蒸幕遇見的那名虎牙男。

「妳不會也是住樓上的飯店吧？」

周芍慢慢拿起那包檸檬糖，點頭道：「嗯，還眞巧。」

虎牙男朝她晃了晃手裡的購物籃，裡頭放著幾盒泡麵，「我住七〇二號房，妳晚上肚子餓可以來吃個泡麵，聊聊天，玩遊戲。」

周芍面上平淡地道：「我有男朋友了，你昨天也見過。」

「我知道，我缺的也不是女朋友。」他留下一抹意味深長的笑容後，笑笑地與她擦肩而過。

✦

周芍搭乘電梯來到飯店七樓，走到楊嘉愷的門前，想起剛才那個男生說過的話，她沒記錯的話，他說他的房號是七〇二。

怎麼剛好就在隔壁？周芍一點也不想再巧遇那個男的。

她拿起房卡，感應進門。一回生二回熟，周芍現在進楊嘉愷的房間，動作極其自然流暢。

室內的燈亮著，卻沒見著楊嘉愷，她想著他應該是在浴室，不疾不徐地將鞋子脫在玄關，拆了一雙乾淨的飯店拖鞋換上。

周芍正想走到他床邊坐下時，浴室門正好開了，瀰漫的霧氣由內而外散了出來，他赤裸著上身，一條毛巾覆蓋他微溼的髮梢，僅穿著一件棉質長褲就走了出來。

兩人猝不及防地對上眼，他先是一怔，隨後什麼也沒說，走向一旁的桌子。

周芍手裡捏著那包袋裝的檸檬糖，空氣中怪異的沉默讓她瞬間從腳底尷尬到頭頂。

楊嘉愷拿著吹風機往浴室走了回去，幾秒鐘後，浴室裡傳出吹風機運轉的聲響。

空氣中滿是沐浴露的香氣，周芍穿著羽絨外套在床邊坐了一會，忽然覺得有些透不過氣，默默將外套脫了下來。

她等得有些無聊，便拆開檸檬糖的包裝，往自己嘴裡塞了一顆糖，滋味酸酸甜甜，有點普通。

吹風機運轉的聲響消失了，周芍起身走到微微敞開的浴室門前，將浴室門往裡一推。楊嘉愷此時已經換上了衣服，背向她整理吹風機的線，大理石紋的洗手台上方是一整面的鏡子，她和鏡子裡的他四目相接。

「我有東西要給你。」

「什麼東西？」

浴室裡的暖氣正在運作，他把她抓進浴室，將門關上，「暖空氣都跑掉了。」

周芍來不及脫鞋就踩了進去，一踩上浴室地板，腳下的飯店拖鞋立刻溼透。她低下頭，覺得那股冰涼的感覺很不舒服。

楊嘉愷順著她的目光瞥了一眼，似乎懂她在想什麼，將人一把抱起，放上洗手台。

周芍表現得坐立難安，「我還是下來吧，等等把它坐斷了。」

「斷了就笑妳一輩子。」

周芍瞪他一眼，低下頭，從袋子裡拿出一顆檸檬糖，交到他手上，「這個給你。」

「這是什麼？」楊嘉愷微斂著眼，看著掌心的糖果。

「你出國前說我欠你一顆糖，不記得了？」

見他依然面不改色，周芍以為他早忘了這事，說道：「不記得也沒關係，就當是請你的。」

「妳好像不只欠了一顆。」

周芍一臉無語，嘴裡含著檸檬糖，話說得含糊不清，「就是一顆，而且你少說得跟眞的一樣，我那時根本就是被你騙。」

「那妳示範一次，我是怎麼騙妳的？」

她用眼神示意他，「你攤開另一隻手。」

楊嘉愷乖乖照做。

周芍模仿他當時的模樣，將手虛握成拳，往他掌心輕輕一放，接著把他的手指向內卷起，「我給了你五千塊，你要收好。」

「五千塊？那我不能收。」

「你快點放進口袋。」周芍催促他。

他笑著拍掉她的手，「去哪學來的把戲？」

「還不是你教的。」周芍轉了轉眼珠，想起剛剛在超市發生的事，「對了，我剛剛在樓下買糖果時，又遇到汗蒸幕那個男的。」

「哪個男的？」

「要拿雞蛋敲我的那個，他住七〇二號房，正好在你隔壁。他說半夜肚子餓可以一起吃泡麵。」

在韓國文化中，邀請異性前往住處吃泡麵，帶有性暗示的意味。楊嘉愷不知道周芍知不知情，反正他是知情的，所以挺不爽。

「是嗎？」某人的聲音明顯冷了下來。

「我跟他說我已經有男朋友了。」周芍頓了一下，又說：「但是不知道爲什麼，他回我他缺的不是女朋友。」

「因爲他缺的是智商。」楊嘉愷神色冷淡地答。

周芍隱隱感覺到他生氣了，但她已經明確拒絕那個男生了，眼下也不知道自己還能說什麼。

浴室裡的空氣有些稀薄，她正想從洗手台上下來時，他將雙手放在她兩側，側過臉，將唇覆上她，粗魯地廝磨了半晌，弄得她有點痛。他的舌尖強勢探入牙關，將她嘴裡的檸檬糖勾了過來。

一切發生得很快，那個吻很急促，有些粗暴，周芍被吻得迷茫，聽見他咬碎那顆糖，還說道：「男朋友不高興了，還顧著吃糖。」

周芍想起王覓曾說過的，男朋友生氣了，只要哄一下就行。

「你要我跟你撒個嬌嗎？」

楊嘉愷眉梢微揚，覺得有點意思，「試試看。」

「這顆糖只是個藉口，我來找你的眞正原因是，我很想見你。」她靠近他耳邊，低聲說：「想和你待在一起，從天黑到天亮。」

這次，她主動將自己送上去碰他的唇，兩唇交疊，由淺至深。她將雙手圈在他的脖子上，感受到他的手探進她的衣襬，慢慢從腰間上移至胸前。她一陣顫慄，喉間溢出細碎的嗚咽聲，在浴室自帶放大的效果，迴盪在耳畔。

周芍沒有經驗，但也能感覺到這個吻和平時有些不同，恍惚之際，她停了下來，隔著衣服按住他的手，「你先等一下……」

他眸色繾綣，嗓音低低地問：「等什麼？」

「我們什麼東西都沒準備。」

楊嘉愷笑了笑，俯首輕咬她的頸子，「妳怎麼知道沒有？」

那句話像是間接承認，不只是她單方面處心積慮想要見他，他也同樣蓄謀已久。

他將她從洗手台上抱起，轉身走出浴室。

周芍把臉埋在他的肩窩，聲音悶悶地說：「你是不是早就知道我會上來找你？」

「不來也沒關係，多的是方法拐妳上樓。」

按照這人詭計多端的性格，周芍知道他所言不假。

「但我還是更喜歡妳自己送過來。」他走至床尾停下，假裝紳士地給她兩個選項，「要坐椅子還是坐床？」

「椅子好了。」

「椅子壞了，坐床。」

楊嘉愷將她抱至床頭，周圍的一切全都慢了下來，只剩下兩人交錯的呼吸聲。

他雙腿跪在她兩側，由上而下地看著她，將她的手往自己帶了過去，最後停在一個不可言說的地帶。他的喉結微微滾動，緩慢地道：「摸摸這裡。」

有那麼一瞬間，周芍覺得自己的靈魂已經不在這世上了。

「說過了要給妳獎勵。」他勾了勾唇，笑得極爲好看。

楊嘉愷右耳的耳環折射出淡淡的光暈，周芍忽地想起多年前那個只敢放在心底喜歡的少年。她的呼吸漸快，房間裡明亮的燈光讓她感到更加羞臊。

「先把燈關上。」她紅著臉說。

「開關壞了。」

「你房間怎麼什麼東西都是壞的？」

「床不是挺好的嗎？」

周芍覺得這人很無賴，仗著她害羞就變本加厲，也頂撞回去，「還沒試過，不知道。」

楊嘉愷低笑著，輕咬她纖細的鎖骨，再慢慢向上吻至脖頸。

灼熱的呼吸停留在她的頸間，周芍感覺全身心都被他撩撥著，難以忽視的渴望正在隱隱擴散，陌生得讓她無所適從，想要他再靠她近一點，想要從他身上得到更多。

關於楊嘉愷在床上的樣子，周芍有過幾種想像，而當幻想逐漸立體，每一次喘息，每一次眼神的接觸，她都想牢牢地記在心底。

迷濛之際，她只記得他很有耐心，動作不急不躁，一點一點地占有她。

周芍緊閉著眼，承受身下傳來的脹痛感，雖疼，卻眞實得令她心安。

他們擁有著彼此最親密的時刻，沒有言語，只剩下心跳和呼吸。

她望進他深沉的眼，想起自己曾見過他生氣的樣子、脆弱的樣子……眼下被情慾牽動的模樣，卻是第一次，也唯有她能獨占。

她抬手摸摸他的臉頰，「喜歡你現在的樣子。」

「那妳爲什麼老是閉眼？」楊嘉愷的手指摩挲著她的鎖骨。

那句話像是在說，兩人沒對眼的時候，她每個細微的表情變化也都被他盡收眼底。

他將她從床上抱起，讓她的背抵上牆，冰涼的觸感襲上肌膚，她被凍得雙眉緊皺。

楊嘉愷側過頭輕咬周芍的耳垂，淺淺的聲息盤旋在她的耳邊，「知不知道這堵牆後面就是七〇二號房？」

周芍知道他問這話的意圖，不是眞的好奇她的答案，只是在宣洩醋意。

「你很幼稚……」

她的話還沒說完，男人忽地加重力道，句子被細碎的輕喘取代，周芍腦子一片空白，指尖在他的手臂上掐出一道紅印。

耳邊傳來他的低哼，撥弄著她的心弦。周芍眉間皺得極深，陷在難以言喻的歡愉裡，最後的那幾秒，她依稀記得，自己輕喊了他的名字。

回過神時，她吸了吸鼻子，有點想哭，一抬頭，發現上方的人正看著自己笑。

男人眼裡的情慾未退，在她溼潤的額角落下最後一個吻，「以前怎麼沒發現，妳皺眉的樣子很好看？」

清晨，周芍於夢中醒來，透過玻璃窗瞧見厚重的雲層遮擋了冬日的陽光，天空呈現一整片灰白色，彷彿隨時會降下一場雨。

半晌，她朦朧的意識漸漸復甦，昨夜的記憶排山倒海而來，一股熱氣緩慢從脖子攀上臉。

昨夜兩人到浴室沖澡時，是楊嘉愷抱著她去的，那時她已經昏昏欲睡，意識呈現迷離狀態，嘴上說著不想洗澡。

他回她一句：「不洗澡就別上我的床。」

她嘴快也回了句：「我已經上了你的床了。」

印象中，連衣服都是他替她穿回去的，半夢半醒之際，她聽見他說：「現在連衣服都要別人伺候著穿，是不是眞的把自己當王了？」

思緒至此，周芍悄悄翻身，身邊的人依然沉沉睡著。她打量著他的睡顏，忽地玩心大起，將手從棉被裡探了出來，捏了捏他的耳環。

他稍微動了動，似是醒了，卻沒半點反抗。發現他放任自己的行爲不管後，周芍轉而用指尖戳了戳他的眉骨，將身子向前挪動，抬起一條腿，故意將重量壓到他身上。

像是忍耐到了極限，他圈上她的腰，將人按進自己懷裡。兩人的距離瞬間拉近，她貼上他結實的身體，一瞬間被限制了行動。

她剛想把腿收回去時，他往她臀上掐了一把，警告的意味濃厚，「再動就不客氣了。」

✦

一行人搭的是晚上的班機回國。

上午，辦完退房手續後，幾人將行李拖至地鐵站寄放，隨後轉車前往某間韓牛烤肉店吃中餐。

店裡有專人在桌邊烤肉，打從坐下的那一刻起，便只要負責吃就好。

期間，王覓接到一通母親打來的電話，兩人談了一分多鐘，王覓才說：「媽，我正在跟朋友們吃飯，這件事我們回去再談。」

坐在王覓斜對角的秦小希見她掛斷通話，吞下口中軟嫩的韓牛，關心道：「發生什麼事了？」

「我媽朋友的小孩之後要轉到我們學校，我媽就問我畢業後能不能把制服給她。」王覓夾起碗裡的一塊牛肉放進嘴裡，「但我想至少留下一件制服，讓班上的同學們簽名，畢竟這是一輩子的回憶。」

話至此，王覓忽然想起眼前的這四個人，全都是同一所高中畢業的，「對了，你們畢業那時也有在彼此的制服上簽名嗎？」

秦小希高中畢業那年，正好和江敏皓處於冷戰期，因此她的校服上只有楊嘉愷的簽名，這件事在幾年後被江敏皓無意間發現了，還爲此吃了好久的醋。

秦小希發現這是一道送命題，裝模作樣地咳了起來。

坐在秦小希身旁的江敏皓神色冷淡，只說：「妳嘴裡沒有東西，不要咳了。」

王覓將目標轉移至坐在自己身邊的楊嘉愷，「你呢？你有讓同學們簽名嗎？」

楊嘉愷的高中制服上同樣只有一個人的簽名，那人是坐在他正前方的秦小希。

此時無聲勝有聲，他和秦小希在空中交換了一記眼色，隨後夾起一塊牛肉，放到王覓碗裡，「吃飯的時候問題不要這麼多。」

在一旁靜靜看戲的周芍，大致能從他們三人那微妙的氣氛中猜出一點什麼。

下午是逛街購物行程，眾人動身前往明洞，約定好集合時間後便原地解散。

街上陰雨綿綿，周芍撐著傘走得飛快，走在她身邊的楊嘉愷察覺不對勁，側頭看她，「怎麼不說話？又想拉肚子？」

周芍沒理他，在心中暗暗想著，依照他高中時淡漠的性格，若制服上眞的留下了誰的名字，那也只能是秦小希一個人的。

她知道自己生悶氣的行爲很小心眼，但她又拿這股醋意無可奈何，只能一個人默默消化胸口的鬱悶感。

「不高興了？」他又問。

周芍不想說違心之論，直視前方來來往往的人流，很直接地問：「你高中制服上是不是只有小希學姊的名字？」

空氣凝滯了一瞬，他的聲音從她頭頂降下，「是。」

驗證心中的猜想後，周芍抿了抿唇，只是「嗯」了一聲。

兩人沉默地走了一小段路。

猛然間，楊嘉愷抓住她的手，將她拉到附近的屋簷下。周芍定了定神，眼前是一間韓式拍貼館。

他將兩人的傘扔進店外的傘桶，再把她拖進其中一間拍貼機。

狹小的空間內，周芍被楊嘉愷擠到角落，背撞上了牆。

他一手扣住她的下巴，向上一抬，俯首覆上她的唇，舌尖使力往裡探。

周芍感到有些窒息，腦袋在那一刻停止運轉，直到外頭傳來幾名女孩子的笑鬧聲，她才回過神，用力推開他。

她的呼吸紊亂，整張臉都是紅的。

楊嘉愷垂首捏了捏她的掌心，「不生氣了，好不好？」

「哪有人像你這樣的？」周芍被他的無賴之舉震驚得說不出話。

他依舊低著頭，唇角微微勾起，用食指在她的掌心上寫了幾個字。

周芍覺得有點癢，看不懂他的筆畫，「你寫了什麼？」

「寫了名字。」他落下最後一筆後，將她的手指向內彎起，加重力道示意她握緊，「人是妳的了，自己收好。」

這趟韓國行，周芍沒有特別想買的東西，她陪楊嘉愷去逛了幾間店，買了幾件衣服，在集合時間到達前，兩人已經慢慢晃回指定地點。

街上的雨停了，周芍去轉角的咖啡廳買了杯熱咖啡，在一旁等她的男人身上掛著她的相機，低頭查看這次旅行的所有照片。

周芍跟著湊過去看，聽見他碎念了一句：「烤韓牛的照片拍得比男朋友還多。」

周芍有點無語，「吃韓牛的機會又不是天天有的，我回國之後可以天天拍你。」

楊嘉愷笑著將相機從肩上拿起，接著舉高相機，讓鏡頭對準二人，「現在拍一張。」

在他按下快門前，周芍腦中頓時閃過這次旅行的所有畫面，突如其來地說：「我們明年再來一次好不好？這次時間太短，有些地方來不及跟你一起去。我們第一天去吃的人蔘雞很好吃，想帶你去吃。」

楊嘉愷牽起唇角，「現在就已經想到那麼久以後的事了？」

周芍不吭聲，握起拳頭在他眼前晃了一下。

「這是什麼意思？」

「往後的日子你都逃不出我的手掌心了。」

他笑了下，順其自然地說：「那妳順便把我帶回去過年。」

周芍愣了半晌才反應過來，「你過年的時候要來我家嗎？」

「初二可以去一趟。」

周芍的嘴角克制不住地向上動了動，「我跟我爸每年過年都會一起下棋，他很喜歡下五子棋，你可以回家練一練，但是不要贏他太多，給他留點面子。」

「知道了。」楊嘉愷示意她看向鏡頭，「快笑一個，手痠了。」

周芍配合地將頭靠向他的肩，對著鏡頭一笑，他隨之按下快門。

零下的氣溫，霧濛濛的天空，溼漉漉的地面，人來人往的街道上，兩抹身影佇立在街邊，時不時地說說笑笑，那一幀幀的畫面，像長鏡頭一樣越拉越遠。

他是她年少時期只能用目光攫取的背影，時光流轉，歲月更迭，他仍是當年那個美好的模樣，依舊是她心裡最想要私藏的風景。

全文完

番外
遲到多年的訪客

洪惠雪得知周芍過年要帶男朋友回家吃飯的消息，歡天喜地地表示要來家裡煮一桌豐盛的飯菜，見見這位遲到多年的訪客。

初二那天，周盛的話很少，擺著一張嚴肅的臉，早早將棋盤拿了出來，等候那個追走自家女兒的小兔崽子自己送上門來。

約定的時間是中午，門鈴響的時候，周芍和洪惠雪在廚房煮菜，周盛對著廚房頤指氣使，「人來了，周芍，去開門。」

周芍穿著小花圍裙從廚房裡跑了出來，途經客廳，見周盛坐姿隨意，盤著腿在椅子上看電視，忍不住提醒：「爸，你等等不要跟他亂說話，也不要問他一堆有的沒的。」

「人都還沒見到，妳就已經在護短了？快點去開門。」周盛沒給她好臉色。

楊嘉愷提著一袋新年禮盒進屋時，周芍偷偷和他說：「我爸一早就怪裡怪氣的，你等等吃完飯，如果想先走了就用眼神跟我打個暗號。」

「我才剛來而已就叫我走？」楊嘉愷笑著把禮盒遞到她手裡，「拿著，不要想那麼多。」

「站在玄關說什麼悄悄話？趕快把人帶進來。」周盛的催促聲從屋子內傳了出來。

周芍按捺著怒氣，走回客廳，把新年禮盒重重放在周盛面前，「爸，你幹麼？大過年的，擺著一張臭臉。」

「妳去幫妳惠雪阿姨煮飯，叫那個兔崽子過來下棋。」周盛低頭點燃了一根菸。

周盛已經戒菸很多年了，眼下的行為，反而有種作秀的味道。周芍被眼前的這幕驚訝得說不出話，她爸不會是黑道電影看太多了吧……

被點名的兔崽子此時也進到了客廳，他和周盛打了招呼，說了聲新年快樂。周盛沒正眼看他，隨意點了頭，「坐吧，下棋。」

周芍覺得自己要是真離開了，周盛一定會找機會刁難他，於是也坐了下來。

周盛眉心緊鎖，「嘖」了一聲，「沒聽到我說的話嗎？去廚房幫忙。」

周芍本來還想說什麼，見一旁的楊嘉愷也用眼神示意她去廚房，她才不甘不願地起身，離開時還頻頻回頭望著客廳裡相對而坐的兩個男人。

洪惠雪戴著隔熱手套將電鍋裡的滷雞肉端了出來，見周芍一臉擔憂的表情，笑著道：「怎麼愁眉苦臉的？幫阿姨放個隔熱墊。」

周芍順手將一塊隔熱墊往桌上放，「我搞不懂我爸在想什麼。」

周芍走後，周盛拿起遙控器將電視關了，客廳瞬間被菸味和一片寂靜淹沒。

周盛默默抽完那根菸，將菸蒂丟進菸灰缸，沉聲問：「會下五子棋嗎？」

「會一點。」

「等會不准鬆懈，我可不會把女兒交給一個連五子棋都下不好的男人。」

下棋的時候，雙方都很安靜，幾乎沒有交談。周芍偷偷從廚房觀察他們的互動，覺得氣氛相當詭異。

周盛餘光注意到女兒不停觀望二人的一舉一動後，無奈地搖頭，笑道：「你是給我女兒灌了什麼迷湯？她一副隨時要跳出來維護你的樣子，真傷爸爸的心。」

楊嘉愷扯了扯唇角，目光停留在棋盤上，「伯父好像鬆懈了。」

話落，男人手執白子，在一道由白色棋子串起的斜線上，放下了第五顆棋子。

「長輩眼睛不好，反應比年輕人慢，你也不知道放水？」

「確實想放水，」楊嘉愷稍作停頓，意有所指地說：「但您剛剛都那樣說了，好像不能不贏。」

周盛的笑容更加張揚，「兔崽子。」

第二局開始之前，周盛又點了根菸，看向窗外，沒來由地感嘆了句：「謝謝你啊，包容了一個老父親的苦心。」

楊嘉愷沒應聲，周盛繼續向下說：「她就只有我這個爸爸，我得擺點架子，讓她知道，你要是讓她受了委屈，永遠有我替她主持公道。」

「不會讓她委屈，」楊嘉愷瞥了一眼周盛手上的菸，沉默了一會，才問：「您平時都在屋內抽菸嗎？」

那句話說直白一點就是，要抽菸能不能去外面，不要污染我女朋友的肺。

周盛笑著捻熄了那根菸，示意他趕緊下第一顆棋子，「早就戒了，想給你下個馬威，結果反倒把我女兒嚇得不輕。」

番外

鞭子和糖

楊嘉愷在美國讀書的期間，周芍有時爲了省伙食費，會直接到樓上借他家的廚房煮飯，要是不小心煮多了就喊梁佑實一起吃，日子久了，兩人也變得越來越熟識。

晚上，周芍吃過飯後，和梁佑實坐在客廳沙發玩某一款卡丁車遊戲。梁佑實在挑選賽道時，一邊和她閒聊，「楊嘉愷今天去高中同學會了吧？妳怎麼沒和他一起去？等寒假過後他又要回美國了，我還以爲你們會每天黏在一起。」

「我不喜歡唱KTV，而且我跟他的高中同學也不熟，去了也是尷尬。」周芍放下手上的搖桿，趁著新賽局開始前的空檔，點開社群平台看楊嘉愷有沒有發布新的動態。

「去了就熟了呀。」梁佑實笑了笑，把目光轉回電視機前，「我聽說他過年期間去妳家了，如何？跟妳家人處得還好嗎？」

「還行吧，陪我爸下了很久的棋，下棋的時候通常都是很安靜的，我也看不出我爸是開心還是不開心。」周芍回想了下當時的情景，又說：「但我爸說下次要帶他一起去釣蝦。」

「喔？那就是滿喜歡他的吧。」

新的賽道是冰山滑雪場，比賽一開始，周芍和梁佑實所在的隊伍趨於下風，在進入最後一回合時，形勢有了轉變，就在即將反敗爲勝的關鍵時刻，周芍放在沙發上的手機忽地震動起來。

梁佑實瞥了一眼，「有人打給妳。」

「晚點再接。」周芍全神貫注，一心只想著贏。

衝破終點線的那一瞬間，兩人激動地從沙發上跳了起來，相互擊掌，開心地慶祝得來不易的勝利。

下一秒，玄關傳來開門的聲響，男人一進門，便和沙發上的兩人對上視線。

「你回來了啊？聚會好玩嗎？」梁佑實率先開口。

楊嘉愷充耳不聞，視線越過他，看向站在沙發上的周芍，對於她出現在這裡感到有些意外，語氣卻仍是平穩，「怎麼不接電話？」

周芍後知後覺地想起方才空不出手接聽的那通電話，只說：「剛剛正好在比賽中，是你打的啊？」

「妳為了打遊戲不接我的電話？」他雖然在笑，但話裡質問的意味濃厚，也不等她回應，換了鞋，轉身朝廚房走去。

周芍不知所措地和梁佑實在空中相互使眼色，用唇語問道：「他是不是生氣了？」

「妳最好去關心一下。」梁佑實也用唇語回她。

周芍靠近流理台時，見楊嘉愷正在撕泡麵的封膜，她探頭關心，「你在KTV沒吃飽啊？還吃泡麵。」

「現在幾點了？」他拆開封膜後，又低頭撕調理包，視線沒有轉向她。

「十一點了。」周芍看他準備吃宵夜，肚子也莫名餓了起來。

「我不在的時候妳也都待到這麼晚？」

周芍愣了愣，「沒有，今天是因為要等你回來，我平時都吃完飯就下樓了。」

楊嘉愷安靜下來，拿著泡麵去裝熱水。周芍覺得氣氛有些壓抑，又不曉得如何化解，只好一直跟在他屁股後面，他走到哪，她就跟到哪。

「今天去唱歌好玩嗎？」

他神色平靜，順著她的話說：「別人的女朋友都有打電話關心他們幾點回去。」

周芍聽出他這句話裡摻雜著一點個人情緒，急忙解釋：「如果我打給你，你不就不能盡情地玩了？」

「是妳不能盡情地玩吧。」

坐在客廳的梁佑實聽到這裡，忍不住笑了出來，意識到自己被瞪了，趕緊做了個將嘴巴閉上的動作，「不好意思，覺得你們兩個有點可愛。」

楊嘉愷將放在流理台上的泡麵端了起來，用下巴示意周芍去拿碗，「拿兩個碗來房間。」

周芍乖乖拿起兩個碗跟在他身後，途經客廳時，可憐兮兮地看了梁佑實一眼，梁佑實則用唇語告訴她自求多福。

周芍將房間門關上的那一刻，有種大難臨頭的感覺，但退一萬步來說，她不過就是漏接了一通電話而已，有這麼罪該萬死嗎？

「我本來打算結束那局就要回電話的，是你剛好已經到家了……」周芍回過身，小心翼翼打量他的表情。

楊嘉愷將泡麵放在電腦桌上，接著朝電競椅一坐，往椅背靠了過去，一改方才嚴肅的模樣，嘴角掛著笑，拍了拍大腿，「過來。」

周芍被他一百八十度轉變的態度搞得摸不著頭緒，半晌後，忽然想通他剛才一連串的言行舉止，說穿了就是為了在梁佑實面前，給她塑造一個怕男友的形象。

「你這個卑鄙的人！」意會過來後，她指著他的鼻子道。

楊嘉愷把她拉到自己腿上坐下，「我們之後訂個門禁時間，十一點怎麼樣？」

「我通常九點後就不出門了。」

「我會。」

「那你要幾點到家，打個電話給我不就行了？」

「妳又不會接。」

周芍沒有辦法反駁，乾脆無視他的指控，「你又不是小孩子了。」

「周芍，外面誘惑很多。」楊嘉愷笑得有點壞，「妳要用鞭子和糖來管束。」

周芍沉默了一會，抬頭看他，「你是眞的想要我打一通電話給你？」

「嗯，想要妳擔心我一下。」他表情平淡，話說得坦然。

「好吧，那我下次會稍微注意時間……」周芍話還沒說完，便感覺到他的手掌探進衣服摩挲著她的腰，她癢得左右扭動，「你幹麼突然摸我？」

他低頭親她，手上的動作仍持續向上進攻，「我今天有準時到家，該給糖了。」

後記

用工匠的精神做好一件事情

關於這個故事我有很多想說的，希望你們不嫌我囉唆。

在《她的孩子氣》裡做爲男二的楊嘉愷，在連載期間意外收穫了許多讀者的喜歡。當時承諾大家會在下一個故事給他幸福，殊不知在兌現諾言的路上一波三折。這個故事我重寫了很多遍，大綱重架了很多次，感謝磕磕絆絆一路走到這個版本的自己。

起初我對女主角有很高的期待，我希望她聰明自信，能言善道又人見人愛，直到在一次次的試錯和碰壁後，才發現楊嘉愷對這類型的女生完全不感興趣，沒能讓他提起興趣逗弄的女孩子，他看都不看一眼！

這個故事有許多超乎我預期的發展，也讓整個過程變得很難忘。在女主角的刻畫上，我試著從周芍的原生家庭開始書寫，讓環境慢慢形塑她的樣子。她不再是配合故事而設計出來的角色，她長成了自己的模樣。她並不完美，缺乏自信，想要的東西總是不敢爭取。她不擅長處理人與人之間的進退應對，但是她會記取雞蛋糕伯伯的話，進而在關係裡做出改變。我很喜歡她的坦率，也喜歡她在和大無賴鬥智的過程中總能見招拆招，給我驚喜。她是最棒的周芍，希望你們也喜歡她。

書中我用了不少篇幅描寫周芍在人際關係裡的糾結與難處，也藏了一些東西在其中。放遠來看，周芍的性格和特質，使得她在這個需要懂得看人臉色，比起會做事，更看重會不會做人的社會裡過得並不輕鬆。

但慶幸的是，在遇見楊嘉愷後，他把許多溫暖的人帶到了她的身邊。起初構思這個故事時我就想好了，我不想爲這個故事貼任何標籤，只是由衷地希望，和周芍有相似特質的人們，可以獲得一些安慰，可以感覺被理解。

再來想聊聊〈人生重啟〉這一章。楊嘉愷國中時期的故事是我堅持要寫《暗暗仰慕他》的主因。王威綸是我相當喜歡的角色，甚至可以毫無懸念地說，沒有王威綸就不會有今天的楊嘉愷，他是楊嘉愷的生命中，影響他甚大的人。在不被世界信任的時候，只有那個成天打架鬧事的少年會對他說：「我相信你啊！」、「我希望你反抗。」

曾經覺得人生很無趣的楊嘉愷，在遇見那個光芒萬丈的哥哥以後，他想用一生去回應他的信任。

接著，不免俗的要感謝我生命裡很重要的角色，本書的男主角楊嘉愷。他拓寬了我在創作這條路上的視野，這個原本只是個配角的傢伙，給了我許多磨鍊，讓我成長了許多。卡稿的期間，也不免這樣想，我花這麼多時間一直在重寫同一本書，眞的有必要嗎？但毫無疑問的，這是我無論花費多少年，都一定會完成的故事。這樣的幹勁未來恐怕不會再有了，我很珍惜打磨這個故事的過程，學習工匠的精神，專心投入一件事情，無限次的重來，很孤獨也很痛苦，但也以自己爲榮。

謝謝在寫稿過程中總是聽我構思劇情的家人們、給予我許多包容和協助的編輯啟樺、會在我焦慮萬分時叫我去休息不要再寫了的燦燦，以及每個等待這個故事的讀者。

長大後，會發現人生是由大大小小的遺憾組成的，這些遺憾同時也能讓人獲得其他禮物。就像周芍永遠無法修補好和母親之間的關係，但是總會出現一個人，把他所愛的人都分享給妳。

希望大家能偶爾想起王威綸說過的：「世上每天都會有鳥事發生，只要能笑著面對，就不覺得自己輸了。」這裡的「笑著面對」指的並不是在苦難中強顏歡笑，而是能學會釋懷和接受，能承擔生命所賦予的重量，這樣一來，這股渺小的韌勁，或許也能成為點亮某個人的光芒。

敘娜

國家圖書館出版品預行編目資料

暗暗仰慕他／敘娜著. -- 初版. -- 臺北市 ： POPO原創出版，城邦原創股份有限公司出版：英屬蓋曼群島商家庭傳媒股份有限公司城邦分公司發行, 2024.04
面； 公分. --
ISBN 978-626-7455-03-6（平裝）

863.57 113005169

暗暗仰慕他

作　　者／敘娜
責任編輯／鄭啟樺　行銷業務／林政杰　版　　權／李婷雯

內容運營組長／李曉芳
副總經理／陳靜芬
總 經 理／黃淑貞
發 行 人／何飛鵬
法律顧問／元禾法律事務所　王子文律師
出　　版／POPO原創出版
城邦原創股份有限公司
台北市南港區昆陽街 16 號 4 樓
電話：(02) 2509-5506　傳眞：(02) 2500-1933
email：service@popo.tw
發　　行／英屬蓋曼群島商家庭傳媒股份有限公司城邦分公司
聯絡地址：台北市南港區昆陽街 16 號 8 樓
書虫客服服務專線：(02) 25007718・(02) 25007719
24小時傳眞服務：(02) 25001990・(02) 25001991
服務時間：週一至週五09:30-12:00・13:30-17:00
郵撥帳號：19863813　戶名：書虫股份有限公司
讀者服務信箱 email：service@readingclub.com.tw
城邦讀書花園網址：www.cite.com.tw
香港發行所／城邦（香港）出版集團有限公司
地址：香港九龍九龍城土瓜灣道86號順聯工業大廈6樓A室
email：hkcite@biznetvigator.com
電話：(852) 25086231　傳眞：(852) 25789337
馬新發行所／城邦（馬新）出版集團 Cité(M)Sdn. Bhd.
41, Jalan Radin Anum, Bandar Baru Sri Petaling,
57000 Kuala Lumpur, Malaysia.
電話：(603) 90563833　傳眞：(603) 90576622
email：services@cite.my

封面設計／Gincy
電腦排版／游淑萍
印　　刷／漾格科技股份有限公司
經 銷 商／聯合發行股份有限公司
電話：(02)2917-8022　傳眞：(02)2911-0053

■ 2024 年4月初版
■ 2024 年7月初版1.5刷
Printed in Taiwan

定價／380元

ISBN 978-626-7455-03-6

POPO原創出版 www.popo.tw　城邦讀書花園 www.cite.com.tw

本書如有缺頁、倒裝，請來信至service@popo.tw，會有專人協助換書事宜，謝謝！